Franjo Terhart

Die Mithrasmorde von Moers

Krimi in der Grafenstadt

Franjo Terhart, Kulturbeauftragter der Stadt Neukirchen-Vluyn, arbeitet im In- und Ausland. 1982 erhielt er den Essener Kulturpreis für Lyrik. Er schrieb bereits mehr als 70 Romane, Sach- und Jugendbücher; viele seiner Werke wurden in verschiedene Sprachen übersetzt und erhielten zahlreiche Preise. Band 3 erscheint November 2014.

Franjo Terhart

Die Mithrasmorde von Moers

Krimi in der Grafenstadt

MAGENTA VERLAG

Bibliografische Information der Deutschen Nationalbibliothek:
Die Deutsche Nationalbibliothek verzeichnet diese Publikation in der Deutschen Nationalbibliografie;
detaillierte bibliografische Daten sind im Internet über http://dnb.ddb.de abrufbar.

www.franjo-terhart.de

Illustrationen: Cornelius Rinne

Druck und Verarbeitung:
AALEXX Buchproduktion, Großburgwedel
Printed in Germany

MAGENTA VERLAG, Krefeld
www.magenta-verlag.de

ISBN 978-3-944299-03-7

Franjo Terhart *Cornelius Rinne* *MAGENTA VERLAG*

Inhalt

Könnte das Auge die Teufel sehen, die das Universum bevölkern, das Dasein wäre unmöglich. (Talmud)

„Es ist sehr fraglich, ob Gänse, Karpfen und Truthähne das Weihnachtsfest als Erlösung betrachten."

Erneut kein Weltuntergang

The Fiddlers hieß der beliebte irische Pub in Moers. Heiligabend und am ersten Weihnachtstag hatte das Lokal am Kastellplatz leider geschlossen, und erst am zweiten Weihnachtstag konnte man hier hervorragend ab Mittag bis spät in die Puppen abhängen. Eingerichtet war das *Fiddlers*, wie sich Deutsche einen irischen Pub so vorstellen: braune, rustikale Tische und Stühle, an der Decke übergroße quadratische Lampen aus gelbem, grünem und rotem Glas, überhaupt viel grüne Farbe, eine schier endlose Theke, an der sich Hocker neben Hocker reihte. Vor allem aber flotte irische Musik.

Es war der zweite Weihnachtstag, zehn Uhr abends, und Boomi klebte bereits seit Stunden wie angewachsen auf seinem Hocker mit harter Arm- und noch härterer Rückenlehne. Vor ihm stand ein Glas mit schwarzem Bier, eines von vielen, die im Laufe des Abends immer wieder neu bei ihm angekommen und systematisch geleert worden waren. Boomi hatte nach eigener Schätzung mindestens sieben *Pints of Guinness* intus. Drei, vier samtige Whiskeys von der grünen Insel waren ebenfalls ohne Zögern vernichtet worden. Boomi war betrunken. Nein, er war sternhagelvoll. Ohnehin vertrug er nicht viel, weil er selten größere Mengen Alkohol in sich hineinkippte, aber heute, am 26. Dezember im Jahre des Herrn 2012, hatte es unbedingt sein müssen. Schließlich ging es um sein Leben – genaugenommen sein Liebesleben. Und das war so wenig existent wie bei einem Eunuchen im besten Alter.

Ich bin einfach total unfähig, was Judith angeht, dachte der Mann an der Theke deprimiert – mit vollem Namen hieß er Leo van den Boom. Er lebte in Vluyn und war der privateste Privatdetektiv vom ganzen Niederrhein. *Ich schaffe es einfach nicht, meiner Angebeteten ins Öhrchen zu flüstern (wie es jeder halbwegs begabte Teenie kann), dass ich sie mehr liebe und begehre als alles, was mir sonst noch im Leben wichtig und teuer ist.*

Wie beispielsweise seine wertvollen antiquarischen Bücher. Oder überhaupt seine uralte Thompskate, geerbt von Großmama. Oder sein freies, selbständiges Leben ohne feste Anstellung. Oder seinen Scharfsinn bei kniffligen, kriminologischen Fragen. Boomi ertränkte seinen Kummer, der ihn einmal mehr von den Haar- bis zu den Zehenspitzen gepackt hatte, in dem schwarzen süffigen Bier mit der dünnen, cremigen Schaumkrone. Und er bedauerte sich maßlos …

Dabei hatte doch alles so gut angefangen – also, zum Ende des Jahres hin. Immerhin bot sich der 21. Dezember 2012 als allgemeiner Weltuntergang an! Die Mayas, die nie einen Europäer, geschweige denn einen Neukirchen-Vluyner gesehen hatten, hatten den Untergang des Planeten angeblich auch für den kleinen Ort zwischen Rheurdt und Moers am Niederrhein vorhergesagt. *Das wär doch was,* hatte Boomi begeistert gedacht. Er brachte es nicht fertig, Judith seine Liebe zu gestehen, und weil er das nicht konnte und vermutlich niemals können würde, hätte die Welt auch getrost untergehen dürfen. Und Neukirchen-Vluyn, seine Kulturhalle samt Museum und mangelndem Brandschutz ebenfalls. Es blieb am 21. Dezember lange Zeit auch nicht ausgeschlossen, dass der Untergang tatsächlich eintrat. Anzeichen dafür gab es jede Menge: Die Krise um den US-Haushalt spitzte sich bedrohlich zu. Der italienische Premierminister Mario Monti trat überraschend zurück, während „Lift my face"-Berlusconi, strahlend wie ein junger Gott, seinen Wiedereintritt in die Politik verkündete. Das waren doch todsichere Hinweise auf die letzten Stunden des Planeten gewesen, oder nicht? Außerdem geschah das alles an diesem Tag genau in dem Augenblick, als sich der immerhin 1,1 Kilometer messende Asteroid „2002 AU4" auf einer Bahn der Erde näherte, die ihn riskant nah an den Planeten heranführte - es sich dann aber leider anders überlegte und vorbeizog.

Wenn der Brocken in Vluyn heruntergekommen wäre und als Erstes mein Haus am Ortsrand getroffen hätte, dann hätte Judith aber bestimmt ein paar Tropfen ihrer Augenflüssigkeit verloren, durchfuhr es Boomi. *Ob sie wirklich noch lange danach um mich getrauert hätte?* Andererseits war das nichts als Spekulation, denn wenn der Asteroid wirklich seine Thompskate in Vluyn, Ortsteil Rayen, Littardweg, erstes Haus linke Seite, platt gemacht hätte, dann wäre auch vermutlich Judith selbst arg in Mitleidenschaft gezogen worden. *Also überwiegend ihr wunderschöner Körper,* sinnierte Boomi und bestellte ob dieser düsteren Aussicht erst einmal ein weiteres Pint, gefüllt mit gutem Guinness. Sein Sitznachbar rülpste derweil so laut, dass einem ganz säuerlich ums Herz werden konnte.

Aber Boomi konnte heute nichts von seiner Trübsal herausblasen. Gero van Leyen kam ihn in den Sinn, als er einen auffälligen Gast im Pub bemerkte, der dem Kulturmacher von Neukirchen-Vluyn ähnlich sah. Genau wie dieser trug auch Gero seine Koteletten bis auf Lippenhöhe heruntergezogen und am Ende breiter werdend. Ein flottes Baskenmützchen zierte den eher kahlen Kopf des Gastes. Wie bei Gero. Dieser hatte sich das allerdings bei Günter Metzner, dem engagierten Kulturchef von Rheurdt, abgeguckt. Eine Baskenmütze wirkt auf andere immer so intellektuell. Außerdem glauben viele, dass Baskenmützenträger fließend französisch sprechen und täglich Baguette mit Käse und Rotwein verköstigen. Günter Metzner aus Rheurdt war so ein lebendiger und an der Kultur interessierter Geist gewesen. Leider war er vor etwas mehr als einem Monat einer schweren Krankheit erlegen. *Möge seine Seele in Frieden ruhen,* dachte Boomi traurig. Dieser Typ jedenfalls erinnerte Boomi an Gero. Der wiederum war sein bester Freund, und als bester Freund hatte Gero ihm am ersten Weihnachtstag eine E-Mail geschickt, die ihn aufmuntern sollte. Nur Gero vertraute sich Boomi mit seinen Liebesnöten an, die mittlerweile Höllenqualen glichen. Und Gero hatte am 25. Dezember mit seiner Nachricht offensichtlich Trost spenden wollen ...

Lieber Boomi, lausche mal: Was macht sie schwach? 15 todsicher wirkende Maßnahmen, seine Angebetete zu erobern.

- *Wenn er ihr in der Öffentlichkeit mit rauer Stimme ein Kompliment ins Ohr haucht. Oh, Gänsehaut-Alarm.*
- *Wenn er ihr gefühlvoll die Haare zur Seite streicht, um sanft ihren Nacken zu küssen, dann tanzen bei ihr die Schmetterlinge im Bauch.*
- *Wenn er sie im Schlaf mit seinen kräftigen Armen an sich heranzieht.*
- *Wenn er für sie kocht und sie bloß mit einem Prosecco in der Hand zuschauen darf.*
- *Wenn er ihr ungefragt seine gefütterte Jacke anbietet, wenn es kalt ist, bevor sie überhaupt etwas von Frieren erzählt hat.*
- *Wenn sie an seinen sehnsüchtigen Blicken sieht, wie sehr er sie begehrt.*
- *Wenn er beim Ansehen den schüchternen Augenaufschlag beherrscht.*
- *Wenn er mit brüchiger Stimme nachfragt, wer der Typ gewesen ist, mit dem sie gerade so lange geredet hat.*
- *Wenn er sie über eine Pfütze trägt, damit ihr neuen Todds nicht schmutzig werden.*
- *Wenn er seine Hand an ihre Wange legt und mit dem Daumen sanft über ihre Lippen streicht.*
- *Wenn er beim Küssen ihr süßes Gesicht in beide Hände nimmt.*
- *Wenn seine Augen vor Verwunderung strahlen, sobald er sie vor sich hat.*

- *Wenn er sich nach dem ersten gemeinsamen Wochenende mit einem Dreitagebart, ungewaschen und mit wirren Haaren auf den Heimweg macht.*
- *Wenn am Morgen danach das Kopfkissen noch nach seinem Parfüm duftet.*
- *Wenn er ihr kreative Kosenamen gibt, die er nur für sie erfunden hat. So was wie „mein Papageienschwänzchen", „mein Silberfischchen" oder „meine Knuddelliese".*

Och, Gott, hatte es Boomi beim Lesen durchzuckt, *diese Ratschläge sind ungefähr so sinnvoll, als würde man einem bayerischen Sternekoch das Rezept von niederrheinischer Himmel-und-Ääd-Suppe zustecken, damit er endlich mal was Saugutes auf den Tisch bringt.*

So vergingen die Stunden am Tresen - gefüllt mit nichts anderem als wahlweise überspannten oder melancholischen Erinnerungen. Für Boomi wurden sie zunehmend quälender. Die Last aller unbeantworteten Fragen erdrückte ihn wie der Daumen die Fliege. Er war jetzt Ende 30 und beziehungstechnisch so mausetot wie Bruder Pförtner, der Mönch am Eingang eines Klosters. Man sieht zwar viele rein- und rausgehen, aber man selbst hockt da wie blöd. In zwei Jahren feierte er einen runden Geburtstag. Aber wie? Ohne Weib, ohne Liebe, ohne alles. Was für ein Jammer! Getränke halfen, sein stummes Leid zu lindern, aber die Qualen eines einsamen Ungeliebten blieben bestehen und folterten ihn wie faustgroße Gallensteine. Wie elend und frustrierend für einen Kerl wie ihn, der noch aufrecht gehend in Saft und Kraft stand, hatte er Heiligabend und den ersten Weihnachtstag verbracht! Der einsamste, privateste Privatdetektiv der gesamten Region, der auch antiquarische Bücher verkaufte und esoterische Fragen zu Freimaurern, Templern, Geheimbünden und anderen Randgebieten der menschlichen Existenz beantworten konnte, hatte allein bei einem reich geschmückten, aber leider nur eingebildeten Tannenbaum in seiner Hütte die Feiertage verbringen müssen. Heiligabend gab es Spaghetti Carbonara aus der Packung und einen Tag später Penne Arrabiata vom selben Tiefkühl-Anbieter.

Zwischen zerlaufenem Käse und tomatenscharf existiere ich irgendwo als Mann, hatte sich Boomi selbst bedauert und am Morgen des ersten Weihnachtstages beschlossen, sich am nächsten Tag im irischen Pub in Moers die Kante zu geben. Denn mit Judith hatte er die letzte Zeit vor allem leidenschaftlichen E-Mail-Verkehr gehabt: „Schreib noch mal was Nettes für die nächste Mitglieder-Infopost", hatte sie geschrieben. „Du kannst das doch so gut. Denk Dir ein spannendes historisches Thema aus." Gedacht waren die möglichen literarischen Ergüsse für die zahlenden Vereinsmitglieder des ortgeschichtlichen Museums in Vluyn.

„Mache ich gerne! Hast du vielleicht noch einen anderen Wunsch, den ich Dir erfüllen kann?", hatte Boomi eilig zurückgemailt. *Gott, war das doppeldeutig! Hoffentlich nimmt sie mir diese Frage nicht übel,* hatte es ihn heftig durchzuckt.

Nein, Judith hatte nicht übelgenommen. Vielmehr hatte sie ein Anliegen der ganz besonderen Art. „Ach, Boomi, wenn Du mich schon so lieb fragst, ich hätte so gerne mal ein richtig gutes Foto von Andreas Bräm, nämlich, wie er angestrahlt im Mondlicht vor der Kirche steht."

Andreas Bräm war ein protestantischer Pfarrer gewesen, der sich vor einer halben Ewigkeit in Neukirchen-Vluyn seelsorgerisch um sogenannte gefallene Mädchen gekümmert hatte.

„Kein Problem, Judith! Besorge ich Dir mit Freuden", hatte Boomi geantwortet und sie dabei aus der Ferne angeschmachtet wie ein verliebter Sextaner.

„Nun ja, lieber Boomi, das Foto sollte aber schon am frühen Heiligen Abend gemacht werden. Weißt du, genau dann, wenn das verblassende Tageslicht dabei ist, sich der heraufziehenden Dämmerung ein für allemal zu ergeben. Gerade dann wird das Foto, das ich mir wünsche, besonders schön werden. Das spüre ich."

„Und warum ausgerechnet am Heiligen Abend?", hatte Boomi nachgehakt.

„Weil Heiligabend nun mal ein ganz besonderer Tag im Jahr ist. Und weil ich das so romantisch finde."

Und damit war der fette E-Mail-Verkehr fürs Jahr 2012 beendet. „Ich fahre morgen zu meinen Eltern nach Aachen", war das Letzte, was er von seiner Angebeteten 2012 auf dem Bildschirm zu lesen bekommen hatte.

Was also hätte er ihrer romantischen Foto-Vorstellung und ihrem dringenden Wunsch an ihn entgegenzusetzen gehabt? Schließlich war es seine Judith, die ihn um etwas bat. Nichts. Absolut rein gar nichts hatte er dem entgegenzusetzen. Auch wenn er bereits geahnt hatte, dass es ihm nicht gut tun würde, war er dennoch am 24. Dezember losgestapft ...

Es gibt einen Zeitpunkt am Heiligen Abend, wenn das ohnehin spärliche Tageslicht noch nicht ganz der Dunkelheit gewichen ist und die zahlreichen Lichterketten in den Straßen und an den Häusern ihre Strahlkraft noch nicht richtig haben entfalten können. Das ist jener Moment, in dem einem das Tageslicht eher milchig trüb bis schaurig grau erscheint. Wer dann das Pech hat, allein durch die Straßen einer kleinen niederrheinischen Stadt zu laufen, am besten noch entlang der menschenleeren Hochstraße im Ortsteil Neukirchen von Neukirchen-Vluyn, so ab Mozartstraße in Richtung der evangelischen Kirche, den können bei einem solchen einsamen Gang schon mal die heftigsten Depressionen befallen.

Genau diese bittere Erfahrung machte Boomi, als er am Nachmittag des 24. Dezember 2012 eben diese menschenleere Hochstraße entlangging, besser gesagt: entlangschlurfte. Warum auch hatte er sich überhaupt hierher gewagt? Seine kleine, aber feine Thompskate in Rayen, wo das brennende Holz im Kaminofen so herrlich angenehm knisterte wie höchstens noch in einer Trapperhütte in den kanadischen Rockies und jedes Mal kuschelige Gedanken aufkommen ließ, schien ihm meilenweit entfernt zu sein. Boomi fühlte sich wie in den verstecktesten Gebieten der Antarktis, mit dem Unterschied, dass im ewigen Eis immer noch mehr Leben steckte als in der gesamten Hochstraße in Neukirchen am Heiligen Abend. Wer hier wohnte, den sah man nicht, selbst, wenn man deswegen stundenlang vor irgendeiner beliebigen Tür ausgeharrt hätte. Hier gab es kein Leben, das einem das sichere Gefühl gegeben hätte, nicht allein auf der Welt zu sein. Hier gab es nur Stein gewordene

Phantome der Einsamkeit, ach, der absoluten Verlassenheit und Langeweile. Geschäfte starrten ihn an wie potemkinsche Fassaden, und auch wenn Licht manche Fenster erleuchtete, war überhaupt nicht sicher, ob dort nicht lebensgroße Puppen statt lebendiger Knochensäcke wohnten.

Warum also tat er sich das überhaupt an? Warum hatte er den Littardweg an diesem Tag überhaupt verlassen? Und dann noch für Neukirchen? Warum lag er nicht daheim auf dem Bärenfell, wohlbehütet vor seinem Kamin und seinem knisternden Feuer? Weil das knisternde Feuer am Heiligabend im Jahre des Herrn 2012 die Hitze vor seiner Tür nur noch verstärkt hätte. Weil draußen 12 °C herrschten! Und weil er nun mal seiner Angebeteten, die keinen blassen Schimmer davon hatte, dass sie das war, dieses eine ganz bestimmte Foto versprochen hatte. Dieses ganz besondere Foto von Andreas Bräm bzw. von seinem Denkmal – aufgestellt an der evangelischen Kirche in der Mitte von Dorf Neukirchen. Dieses romantische Foto wollte seine Geliebte, die mit bürgerlichem Namen Judith Kuckelmann hieß, für eine der nächsten Ausgaben ihrer heißgeliebten Infopost unbedingt haben. *Ja, bin ich denn der Weihnachtsmann, der alle Wünsche erfüllt?* seufzte Boomi frustriert. Ist wohl so, dachte er trotzig. Zumindest für einen einzigen Menschen auf der Welt.

Weihnachtsmänner, so wusste er, werden zwar von jenen, die sie beschenken, über alle Maßen geliebt, aber niemals würde man mit dem Weihnachtsmann gehen oder ihn gar heiraten wollen. Niemals stellte jemand die Frage: „Können Sie Ihren Weihnachtsmann als Partner weiterempfehlen?“ Auch das war Fakt. *Ich bin und bleibe ein*

Weihnachtsmann, dachte Boomi frustriert, *einer, der niemals ein Weib abbekommt, schon gar nicht Judith, und der schon gar nicht weiterempfohlen wird.*

Boomi lag im irischen Pub mittlerweile halb bewusstlos auf der Theke. Die Stimmung um ihn herum war laut bis brüllend. Seine eigene drückte ihn mehr und mehr nach vorne auf die Platte, zusätzlich schwer unterstützt vom Alkoholpegel. Plötzlich rutschte der mit lila Hosenträgern verzierte Koloss neben ihm von seinem Hocker herunter und baute sich dann in seiner ganzen Leibesfülle demonstrativ dahinter auf. Er war wahrlich ein Baum von einem Mann, und er hörte auf den Namen Jupp. Boomi hatte mitbekommen, dass ihn die Bedienung persönlich begrüßte. Auch Jupp hatte schon reichlich getankt. Der gewaltige Klotz stierte Boomi zunächst aus glasigen Augen an, aber Gott sei Dank blickte er bald zu den anderen Thekenbrüdern hinüber. Eine ganze Schulklasse von Männern mittleren Alters, die anscheinend alle an diesem Abend aus ihrem Zuhause geflohen waren, kauerte am Tresen und hielt sich dabei an Bier und Doppelkorn fest. Einer von ihnen war Jupp aus Scherpenberg. Und Jupp brüllte jetzt so laut, dass alle anderen Männchen im Raum augenblicklich still wurden: „He, Leute, Moerser Früchtchen, mal aufgepasst. Onkel Jupp macht euch jetzt ein wirklich nettes Angebot. Ist ja Weihnachten. Also. Braucht ihr Pariser? Sagt! Braucht ihr vielleicht Pariser? Ja? Könnt ihr von mir haben, Leute. Kost rein gar nix. Einen ganzen Sack voll Pariser habe ich abzugeben. Verschenke ich alle an euch. Habe ich nämlich keine Verwendung für. Sind mir allesamt zu klein geworden!"

Als wäre nichts gewesen, schob sich der Moerser Kleiderschrank zurück auf seinen Platz und bestellte seelen-ruhig ein frisches Kilkenny beim Barmann. *Ich muss jetzt wirklich heim,* dachte Boomi, der seinen Kopf auf die Theke gelegt hatte und sich ausmalte, das nussbraune Holz sei Judiths rosige Wange. *Dringend jetzt heim. Ganz dringend. Muss mich bloß dazu aufraffen können. Aber das kommt noch …*

„Ist denn das Böse nicht dafür da,
um die Guten zu stärken?"

Neugier killt die Katz'

Irgendwie schaffte es Boomi, von seinem beinharten Hocker herunterzuklettern, danach mehr oder weniger geradeaus Richtung Tür zu wanken und zuletzt auch den Ort seines Besäufnisses und vehementen Selbstmitleids zu verlassen. Es war kurz nach Mitternacht, Weihnachten 2012 vorbei und hoffentlich bald auch begraben und vergessen. Die sauerstoffreiche Luft empfing ihn mit dem Versprechen, seinen vom Alkohol vernebelten Verstand noch ein wenig mehr zu tunen. *Pimp my brain, it's full of beer,* dachte Boomi besoffen und hickste laut. Das Pimpen klappte von einer Sekunde zur nächsten besser. Er sah noch weniger klar als zuvor und tappte eine Zeitlang ziellos umher. Von den gefühlten Temperaturen her musste Ostern ohnehin kurz bevorstehen.

Boomi torkelte mehr in Schieflage, als dass er aufrecht gegangen wäre, und er war nicht mehr so ganz imstande, sich zu orientieren. Verzweifelt suchte er ein Taxi für die Heimreise, wobei er zunächst den falschen Weg einschlug, nämlich längs des ehemaligen VHS-Gebäudes, das auf den Betrachter wie ein heruntergekommenes herrschaftliches Gemäuer wirkte und dessen ehemaligen Glanz man nur erahnen konnte. Linker Hand von dem nächtlichen Torkler befand sich der große Kastellplatz. Kahle, schlanke Bäume streckten ihre Äste gespenstisch in die Höhe. Vor ihm in der dunklen Ferne lag das Moerser Schloss mit seinem geschichtlichen Museum und etwas Raum fürs Theaterspiel im Untergeschoss. Boomi starrte verwirrt in die Nacht hinein. In der Ferne erahnte er das Denkmal der Kurfürstin Luise Henriette in ihrem weiten, grünspanigen Wallegewand und dem komischen Cowboyhut mit Federboa auf dem Kopf. „Wo geht's bloß lang, Henriette, du Fette?", kicherte Boomi, schwankte auf der Stelle, blinzelte dumpf in die Gegend und konnte sich nicht entscheiden, was er als Nächstes tun sollte.

Tage zuvor hatte auf dem alten Kastellplatz noch der Moerser Weihnachtsmarkt getobt. Der war so etwas wie eine organisierte Open-Air-Auslage für Glühwein-Junkies, Bratwurstesser mit extrem fettigen Fingern, schmallippige Eierpunsch-Trinker und dickbäuchige Lebkuchen-Hirtenpfannen-Fleischverzehrer aus der kulturschwachen Provinz. Hier floss das Bier in Strömen – vor allem wegen des milden Wetters – und die unzähligen Modeschmuckstände, die Hutstände und bunten Bonbonbuden weckten nie gekannte Begehrlichkeiten unter den zahlreichen Besuchern vom Lande. Für alle, die schon mal einen richtig guten Weihnachtsmarkt erlebt hatten ... also: Mit diesem war man in gefühlten sechs Minuten durch. *Dreh dich einmal um die eigene Achse und dir fällt alles vom Vorjahr wieder ein,* hatte der Detektiv aus Rayen frustriert gedacht. *Warum komme ich dann immer noch hierhin? Weil der Niederrheiner nun mal ein Herdentier ist und das Wallfahren miterfunden hat,* gab er sich selbst die Antwort.

Boomi hatte den Markt wie jedes Jahr kurz besucht, aber auch das spektakulär angekündigte neue Weihnachtsdorf auf dem Altmarkt - vier Buden im Karree - mit seinen sensationellen Kunsthandwerkständen (unglaubliche Metro-Ware vom Feinsten) und auch die imposante Weihnachtsbühne, wo Laienmusiker stundenlange Gesänge von sich gaben, die in den Ohren schmerzten, hatten es nicht vermocht, ihn so zu entzücken, dass sich bei ihm so etwas wie vorweihnachtliche Stimmung breit gemacht hätte. Folglich hatte er sich schon damals in seinen Pub verzogen und den Plan vorgeschmiedet, hier die Weihnachtstage zu verbringen. Doch der war leider an den Öffnungszeiten während der Feiertage gescheitert: „Dicht, dicht, erst dann wieder geöffnet", hatte man ihm freundlich mitgeteilt. Es war zum Heulen, aber Weihnachten war nun mal in erster Linie ein Familienfest. Singles ohne alles kamen dabei nicht vor. Und ohne „alles und jeden" war er ja nun mal.

Irgendwann fiel Boomi auf seinem nächtlichen Stolpergang auf, dass die Richtung vollkommen falsch war. Doch anstatt umzukehren, wollte er jetzt um das alte VHS-Gebäude herumlaufen. Vor sich und auf der linken Seite hatte er nun das alte, neue Rathaus. Im Licht des Mondes wirkte es irgendwie unheimlich. Moers besaß seit einigen Monaten ein brandneues Rathaus, einen wahren Architekturtempel - aber auch noch das ganz alte, das wiederum vor dem alten, neuen errichtet worden war. Eigentlich besaß Moers drei Rathäuser: das ganz alte, das alte, neue und das superneue. Das alte, neue Rathaus sollte 2013 verkauft werden. So jedenfalls war es geplant. Es galt als ausgemachtes

Filetstück inmitten von Knochen und sehnigen Teilen. Die Immobilie stand seit Monaten leer und wartete darauf, von einem Investor mit flotten Ideen und genügend Geld erworben zu werden.

Bad Moers stand auf den Fensterscheiben zu lesen, hinter denen sich einst die Amtsräume des Bürgermeisters befunden hatten. *Lebensquelle* hieß es nur zwei Fenster weiter groß und fett gedruckt. *Quelle reinen Lebens* stand darunter. *Lebensquelle? Bad Moers? Warum so zimperlich, liebe Stadtväter?* hatten Bürger vor einiger Zeit kritisch angemerkt. Die Wahrheit war der Menschheit durchaus zuzumuten: *Paradies, Garten Eden, Avalon, Shangri-La oder einfach nur Märchenreich am Niederrhein* lauteten die wahren verborgenen Namen dieser Stadt. Auch jetzt musste Boomi angesichts so vieler Euphemismen - trotz seines Zustands - grinsen. Es war ja auch zu ernüchternd! Kahle Bäume säumten noch immer seinen Weg. Ihre knorrigen Äste reckten sich nun warnend in die Höhe. Sie schienen ihm zuzuflüstern: „Halt! Stopp! Nicht weiter!" Ein gelblich trübe leuchtender Nebel wie in *The Fog* waberte um das ehemalige Rathaus, zog langsam hinunter auf den allmählich zerbröselnden Parkplatz und erinnerte an dünne Giftwolken, die das Gebäude noch immer auszu - atmen schien.

War nicht mal da vorne links unter der Empore der Eingang zur ehemaligen Rathauskantine? rätselte Boomi dumpf. Sein Freund Gero van Leyen hatte in dieser Kantine ein-, zweimal gegessen und anschließend gemeint, dass die Küche schier Unglaubliches bot, zumindest was die phantasievolle Bezeichnung mancher Speisen betraf wie

„Brühe vom Beamtenwindhund". Hiermit war allerdings nichts anderes als eine ordinäre Schildkrötensuppe gemeint, haha, wie man sie natürlich in jeder x-beliebigen Rathauskantine in Deutschland bestellen konnte.

Boomi hustete und taumelte weiter. Dann, nach nur wenigen Schritten, entdeckte er die Absperrung. Hohe Bauzäune sollten offenbar verhindern, dass man dem aufgegebenen Gebäude zu nahe kam. Sie sicherten das Gelände um das alte Rathaus und schützten so allzu neugierige Bürger vor ihrem eigenen Übermut – schließlich drohte Gefahr durch herabstürzende Akten. Boomi stierte mit glasigem Blick auf eine Lücke im Zaun, die irgendein Depp offensichtlich vergessen hatte zu schließen. Er beschloss, sich die „Sache" mal etwas genauer anzusehen.
Der beziehungslose Held aus Vluyn war ganz allein. Kein Mensch hielt sich um diese Zeit hier am alten, neuen Rathaus auf. Boomi gähnte, zog die Nase hoch und murmelte etwas Unverständliches wie „Schei ... gal ..." Was konnte schon passieren, wenn er einfach mal näher ranging an den hässlichen Verwaltungstrakt? „Sch ... auf den Nebel ..." Der erschwerte ihm das Atmen, je weiter er auf wackeligen Beinen vorwärts tappte. Dann schlüpfte er durch die Lücke zwischen den beiden Abschnitten des Bauzauns, was allerdings eine geraume Zeit dauerte, weil sein linkes Bein immer wieder auf der anderen Seite hängen bleiben wollte, so als hätte es sich von ihm unabhängig gemacht. Aber schließlich war der Vluyner durch. Langsam wie ein Einbrecher auf Valium schob sich Boomi auf die Treppe des ehemaligen Hintereingangs zu. Endlich dort angekommen,

stolperte er die wenigen Stufen hinauf und stand kurz darauf vor der gläsernen Eingangstür. Natürlich verschlossen. *Na klar!* Doch als er sich am Türgriff festklammerte, um nicht umzufallen, erlebte er eine Überraschung. Die Tür ging knarrend auf und bot ihm unvermutet freien Eintritt ins dahinter liegende, vollkommen leerstehende Gebäude. *Aber hallo,* dachte der privateste Privatdetektiv. *Doch nicht verriegelt und verrammelt? Könnte ja jeder Furz rein, wenn er nur wollte.*

Und Boomi wäre nicht Boomi gewesen, wenn er diese einmalige Chance nicht genützt hätte. Wie immer hatte er seine Mini-Taschenlampe dabei. Die kramte er nun aus seiner Hosentasche hervor. Mit dem nadelstarken Lichtstrahl der LED-Lampe stieß er berauscht, aber neugierig wie Kolumbus in die totale Dunkelheit des ehemaligen Moerser Rathauses vor. Totenstille umfing ihn. Grausige Totenstille. Niemand war da und der ehemalige Hausherr längst ausgezogen. Boomi fand das alles sehr geheimnisvoll und aufregend. Er torkelte die Treppe zur ersten Etage hinauf. *Was für ein Abenteuer am zweiten Weihnachtstag,* durchfuhr es ihn. Für ihn persönlich war das so etwas wie eine nachträgliche Bescherung. Nur zu gern stöberte er in alten, leerstehenden Häusern oder Gebäuden herum, vor allem, wenn sie eine Geschichte hatten.

Einmal war er deswegen in eine ehemalige Klinik für geistig Behinderte eingestiegen – ebenfalls nachts, im Stockdunklen. Dieses Gebäude aus der Gründerzeit befand sich in der Nähe von Viersen. Es war unheimlich gewesen, durch die verschiedenen leer stehenden Zimmer zu schleichen, mit dem Gedanken daran, was hier alles in der Vergangenheit, kurz nach dem Zweiten Weltkrieg, geschehen war. Alles dort war heruntergekommen gewesen, mit kaputten Schränken, herumliegenden Kleidungsstücken und zusammengeknüllten Zeitungsfetzen. Glühbirnen hatten nackt von den Decken gebaumelt, in den Ecken zertrümmerte Kloschüsseln und leere Bierflaschen gelegen, zerschlissene Vorhänge vor den Fenstern gehangen, Tische und Stühle umgeworfen herumgelegen und die Tapeten halb abgerissen von den Wänden heruntergehangen. Was Boomi damals vorgefunden hatte, war ein bedrückendes Durcheinander in jedem Raum dieser ehemaligen Anstalt gewesen, ein Bild der Zerstörung, Verwüstung und Verwahrlosung. Jedes Zimmer hatte nichts als Trostlosigkeit geatmet, war mit Müll übersät gewesen, und es hatte nicht viel Phantasie gebraucht, um sich auszumalen, dass es hier in früheren Zeiten zu Grausamkeiten gekommen war, inmitten eines erbärmlichen Lebens ohne die Aussicht, jemals diesen düsteren Ort verlassen zu können. Boomi hatte, hin- und hergerissen zwischen Abscheu und Faszination, die einsamen Zimmer eines nach dem anderen durchschritten. Die ganze Zeit über hatte ihn dabei ein sägender, dann wieder schriller, an die Nerven gehender Ton begleitet, vom pfeifenden Wind in irgendeinem losen, hohlen, aber nicht lokalisierbaren Gegenstand erzeugt. Hin und wieder war der nächtliche Besucher auf Räumlichkeiten gestoßen, die so groß gewesen waren wie Zimmer für Liliputaner, und er hatte sich bedrückt gefragt, was sich hier in ihnen einst abgespielt haben mochte – waren sie doch zum Bewohnen ganz und gar nicht geeignet gewesen.

So wie die ehemalige Anstalt sah das aufgegebene Rathaus von Moers überhaupt nicht aus. Schade! Alle Räume waren mal mehr, mal weniger leer geräumt worden. Beamtenmentalität. Geordneter Rückzug. Unrat gab es nur an ganz wenigen Stellen, ein wenig Papier, ein paar alte Ordner oder zerschlissene Gittermappen. Gebrauchte Wiedervorlagemappen auf dem Boden warteten vergebens. Hin und wieder fiel der Schein seiner Taschenlampe auf einen wurmstichigen Schrank, ein altes Holzregal oder einen zerkratzten Schreibtisch. Boomi merkte, dass er allmählich müde wurde. Er gähnte wie ein Löwe. Am liebsten hätte er sich jetzt irgendwo schlafen gelegt, im alten, neuen Hotel *Moerser Lebensborn*.

Er hätte diesem Bedürfnis schon beinahe nachgegeben, als er erkannte, dass er vor dem Büro des ehemaligen Bürgermeisters stand. Erneut fühlte er wieder dieses unbeschreibliche Prickeln in der Magengegend. Adrenalin wurde ausgeschüttet, alle Müdigkeit zurückgedrängt. Wilde Neugier packte ihn, und er tastete sich vorsichtig in den lang gestreckten, finsteren Raum hinein. In diesem Augenblick versagte seine Lampe, und es wurde so rabenschwarz wie in einem Erdloch. Unversehens stieß Boomi heftig gegen einen Tisch mit Metallbeinen, und sofort begann sein rechtes Knie höllisch zu schmerzen. Er wollte es instinktiv betasten, aber dabei entglitt ihm die Taschenlampe. „Verdammte Scheiße", fluchte er laut. Hastig suchte er den Boden nach der knapp daumengroßen Lampe ab. Als er sie schließlich fand, richtete er sich halb auf und versuchte, das blöde Ding wieder anzuschalten. Nach einigem Schütteln gelang es ihm tatsächlich.

Doch nun zuckte er entsetzt zusammen, und seine Augen weiteten sich vor Schreck. Was war das? Im Schein des dünnen Lichtstrahls sah Boomi etwas Ungeheuerliches auf dem alten Parkettboden liegen. Er blinzelte, die Dinge verschwammen vor seinem Blick, er konnte sich, vom Alkohol umnebelt, nicht so richtig darauf konzentrieren. Aber er glaubte, verschmierte Haare, einen arg zertrümmerten Kopf, einen irgendwie verdrehten Rumpf, seitlich abgewinkelte Gliedmaßen zu sehen. Da war auch Blut, da waren viele seltsame Gegenstände ... Boomi wandte sich schockiert ab und übersah dabei einen länglichen Gegenstand auf dem Boden. Er stolperte darüber, stürzte auf einen weiteren Tisch, krachte übel mit dem Kopf gegen eine Wand, rollte dann über den Tisch hinweg in eine knapp 50 Zentimeter breite Spalte zwischen diesem und der Wand und schlug mit dem Hinterkopf hart auf dem Parkett auf. Dort blieb er bewusstlos liegen.

„Das habe ich schon mal gesehen.
Ist das nicht aus ‚Dracula und der kleine Max‘?“
(Schaller)

Eine Leiche wie aus einer anderen Welt

„Wer hat den Toten gefunden?“, fragte Kleinlützum beiläufig und sah sich dabei aufmerksam im Zimmer um. Da standen ein paar verkratzte Tische herum, willkürlich zusammengeschoben, ein alter Schrank, vier, fünf Kartons mit Verwaltungskram, Akten und anderes Zeug, das offenbar vergessen worden war.

„Der Wachdienst“, antwortete ein etwa 30-jähriger, flott und modisch frisierter Mann von der zur nicht weniger flotten Pressestelle der Stadt Moers. Er hörte auf den Namen Paul Meyer.

„Warum muss das Rathaus von Moers überhaupt bewacht werden, Herr Meyer?“, wollte Schaller wissen.

Der Angeredete hätte jede Frage an ihn - und wäre sie noch so blöd gewesen - ohne mit der Wimper zu zucken beantwortet, weil ein Mitarbeiter des Moerser Rathauses lernt, dass Fragen von Bürgern oder Vorgesetzten niemals blöd sind, auch wenn sie mitunter so klingen. Also blickte Meyer den Kriminalbeamten aus Duisburg an wie ein Kandidat in der Sendung „Wer wird Millionär“ den ehrwürdigen Moderator. „Weil es leer steht. Wir haben Sorge, dass Vandalen hier ihr Unwesen treiben.“

„Aha! Gibt es die auch schon in Moers, im schönsten Quell des Lebens?", lästerte Schaller. Er schien nicht zu merken, dass seine Frage idiotisch war. Der Mann vom Rathaus war aber immer noch nicht irritiert. Er wartete mit einer Statistik auf, nach der es hin und wieder an leer stehenden Gebäuden in der Stadt zu schlimmen Beschädigungen wie Graffiti, Schmierereien oder nicht genehmigte Plakataufhängaktionen gekommen war.

„Die Leute vom Wachdienst sollen sich umgehend bei uns melden", mischte sich Kleinlützum in das sinnlose Gespräch ein. Er und Kollege Schaller waren die beiden untersuchenden Kommissare aus Duisburg. Ein Team des Spurenerkennungsdienstes hatte sich inzwischen über die Leiche und den Fundort hergemacht. Sie fotografierten, was das Zeug hielt, vermaßen den Raum und die Leiche und suchten jeden Winkel des Raums nach verwertbarem Material ab. Mehrmals hörte man entsetzte Bemerkungen. „Eine Leiche wie von einem anderen Stern ..." oder „Eine Leiche wie ... ach, man glaubt das nicht, wenn man es nicht selbst erlebt hat ..."

Aber genau so war es wirklich. Kleinlützum äugte mutig zu dem Ermordeten hinüber. Er und Schaller standen etwa vier Meter von dem übel zugerichteten Opfer entfernt. Der Anblick entsetzte sie zutiefst. In ihrer gesamten beruflichen Laufbahn hatte ihnen noch kein Mörder eine so grauenhafte Sauerei hinterlassen.

„Das hier waren also mal die Amtsräume des Bürgermeisters?", wollte der Kommissar wissen.

„So ist es! Hier hat Herr Felix Kuglheimer zuletzt ge ... gesessen", lautete die Antwort des Vertreters der Pressestelle.

Hm! Kuglheimer. Kleinlützum schritt in Gedanken versunken am Tatort auf und ab. Fieberhaft versuchte er die schrecklichen Bilder, die ihm durch den Kopf gingen, so zu ordnen, dass sich daraus eine brauchbare Analyse ergab. Was genau war hier vorgefallen? Warum auf diese anstrengende Weise? Warum ausgerechnet im ehemaligen Amtssitz des ersten Bürgers der Stadt? Es gelang ihm nicht, Klarheit zu gewinnen. Ein Mann, vermutlich Ende 50, vermutlich Moerser Bürger – seine Personalien standen noch nicht fest –, war auf bestialische Weise getötet worden. Auf eine so bestialische Weise, dass es locker für einen Guinness-Eintrag gereicht hätte. Moers, die erste Stadt, in der …

Kleinlützum hatte in seinem Berufsleben schon viele gewaltsam zu Tode gebrachte Männer und Frauen betrachten müssen, aber das hier schlug alles, was er bislang kannte. Auch alles, von dem er jemals gehört hatte. Das war eher etwas für Quentin Tarantino. Gefunden hatte die Leiche am frühen Morgen ein privater Wachdienst. Der arme Kerl ahnte nichts Böses und als er dann die Bescherung sah, hatte er nur kurz einen Blick auf den entstellten Toten geworfen. Schnurstracks und kreidebleich war er danach aus dem Zimmer gerannt. Niemals hätten die vom Wachdienst mit so etwas gerechnet. Eine Leiche? Im verwaisten Rathaus? Wer wäre denn darauf gekommen? Es ging vor allem um Sprayer oder Stadt bekannte Kiffer, die sich im Schutz des leer stehenden Rathauses ihrem Rausch hingeben wollten. Diese Burschen sollten sie aufspüren und ihre Personalien festhalten. Aber Ermordete entdecken! Das stand nicht im ihrem Vertrag. Warum allerdings die Eingangstür, wie die Bullen mittlerweile ermittelt hatten, nicht verschlossen gewesen war, blieb bislang ungeklärt. Insgesamt wirkten die zwei Männer vom Wachdienst auf Kleinlützum wenig professionell. Vermutlich hatte die arme Stadt Moers mal wieder sparen wollen und dritte Wahl beim Security-Dienst bestellt.

Kleinlützum schüttelte gedankenverloren den Kopf. Was war das mal wieder für eine blinde Kacke! Und er musste mal wieder den Aufklärer spielen. Keine zehn Minuten hielten sie sich nun in diesem ehemaligen Bürgermeisterzimmer auf. Kleinlützum hatte bereits die Faxen dicke. Was war das bloß für ein Jahr 2012? Anfang des Jahres hatte ein neapolitanischer Mafioso im Museum von Neukirchen-Vluyn die Museumsaufsicht Wilhelmine Bongards mit einem Säbel enthauptet - und nur wenig später den Frühpensionär August Kreymann mit derselben Waffe erstochen. Aber der Zustand dieser beiden Leichen hätte im Vergleich zu dem Anblick hier glatt einer Altersfreigabe von unter sechs Jahren entsprochen - wenn es um einen Kinofilm gegangen wäre.

Schaller, sein oft nicht so wirklich schlau aussehender und noch weniger klug daherredender Partner, sein „dritter Aushilfshilfskommissar auf Probe", wie er ihn gern bei sich nannte, hatte mal wieder eine Idee, die er loswerden musste. „Das habe ich schon mal gesehen. Das kenne ich. Ist das nicht aus *Dracula und der kleine Max?*"

Kleinlützum verzog gequält das Gesicht. „Schaller, hören Sie auf. Hören Sie einfach auf. Wir sind hier nicht im Quatsch-Comedy-Club."

„Aber es sieht doch aus wie eine Vampirtötung", fuhr Schaller unbeirrt fort. „Allerdings hat der Mörder den berühmten Holzpflock blöderweise nicht durch das Herz seines Opfers getrieben, sondern völlig wahnsinnig durch den Kopf. Warum eigentlich?"

„Ich sehe es, Schaller. Ich sehe es auch", knirschte Kleinlützum. „Ersparen Sie mir bitte Ihre poetische Beschreibung der Leiche. Mir reicht schon, was ich vor Augen habe."

Der Mörder hatte seinem Opfer tatsächlich einen spargelförmigen Holzpflock durch den Kopf getrieben und diesen so regelrecht am Parkett festgenagelt. Den Kopf hatte er vorher so gedreht, dass er auf der rechten Seite lag. Die Augen blickten starr in die Ferne. Der Pflock war durch die Wangen und die Mundhöhle geschlagen worden. Um den blutverschmierten Kopf lag eine Schlinge, die aussah wie eine künstliche Schlange, mit der das Opfer erdrosselt worden war. Ob zuerst der Pflock durch den Schädel getrieben oder der Mann vorher erwürgt worden war, würde erst die Obduktion zeigen. Der Körper war nackt und mit einem dünnen Schleier vollständig bedeckt. Die Kleidung lag fein säuberlich gefaltet neben dem Toten. Auf seinen malträtierten Kopf war eine goldene Pappkrone gesetzt worden, seine rechte Hand hielt eine Öllampe aus Ton, und ein Weihnachtsschmuck, ein Glöckchen, hing an seinem Hals – ein furchtbarer Anblick.

Angewidert wandte sich Kleinlützum ab. Wer so etwas machte, musste einen unbändigen Hass auf sein Opfer empfunden haben. Anders war diese inszenierte Grausamkeit nicht zu erklären. Kleinlützum stöhnte. Sehnte er bereits seit längerem den Zeitpunkt seiner Pensionierung herbei, so war das jetzt mal wieder ein Augenblick, in dem er sich wünschte, die noch fehlenden Dienstjahre durch die Tat eines gütigen Gottes rasend schnell an sich vorbeigaloppieren lassen zu können. *Warum nicht nächste Woche? Bitte, bitte. Ich will meinen Schreibtisch schon nächste Woche für immer räumen dürfen,* flehte Kleinlützum lautlos. Sollte sich doch ein anderer mit diesem irren Mörder herumschlagen.

„Also, junger Mann aus dem Rathaus", begann Schaller seelenruhig, „ ich meine, Sie sind doch als lokaler Pressefachmann auf dem Laufenden, Sie kriegen doch so einiges mit, was unter den Bürgern gärt, nicht wahr? Also, kurz gefragt, welchem Moerser Bürger würden Sie diese perverse Tat hier zutrauen?"

Kleinlützum stieß entsetzt einen derben Fluch aus, und der Mann aus dem Rathaus wurde bleich. Eine solche Frage hätte er nicht einmal seinem ewig nörgelnden Dezernenten zugetraut. Und der konnte mitunter ganz schön seltsam ... Ohnehin hatte er den Raum nur so weit betreten dürfen, dass er selbst so gut wie nichts von der Bluttat zu sehen bekam. Der junge Beamte drehte sich um und verließ wortlos das Zimmer.

„Kann ich emotional nachvollziehen", brummte Kleinlützum und blickte seinen Kollegen ziemlich bitter an. „Wenn mich jemand so was fragen würde ..."

„Also erstens, Chef, machen Sie so etwas auch oft, und zweitens kriegt man beim Presseamt wirklich viel mit", wehrte sich Schaller. „Sie glauben gar nicht, mit was für ..."

„Jetzt ist aber Schluss, Mann", brüllte der Kommissar. „Verdammt noch mal, Weihnachten ist erst seit einem Tag vorbei, und unser Job ist so schon hart genug! Können Sie sich nicht ein wenig zusammenreißen?"

In diesem Moment hörten sie ein furchtbares Stöhnen. Alle, selbst der hartgesottene Kleinlützum, fuhren erschrocken zusammen. Was konnte das sein? Dann wurde das Stöhnen lauter. Schaller blickte sich prüfend im Raum um. Das Geräusch schien von einem Schreibtisch zu kommen, der nicht ganz gegen eine Wand geschoben war. Weil der Tisch vorn eine durchgehende Holzplatte aufwies, konnte man nicht erkennen, ob etwas darunter bzw. dahinter lag. Und allem Anschein nach hatte auch niemand von den Kollegen einen Blick dahinter geworfen. Das gab's doch nicht! Kleinlützum zog seine Waffe, entsicherte sie und näherte sich vorsichtig dem Schreibtisch. *Ob genau an diesem der amtierende BM von Moers einst seine wegweisenden Unterschriften geleistet hat?* fragte sich Schaller in diesem Moment. *Was, wenn dieser Tisch ein Maul hätte und reden könnte?* Dann brach das Stöhnen unmittelbar ab, aber nur, um einen Moment später umso heftiger wieder einzusetzen. Kleinlützum blickte wütend zu Schaller, der einfach nur dastand, und forderte ihn mit wilden Gesten auf, ebenfalls seine Dienstwaffe zu ziehen und ihn zu decken.

„Die liegt im Präsidium", flüsterte der Angesprochene mit unbewegter Miene. „Ich dachte mir, wo schon ein Toter ist, wird sowieso nicht mehr geschossen."

„Merde!", stieß Kleinlützum aus. *Dann also allein.*

Vorsichtig beugte er sich vor und lugte mit angehaltenem Atem hinter den Schreibtisch. Am Boden lag ein Mann und ächzte so laut, als wäre er eine der Vluyner Tennisdamen bei den Medenspielen 2012. Kleinlützum stutzte. Er kannte den Kerl, der da vor ihm lag – und wollte es einfach nicht glauben. Das gab's doch nicht. Wie war das möglich?

„Nee, das kann nicht sein", stieß er überrascht hervor, schob seine Waffe zurück ins Polster und griff sich danach an den Kopf. „Halten Sie mich fest, Schaller, ich habe ein Déjà-vu. Ein ganz starkes Déjà-vu. Sozusagen ein Alptraumdejavu. Sagen Sie mir bitte noch mal, dass wir den Zweifachmörder von Vluyn erwischt haben und der Fall dort längst abgeschlossen ist."

„Der ist absolut Schnee von gestern", bestätigte Schaller. „Warum wollen Sie das wissen?"

„Weil sich hier am Tatort ein alter Bekannter ausruht. Ich glaube es nicht. Unfassbar! – Kommen Sie mal schnell da raus, van den Boom", forderte Kleinlützum den Stöhnenden auf. „Was um alles in der Welt haben Sie hier zu suchen? Oder waren Sie das? Haben Sie am Ende diese Schweinerei dort angerichtet?" Dabei deutete er auf die Leiche, die keine zwei Meter von ihnen entfernt lag.

Boomi ächzte erneut und versuchte dann, sich aufzurappeln. „Wo bin ich? Was mache ich hier? Und warum sehe ich ausgerechnet den Herrn Kommissar?"

Der verzog fast schon angewidert das Gesicht. „Tja, das wüsste ich auch gerne. Sie befinden sich im alten, neuen Rathaus im ehemaligen Amtszimmer des stadtbekannten Bürgermeisters. Eigentlich darf hier von Amtswegen keiner rein. Das Gebäude wurde abgesperrt, gesichert, und außerdem patrouilliert ein unglaublich aufmerksamer Wachdienst. Männer mit scharfen Hunden und Kanonen unter der Jacke. Was zum Henker haben Sie hier also zu suchen, Leo van den Boom?"

Kleinlützum konnte es immer noch nicht fassen. *Ich habe mit diesem Kerl aus Vluyn am Anfang dieses Jahres zu tun, dann noch weit ins Jahr hinein, und ich bekomme es am Ende des Jahres schon wieder mit ihm zu tun. Wie kann das Schicksal nur so grausam zu mir sein? Das ist nicht fair!*

Endlich stand Boomi einigermaßen aufrecht vor den beiden Beamten. Sein Schädel dröhnte, und vor seinen Augen drehte sich alles. In seinem Mund waren offenbar Hunderte von Ameisen gestorben, die nun allmählich vor sich hin faulten. Ihm war speiübel, und er hatte nicht die geringste Ahnung, wie er hierhergekommen war. Und warum standen ausgerechnet Kleinlützum und Schaller vor ihm und glotzten ihn an? Träumte er? „Ist das ein Albtraum?"

„Nur für mich", versicherte ihm Kleinlützum.

„Offenbar zu viel getankt gestern Abend, was?", vermutete Schaller grinsend.

„Muss wohl", gestand Boomi kleinlaut. „War im Pub um die Ecke." Daran konnte er sich noch erinnern. Irgendein Guinness dort hatte ihm wohl den Rest gegeben.

„Wer am zweiten Weihnachtstag allein im Pub sitzt und sich besäuft, den hat die Freundin wohl von der Schwelle gejagt", gab Schaller zum Besten. Boomi blickte ihn an wie ein geprügelter Hund. „Keine Ahnung, was ich hier mache."

Kleinlützum starrte schweigend zu Boden, als ob er unschlüssig wäre, was er mit ihm machen sollte. Dann traf er eine Entscheidung. Mit dem Mann war jetzt ohnehin nichts anzufangen. „Melden Sie sich morgen bei uns im Präsidium. Sind ja mittlerweile bestens vertraut mit unserer Duisburger Adresse. Ich will bloß von Ihnen wissen, was Sie hier zu suchen hatten. Und eines sage ich Ihnen heute schon: Für mich, van den Boom, sind Sie so etwas wie ein böses Omen, das mir prophezeit, dass es mal wieder schwierig werden wird. Und zwar für uns als aufklärende Behörde. Also, letzte Frage für heute: Haben Sie irgendetwas von dem Mord mitbekommen?"

„Mord?" Boomi traten fast die Augen aus dem Kopf. Entsetzt wich er zurück. „Ich weiß nichts von einem Mord. Wo? Hier?" Er klang ehrlich entsetzt. Er wollte hastig zur Seite springen, doch Schaller hielt ihn am Arm fest.

„Nicht so flott! Sie besitzen wirklich ein ungewöhnliches Talent, Herr van den Boom. Und irgendwann komme ich dahinter, was es damit auf sich hat. Normal ist das jedenfalls nicht."

Dann schob er den verkaterten und völlig neben der Spur laufenden Boomi aus dem Zimmer.

Und seiest du lebendig oder tot, bald verzehr' ich deinen Leib zum Abendbrot

Boomi verstand die Welt nicht mehr. In was war er da nur wieder hineingeraten? Er hatte sich mit dickem Kopf und einem Gefühl im Magen, als hätte er zu fettes Essen - versetzt mit Rattengift - zu sich genommen, von Moers aus mit Taxi Mewes in seine Thompskate nach Rayen bei Vluyn bringen lassen. Drei Aspirin und eine halbe Flasche Wasser ohne Kohlensäure schenkten ihm nach einiger Zeit ein wenig Linderung. *Ich vertrage wirklich nichts, bedauerte er sich selbst. Und ich gerate ständig in irgendeinen Scheiß hinein.* Ganz langsam kehrte seine Erinnerung bruchstückhaft zurück. Okay, er hatte entschieden zu viel getrunken und danach das Lokal verlassen. Auf der Suche nach einem Taxi war er offenbar durch die Nacht getapert - allerdings in die falsche Richtung. Dabei war er am alten, neuen Rathaus vorbeigekommen. Warum war er dort eingestiegen? Klar, weil es nicht verschlossen gewesen war. Alte, verlassene Häuser waren nun mal etwas, das er sich nie im Leben entgehen lassen würde, wenn er die Gelegenheit dazu hatte.

Boomi strich sich durch die Haare. „Au!" Er fasste sich an den Hinterkopf und schrie noch einmal auf. Dort hatte sich eine mächtige Beule gebildet, die höllisch schmerzte, sobald er sie berührte. Wie er sie sich allerdings zugezogen hatte, dazu fiel ihm nichts Brauchbares ein. War er denn auf der Straße hingefallen? Blackout. Oder rührte die Beule vom Sturz im ehemaligen Büro des Bürgermeisters her? Ächzend erhob sich Boomi von seiner Couch, die keine zwei Meter entfernt vorm Kamin stand, schlurfte langsam wie ein uralter Mann in die Küche und setzte Wasser auf, um sich einen Tee zu machen. Lustlos schob er einen labbrigen weißen Toast in den Toaster und kramte dann aus dem Kühlschrank Butter und etwas Salami hervor. Ein wenig Nahrung schien ihm jetzt angebracht, obwohl ihm sein Magen signalisierte, dass er momentan entschieden etwas gegen feste Nahrung hatte. Während Boomi vor dem langsam sich erhitzenden Wasserkocher wartete, durchzuckte ihn plötzlich wie der Blitz ein beunruhigendes Bild. Vor seinem geistigen Auge sah er einen zerschundenen Körper unter einer Art durchsichtiger Plane und einen Schädel, durch den ein Holzpflock getrieben worden war, quer von der einen Seite bis zur anderen. Boomi schüttelte sich entsetzt und wandte sich rasch um. Aufgeregt ging er eine Weile zwischen Wohnraum und Küchennische hin und her. Ja, er hatte etwas Grauenvolles im Moerser Rathaus gesehen. Manche aus Neukirchen-Vluyn hätten das auch dann nicht bemerkenswert gefunden, wenn das Gebäude noch in Gebrauch gewesen wäre.

In Neukirchen-Vluyn selbst waren die Nächte so ruhig und harmlos wie in der russischen Taiga. Kleinlützum hatte von einem Mord gesprochen. Natürlich! Warum sonst sollten sich die beiden Kommissare im ehemaligen Rathaus aufhalten? Es war jemand zu Tode gekommen und anscheinend, wenn er seiner schrecklichen Erinnerung trauen durfte, auf bestialische Weise ins Jenseits befördert worden. Und von allen Neukirchen-Vluynern und Moersern war ausgerechnet wer am Tatort und ganz dicht bei der entstellten Leiche aufgefunden worden? Er. Boomi konnte es nicht fassen. Er mal wieder! Im Fall der beiden ermordeten Neukirchen-Vluyner Bürger im berühmten „Franzosensäbelfall" von Anfang 2012 waren die Kommissare auch ständig auf ihn gestoßen. Hatten ihn sogar kurzzeitig verdächtigt, der Täter zu sein. Ein ungeheuerlicher Vorwurf, aber komisch war es auch gewesen - denn Boomi konnte keiner Fliege etwas zuleide tun. Und ausgerechnet in ihrem jüngsten Fall mussten Kleinlützum und Schaller erneut über ihn stolpern. Nun, Boomi konnte gut verstehen, dass der ewig brummige Kommissar einmal mehr die Hände überm Kopf zusammenschlug. *Aber es war doch wirklich Zufall, dass ich anwesend war, oder? Was denn sonst?*

Boomi eilte zurück zu seinem Wasserkocher, der sich geräuschvoll ausgeschaltet hatte. Nachdenklich goss er das heiße Wasser über einen Teebeutel, den er in eine extra große Tasse - vor Wochen bei den *Zwei Brüdern* in Venlo erstanden - gehängt hatte. Noch etwas Milch aus der Tüte dazu, und Boomi trug das Getränk vorsichtig zurück zum gemütlichen Sofa beim offenen Kamin. *Aber ich habe nichts gesehen, geschweige denn, dass ich eine Täterbeschreibung abgeben könnte,* dachte er. Ihn fröstelte plötzlich, als ihm der Gedanke kam, dass der Mörder vielleicht noch irgendwo im Gebäude gewesen war, als Boomi dort betrunken und nicht gerade leise eingestiegen war. Doch dann beruhigte er sich damit, dass die Tat sehr wahrscheinlich lange zuvor geschehen war. Der Wachdienst hatte vermutlich ziemlich schlampig gearbeitet und im Rathaus erst so richtig nachgeschaut, als deutlich wurde, dass der Stall die ganze Nacht offen gestanden hatte.

Am nächsten Morgen würde er nach Duisburg ins Kommissariat fahren, um seine wenig hilfreiche Aussage zu machen. Aber er sah ein, dass das wichtig war, um von Anfang an jeglichen Verdacht, dass er irgendetwas damit zu tun haben könnte, aus dem Weg zu räumen. Sie würden ihm glauben, das stand für Boomi fest, schon, weil es für ihn kein Motiv gab. Kleinlützum hielt ihn ohnehin für etwas seltsam, weil er sich nun mal für Sachen interessierte, die der Kommissar für höchst suspekt und unseriös hielt: Geheimbünde, Esoterik und Symbolsprachen, wie sie die Alchemisten des Mittelalters verwendet hatten, Sätze wie: „Lege eine Kröte an den Busen einer Frau, damit sie sie stillt und stirbt und die Kröte durch die Milch wächst." So etwas konnte man allen Ernstes in alchemistischen Texten von 1450 lesen. Solche Zitate verwirrten den Kommissar aus Duisburg zutiefst, weil er nicht wusste, ob Boomi ihn nur verulken wollte oder wirklich glaubte, was er da von sich gab.

Währenddessen hatte der designierte Vluyner Zeuge ein Buch vom Regal geholt und darin eine bestimmte Seite aufgeschlagen. Boomi liebte nicht nur ausgefallene Zitate der geheimen Weltliteratur wie das oben erwähnte, sondern auch solche, die sich mit der Liebe zwischen Mann und Frau beschäftigten. Schon ruhte das Buch aufgeschlagen auf seinen Schenkeln, während er ausgestreckt auf dem Sofa lag und langsam wie ein Rindvieh vor sich hinkaute. Boomi las ein bestimmtes Gedicht, ein sehr anrührendes Gedicht, das man vor mehr als 3.500 Jahren in den Sockel einer ägyptischen Frauenfigur eingemeißelt hatte.

Es beruhigte ihn und lenkte ihn von dem Schlamassel ab, in den er geraten war. Boomi liebte es von allen Liebesgedichten, die er kannte, am meisten:

Ach mein Geliebter
wie süß ist es
hinabzusteigen
und im Teich zu baden
vor deinen Augen
um dir zu zeigen
wie sich mein nasses Leinenkleid
mit der Schönheit meines Körpers vermählt.
Komm schau mich.

Etwas Schöneres als diese jahrtausendealte Aufforderung aus dem Munde Judiths konnte er sich nicht vorstellen! In so ein herrliches Gedicht legte er sich hinein wie andere in ein heißes Schaumbad am Wochenende, um zu entspannen, die Glieder zu strecken und endlich, endlich Ruhe zu finden.

Am nächsten Morgen setzte sich Boomi ausgeruht in seinen alten, klapprigen Volvo und fuhr nach Duisburg zu Kleinlützum und Schaller. Die beiden Kommissare waren bereits seit sieben Uhr im Dienst. So früh am Tag hatte Kleinlützum noch schlechtere Laune als sonst. Schaller hockte an seinem Schreibtisch, kaute ein Spearmint und las dabei intensiv in der WAZ. Über einen Artikel aus Schweden musste er lauthals lachen. Noch bevor Kleinlützum sich über diesen unkontrollierten Heiterkeitsausbruch beschweren konnte, war Schaller auch schon dabei, ihm den Artikel vorzulesen. Darin ging es um eine 37-jährige Frau, die Sex mit einem männlichen Skelett gehabt hatte. Als Erklärung gab sie an: „Ich begehre einen Mann so wie er ist, ob tot oder lebendig."

Schaller ließ die Zeitung sinken und grinste. Aber noch bevor Kleinlützum einen seiner gefürchteten Kommentare abgeben konnte, klopfte es zaghaft an der Bürotür.

„Entrez!", rief Kleinlützum, um mal wieder mit seinen Fremdsprachen zu prahlen. Es war Boomi. Schaller bot ihm gleich einen Stuhl an. Er gähnte und meinte dann: „Schön, dass Sie nach Ihrer Alkoholvergiftung - kleiner Scherz - zu uns gekommen sind. Ist Ihnen wieder eingefallen, warum Sie ausgerechnet in diesem Gebäude, in diesem bestimmten Raum Ihren Rausch ausschlafen mussten?"

„Zufall", antwortete Boomi knapp. Kleinlützum hatte die Zeitungsmeldung noch nicht richtig verdauen können. Und jetzt das! Er verdrehte die Augen und stöhnte übertrieben: „Oh nein, erneutes, schreckliches Déjà-vu. Nicht schon wieder, van den Boom. Nicht schon wieder! Warum immer Sie, wenn es um Leichen geht, die geköpft oder zu Tode gemartert wurden? Können Sie nicht mal zufällig als Unbeteiligter bei einem Banküberfall oder einer Entführung dabei sein?"

Er seufzte so laut, als habe man ihm nachträglich alle Weihnachtsgeschenke wieder weggenommen - einschließlich der knusprigen Gans von Heiligabend. Kleinlützum war schon klar, dass dieser belesene Privatdetektiv und Antiquar für grenzwertige Bücher nicht der Täter sein konnte, aber weshalb um alles in der Welt bekam er es immer wieder mit ihm zu tun? Da stand doch eine Absicht dahinter - oder göttliche Fügung? Ein dreckiger Zufall?

„Also, Herr van den Boom", begann er entnervt, „gibt es Ihrerseits Relevantes mitzuteilen, das für uns als untersuchende Behörde eventuell wichtig sein könnte? Bitte, etwas klitzekleines Brauchbares. Das wäre für uns wie ein leuchtender Sonnenstrahl in diesem dunklen und perversen Mordfall."

In diesem Moment schob sich draußen eine Wolke vor die Sonne, deren winterlicher Schein noch kurz zuvor Kleinlützums Schreibtisch ein wenig heller gemacht hatte. Boomi nickte eifrig. „Ja, ja, ich würde Ihnen ja gerne helfen. Ehrlich. Ich kann mich jedoch nur daran erinnern, dass der Strahl meiner Taschenlampe auf einen grauenhaft zugerichteten Körper fiel, ich darüber so sehr erschrocken bin, dass ich rückwärts taumelnd mit dem Kopf gegen die Wand, den Tisch, den Fußboden, irgendeinen harten Gegenstand, ach was weiß denn ich, gestoßen bin und ohnmächtig wurde. Ich habe weder den Mörder noch den Tathergang beobachten können. Ich weiß jetzt, dass ich mich nicht hätte ins Rathaus hineinschleichen dürfen, aber sagen Sie das mal einem besoffenen Kopf wie meinem."

„Ist gut, ist gut, erledigt", stellte Kleinlützum resigniert fest. „Aber es hätte ja sein können, dass Sie eine wertvolle Beobachtung für uns gemacht hätten."

Kleinlützum wirkte irgendwie verändert - fast ein wenig kleinlaut. Boomi merkte, dass der Mann wirklich erschüttert war angesichts des grauenvollen Fundes, den sie im ehemaligen Bürgermeisterzimmer gemacht hatten. Er empfand auf einmal so etwas wie Mitleid für ihn.

„So schlimm?", fragte er leise. Der Kommissar nickte stumm. „Ein Schwein hat da gewütet und seine verdrehten Neigungen ausgelebt. Das Schlimme ist aber: Wir haben keinen einzigen Ansatz. Nichts. Der Tote war Ende 50, hat in einem bekannten Moerser Autohaus als beliebter Verkäufer gearbeitet und war schwul - nach Aussagen seiner Kollegen. Lebte allein. Hing gern an den Wochenenden im *Gay33* herum. War Stammkunde beim - in bestimmten Kreisen - angesagtesten Friseur auf der Homberger Straße und so. Der sollte ihm bei jedem Besuch was Dekoratives machen. Hm. Ja, ich weiß, dass ich Ihnen das eigentlich nicht erzählen darf, aber mir ist jetzt trotzdem mal danach. Wer auch immer seinen unglaublichen Schwulenhass an dem armen Kerl ausgelassen hat, ist dermaßen abgedreht, dass mir vermutlich die Nerven durchgehen, wenn ich ihn zu fassen kriege. So was wie unseren Täter hat der Niederrhein noch nicht erlebt. Weder in Moers noch in Kleve oder in Winnekendonk."

„Oh, wenn Sie sich da mal nicht täuschen, Herr Kommissar", unterbrach Boomi seinen Redeschwall. Er blickte dabei so besserwisserisch drein wie ein Lehrer, der einem Schüler die Realität näher bringen will. „Da fällt mir vor allem der Werwolf von Köln ein. Ist zwar nicht mehr Niederrhein, aber auch nicht ganz so weit weg von hier."

„Werwolf von Köln?"

Kleinlützum starrte Boomi an, als habe dieser auf einmal statt einer Nase einen Bienenrüssel im Gesicht hängen. „Wollen Sie uns veräppeln? Ist das wieder eine von Ihren abgedrehten Storys?“ Er hatte nur zu gut die unglaubliche Geschichte von Napoleon und der neapolitanischen Mafia im Kopf, die ihnen dieser van den Boom aufgetischt hatte, als sie versucht hatten, die Morde im Museum von Vluyn aufzuklären. Das war ja alles erstunken und erlogen gewesen - obwohl sie ihm auch nicht das Gegenteil hatten beweisen können ...

„Nein, überhaupt nicht“, wehrte sich Boomi. „Diesen Werwolf hat's wirklich gegeben.

Zerfetzte Körper, rätselhafte Morde, angefressene Leichen, verschwundene Frauen. Nicht in dieser Gegend, sondern, wie gesagt, etwas weiter südlich. Damals vor fast 500 Jahren trieb dort ein gewisser Peter Stump, 1525 in Bedburg geboren, sein Unwesen. Stump kam zu beträchtlichem Wohlstand, aber irgendwann muss mit ihm etwas geschehen sein, denn am Ende wurde er nackt in den Wäldern um Köln von Bluthunden gestellt. Alle glaubten zunächst, einen Wolf gefangen zu haben, weil das Wesen in den Büschen sich eher tierisch als menschlich verhielt. Dieser Peter Stump hat mitunter wöchentlich gemordet, darunter Hochschwangere, die er zuvor vergewaltigt, geköpft und angefressen hatte. Man beschuldigte ‚Stubbe-Peter‘, wie er genannt wurde, mit dem Teufel einen Pakt geschlossen zu haben. Der Gehörnte habe ihm im Austausch gegen seine Seele einen Werwolfgürtel gegeben, der ihm die Macht verlieh, die Gestalt zu wechseln. Mehr als 16 Kinder und Frauen soll er im Zeitraum von 25 Jahren grausam ermordet haben. In Erinnerung an diesen Fall heißt der Werwolf in der Kölner Gegend übrigens bis heute *Stüpp*. Und wenn ich mir anhöre, wie erschüttert Sie über den Toten berichten, so haben wir vielleicht einen neuen Stüpp – den Stüpp von Moers, wenn man so will."

„Donnerwetter!", entfuhr es Schaller. „Bei der hiesigen Presse am Königlichen Hof hätten die jetzt die Schlagzeile von morgen. Die Frage ist nur, wer von beiden schneller ist: die RP oder die WAZ im Verbund mit der NRZ?"

Ist für mich keine Frage, dachte Boomi und lächelte selig.

Kleinlützum betrachtete den Mann aus Vluyn nachdenklich. Dabei schien er mit sich zu ringen. Offenbar wollte er seinen Gast mit etwas ganz Bestimmtem konfrontieren. „Sie kennen sich wirklich gut aus, was? Haben voll den Durchblick, he?"

Es klang schon wieder fast ein wenig aggressiv. Boomi beäugte den Kommissar zunächst neugierig, dann hellte sich seine Miene auf und er meinte fröhlich: „Klar doch. Darauf bin ich auch ziemlich stolz. Jauch würde sich an mir die Zähne ausbeißen. Ich weiß jede Menge, zum Beispiel, dass *Abuwitiyuw* der Name des Jagdhundes von Tutench - amun war."

Kleinlützum nickte und ging dabei langsam vor seinem Schreibtisch auf und ab. „Sag ich doch. Sie sind ein großer Klugscheißer. Ich weiß nicht einmal, wer dieser Tut-Ätsch-Dingens sein soll. Also, was ich meine, ist: Sie kennen sich aus mit komischen Geheimbünden wie den Freimaurern, sogar mit Werwölfen, rätselhaften Zeichen und Symbolen, mit den ganzen Stüpps und Püpps vom Niederrhein – oder nicht?"

„Ja, das tue ich." Worauf wollte der Mann bloß hinaus? Bei dem Kommissar musste man immer mit irgendeiner Frechheit rechnen.

Kleinlützum schien erneut mit sich zu ringen. Er zog die Nase hoch, blickte kurz aus dem Fenster seines Büros. Dann griff er wahllos zu einem Abzug, der auf einem Haufen anderer Fotos in einem großen Ablagekorb lag. Es war eines von den Bildern des Opfers, das die Spurensicherung am Tatort angefertigt hatte. Er betrachtete das Foto zunächst nachdenklich und hielt es dann ohne Vorwarnung Boomi unter die Nase. Es zeigte den grausam zugerichteten Kopf des Ermordeten mit dem spargelähnlichen Holzpflock, den der Mörder quer durch den Schädel getrieben hatte - mit massiver Gewaltanwendung. Die Augen quollen dem Toten aus dem Kopf, und das Gesicht bot einen grässlichen Anblick. Dem Kommissar war bewusst, dass er gerade etwas Verbotenes machte, und er hätte im Nachhinein auch nicht erklären können, warum er es dennoch getan hatte. Vielleicht wollte er den - seiner Meinung nach - großspurigen Vluyner einfach mal schockiert erleben. Und das gelang ihm. Boomi zuckte entsetzt zusammen - wie jeder andere Mensch, der das Foto hätte betrachten müssen. Angewidert blickte Boomi auf das ultrascharf geschossene Bild, bei dem jede Wimper, jede Pore, jedes noch so feine Haar zu sehen war. Doch je länger er hinschaute, desto interessanter fand er, was der Mörder da gemacht hatte. Zugegeben, diese Tötungsart war brutal und grausam, aber sie war bestimmt nicht zufällig gewählt worden. Sie entsprach einer Absicht. Sie war gewollt.

„Das ist doch Schwulenhass, wie er schlimmer nicht sein kann, oder?", unterbrach Kleinlützum den Mann aus Vluyn, der ganz in seine Überlegungen versunken war.

Boomi nickte bedächtig. „Schwulenhass, denken Sie?

Kann sein, aber das Aussehen der Leiche ist keineswegs Zufall. Der Mörder hatte dabei einen präzisen Plan."

„Was? Wie bitte? Einen Plan? Das ist doch nicht Ihr Ernst?" Kleinlützum lief aufgebracht im Büro hin und her. In ihm brodelte es. Was brütete dieser Möchtegerndetektiv denn jetzt schon wieder aus? Was faselte er da? „Was für einen Plan? Wollen Sie uns weismachen, der Mann wäre nach einem bestimmten Ritual oder in voller Absicht genau so und nicht anders zugerichtet worden?"

„Ja", versicherte Boomi ihm seelenruhig. „Davon dürfen Sie getrost ausgehen. Ich kann schon anhand dieses einen Fotos sagen, dass der Ermordete vom Moerser Rathaus ein berühmtes Vorbild hat. Es ist mir eben eingefallen, woher ich das alles kenne."

„Bestimmt aus einen Thriller von Stephen King oder einem dieser blutrünstigen, nordischen Krimis oder Filme?", vermutete Schaller.

„Ganz im Gegenteil, ganz im Gegenteil", korrigierte Boomi den Azubi-Kommissar. „Eher aus der Bibel, Herr Schaller, genauer gesagt, aus dem Alten Testament und nicht aus einem modernen Horrorfilm."

„Nee! Was Sie nicht sagen", staunte jetzt auch Kleinlützum. Er klang gereizt und ironisch zugleich. „Hätte ich niemals gedacht. In der Bibel wird jemand genauso hingerichtet wie unser Ermordeter?"

Boomi nickte eifrig. „Genau so, jedenfalls was den Holzpflock und den Schlag durch den Schädel betrifft: Da gab es mal einen berühmten Heeresführer namens Sisera. Der war Militärchef der Kanaaniter, und weil man ihn für einen Verräter hielt, wurde er nachts im Schlaf von Jaël, übrigens einer Frau, mit einem spargelähnlichen Holzpflock oder einem Zeltpflock auf genau dieselbe grausame Weise ermordet wie dieser ehemalige Autoverkäufer aus Moers. Jaël hat ihm nachts, als er schlief, den Pflock eiskalt durch die Schläfe getrieben."

„Unglaublich!", staunte Schaller. „Ein Weib auch noch? Am Ende noch wunderschön und mit Holz vor der Hütten? Äh, Verzeihung, Frau Schwarzer."

Niemand lachte. Schaller jedenfalls schien darüber zu staunen, was Boomi alles so auf den Kasten hatte.

„Ja, unglaublich, aber es kommt noch dicker. Dieser Heerführer der Kanaaniter hieß wie gesagt Sisera. Und als ‚sisera' bezeichneten die Römer den Spargel am Niederrhein, eben, weil sie die Geschichte von dem Heerführer kannten, der ja mit einem in der Form dem Spargel ähnlichen Pflock ... Sie verstehen, was ich meine?"

Kleinlützum schluckte. „Hätte ich Ihnen dieses verdammte Foto doch niemals gezeigt", murmelte er bitter. „Sie sind schon wieder mit Ihren abwegigen Geschichten unterwegs. Ich fasse es nicht."

Aber dann schüttelte er sich, als könnte er auf diese Weise eine drohende Last abwerfen. Er baute sich vor dem Vluyner Privatdetektiv übergroß und mächtig wirkend auf, so als ob er mit seinem Körper eine Mauer gegen das Ungeheuer - liche schaffen und die Welt dagegen abschirmen könnte. „Ich sage Ihnen was, van den Boom. Für mich ist der Täter bloß ein Schwulenhasser, mehr nicht. Genau das ist er. Einer, der, aus welchen Gründen auch immer, Schwule bestialisch tötet. Und genau nach so einem Bekloppten werden wir in Moers suchen müssen. Und nicht nach einem, der weiß, wie Spargel auf lateinisch heißt und wie dieser Kanaadingsbums ermordet wurde."

Boomi schüttelte den Kopf. „Mag sein, dass es so einfach ist. Aber nur für den Fall, dass Sie meine Meinung interessiert. Für mich ist der Täter höchst komplex. Allein diese Hinweise auf römischen Spargel und Heerführer Sisera zeigen mir, dass er uns, sorry, dass er Ihnen eine Geschichte erzählen will. Seine Geschichte. Die eines zwar perversen, aber auch intelligent handelnden Mörders. Was ist mit den andern Fotos? Sind da ähnliche Merkwürdigkeiten drauf?"

„Die kriegen Sie nicht", wehrte der Kommissar heftig ab. „Ich geb's zu. Sie machen mir Angst, van den Boom. Ich habe einfach keine Lust auf verschrobene Rätsel, die mir der Mörder bewusst hinterlässt, oder bescheuerte Spielchen wie dieses. Ich will Klarheit. Ich will Einfachheit. Ich will einen stinknormalen Moerser Mörder haben, meinetwegen aus Kapellen oder besser noch aus Repelen, einen, den ich verstehen kann, einen, der blöd ist und sich simpel benimmt, einen wie jeden anderen normalen Mörder in jeder anderen stinknormalen Stadt auch. Ich will mich nicht, wie Sie es fordern, auf Geschichten einlassen müssen. Wir sind hier doch nicht bei CSI: New York!"

„Das sollten Sie aber tun", beharrte Boomi. „Sie sollten sich auf seine persönliche Geschichte einlassen. Und ich verrate Ihnen noch etwas: Der Typ wird weitermorden, grausam und rätselhaft. Es wird weitere furchtbare Morde geben. Der Mörder weiß nämlich genau, dass Sie ihn keineswegs dort vermuten, wo er in Wirklichkeit steckt. Er wird sich mit der Zeit immer sicherer fühlen. Wenn er das nicht jetzt schon tut. Das allein sollte Ihnen Angst machen, nicht meine Theorie."

Kleinlützum sank blass auf seinen Stuhl nieder, seine Stirn war mit Schweiß bedeckt. Er hockte müde vor seinem Schreibtisch, in sich versunken, wie abgeschaltet. Es war zum Heulen. Wo dieser Typ aus Vluyn auftauchte, gab es nur Ärger. Das war doch nicht fair. Er selbst war doch nur ein ganz normaler Beamter mit stinknormalen Bezügen. Wieso sollte ausgerechnet er etwas von einem kanaanitischen Heerführer wissen oder wie die Römer darauf gekommen waren, den Spargel am Niederrhein nach ihm zu benennen?

„Jetzt aber raus mit Ihnen", forderte Schaller Boomi auf. „Sie haben ihn zu sehr erschöpft, und wenn er erst so richtig begreift, dass Sie der alleinige Grund dafür sind, wird's sehr, sehr ungemütlich für Sie."

Das ließ sich Boomi nicht zweimal sagen. Wortlos verließ er das Büro. Und vor allem: Was hatte er mit der Arbeit dieser beiden Kommissare zu tun? Nichts. Rein gar nichts!

Kurze Zeit später war es soweit. Der Vulkan brach aus. Kleinlützum griff nach einem Aktenordner und schleuderte ihn wutentbrannt Richtung Tür.

„Der hat doch 'nen Knall, der Typ", brüllte er, nachdem er wieder aus seiner mentalen Versenkung aufgetaucht war. „Labert uns hier mit seiner Bildung tot und denkt, wir würden uns darüber auch noch freuen. Als ob man auf diese Weise einen Fall lösen könnte! Einen Fall in Moers? Mit Bildung? Pah!"

Das klang so verächtlich, wie es gemeint war. Kleinlützum hasste Klugscheißer, die etwas auf ihre Bildung hielten. Abitur, Studium, Doktortitel und so. Erfahrung war ihm viel, viel wichtiger. Und erheblich mehr wert. Jedenfalls, wenn es darum ging, Kriminelle dingfest zu machen.

„Bildung ist eine Krücke, mit der der Lahme den Gesunden schlägt, um zu zeigen, dass er auch bei Kräften ist, meint jedenfalls Karl Kraus“, bemerkte Schaller, ohne eine Miene zu verziehen.

Kleinlützum starrte seinen Kollegen entgeistert an. „Was? Sie jetzt nicht auch noch? Wer ist Karl Kraus, Ihr scheintoter Onkel oder Ihr ehemaliger Bewährungshelfer?“

„Nein, nein“, wiegelte Schaller ab. „Weder noch. Vergessen Sie, was ich gesagt habe. Ist mir gerade so eingefallen. Ist nicht wirklich wichtig.“

„Der Zweite ist immer nur der Erste der Letzteren."

(Fußballtrainer Mourinho)

Fünf blutige Fotos und der Duft von Salatgurken

Die letzten grauen und total verregneten Tage des Jahres 2012 gingen am Niederrhein dahin - und vermutlich so, wie im restlichen Deutschland auch. Silvester wurde vorbereitet, was aber in den Dörfern und Städtchen der niederrheinischen Region auch bedeutete, dass manch einer nach Holland „rübermachte", um den anstehenden Jahreswechsel im Wohnwagen oder im vom Wind umpeitschten Ferienhaus an der Küste zu verbringen.

Doch die letzten Tage im alten wie die ersten Tage im neuen Jahr waren hier wie dort mild und erinnerten eher ans Frühjahr denn an Winter mit Eis und Schnee. Ein altes Sprichwort von Boomis verstorbenen Großmutter lautete: „Fällt kein Schnee auf die Weihnachtsfeier, fällt er auf die Ostereier."

In den drei großen Tageszeitungen, die in Moers und den umliegenden Städten erschienen, war von einer Frau aus Issum die Rede, die nachts halbnackt unter ihrem Wagen aufgegriffen worden war - neben dem ungeklärten Rathaus-Mordfall der Aufreger des Tages. Was war geschehen? Eine vorbeifahrende Polizeistreife hatte auf der Landstraße von Aldekerk nach Geldern bemerkt, dass seitlich unter einem Wagen am Wegesrand nackte Beine hervorschauten. In Sorge, es könne sich um einen Mord oder ein

Sexualdelikt handeln, näherten sich die Beamten dem Fahrzeug. Tatsächlich entdeckten sie eine junge Frau mit heruntergelassenen Hosen unter ihrem Auto. Eine Blutprobe ergab, dass sie eindeutig zu viel getrunken hatte. Aber was hatte sie halbnackt unter dem Auto zu suchen? Die Antwort war so simpel wie dumm: Als Frau Daniela S. während der Fahrt spürte, dass ihre Blase drückte, hielt sie an und hockte sich hinter ihr Fahrzeug, um sich zu erleichtern. Doch leider vergaß sie, die Handbremse zu ziehen. Das Gelände aber war leicht abschüssig, und so wurde die junge Frau von ihrem eigenen Auto überrollt und so unglücklich darunter eingeklemmt, dass sie sich aus eigener Kraft nicht mehr befreien konnte. Zum Glück kam sie mit ein paar Hautabschürfungen davon, musste allerdings auch den Verlust ihres Führerscheins wegen besonders grober Blödheit hinnehmen.

Boomi hatte den Artikel über diese Autofahrerin auch gelesen. Was, wenn sie von ihm anstatt von den Polizisten entdeckt worden wäre? Wäre das nicht ein erstklassiger Anlass gewesen, Hilfe mit einer geballten Flirtattacke zu verbinden? Eine Frau auf diese Weise kennen zu lernen, war definitiv angenehmer als durch die nervtötenden E-Mails, die er täglich bekam, E-Mails der Sorte „Stewardess, 28, attraktiv, aus Neukirchen-Vluyn, will sich mit dir treffen, Boomi. Niveauvolles Abenteuer ganz in deiner Nähe. Ruf an!" oder „Anonyme, kultivierte Frauen, die geschickt Stil, Niveau und Erotik diskret und lustvoll in Symbiose verbinden können ..."

Lustvolle Symbiose, durchfuhr es Boomi. Genau darauf

wartete er schon seit Jahren. Und wenn das alles noch diskret und anonym ablief, was wollte Mann denn mehr?

„Beiß an!", hörte er in Gedanken seinen Freund Gero auf ihn einreden. „Beiß an. Mach was draus. Triff dich mal mit so einer anonymen Symbiontin. Dabei musst du deiner Angebeteten im Museum irgendwie stecken, dass du was Aufregendes am Laufen hast. Anonymen Sex mit einer Air-Hostess. Das wird Judith beflügeln. Das macht sie richtig wuschig. Glaub mir. Ich kenne die Frauen. Dann wird sich zeigen, was sie von dir wirklich hält."

Hübsche Vorstellung. Doch davon hätte Boomi niemals Gebrauch gemacht. Was, wenn Judith gar nicht eifersüchtig sein würde? Was, wenn ihr das vollkommen am ... vorbeiging, mit wie vielen anonymen Symbiontinnen er was am Laufen hatte? Nicht auszudenken, und bei Boomi setzte augenblicklich eine Panikattacke ein, wenn er sich das vorstellte: Er hätte etwas mit 'zig anonymen Stewardessen – und seine einzige große Liebe ließe das so kalt wie eine Pinguindame am Südpol die Flossen von Freund Robbie. Das war die Gefahr, die Gero nicht sah. Und warum nicht? Weil er niemals im Leben so verliebt gewesen war wie er, Boomi, der sich als „Einsamer-als-ich-geht-nicht-mehr" am Rande des Bloemerheim'schen Forstes von Rheurdt fühlte.

Mitte Januar, mit dem ersten richtigen Schnee am Niederrhein, kam auch Judith wieder zurück. Jedenfalls zurück in das Leben von Boomi, dem Verlassensten aller Verlassenen. Und wie nicht anders zu erwarten, meldete sich seine Liebste per E-Mail: *Urlaub vorbei. War schön. Etwas Skilaufen in der Eifel. Etwas faulenzen. Ein paar nette Leute kennengelernt. Nun aber geht's mit großen Schritten ins neue Jahr hinein. Würde gerne mit Dir ein paar frische Themen besprechen, die mir in letzter Zeit so eingefallen sind. Und dann habe ich noch einen Extra-Extra-Wunsch an dich – einen, den nur Du mir erfüllen kannst. Also, wann hast Du Zeit für mich diese Woche? Bin wie gewohnt in meinem Kellerbüro in der Kulturhalle mit dem bekannten Zwergennotausgang zu finden. L. G. Judith*

Das mit dem „Zwergennotausgang" bezog sich auf das winzige Kellerfenster, durch das die Museumsleiterin und ihr Team fliehen sollten, falls ein Brand ausbrach und die einzige Tür versperrt war. Judith hatte eine höllische Angst davor, dass dieser Notfall eines Tages eintreten könnte. Boomis Herz tat einen Jubel-Sprung bis zu der Höhe, aus der Felix Baumgartner noch vor einigen Wochen aus seiner Raumkapsel gesprungen war. Wie freute er sich darauf, die Frau seines Lebens endlich wiederzusehen. Sie hatte sich bei ihm gemeldet. Ach, wie schön! Das mit den netten Leuten, die sie im Urlaub kennen gelernt hatte, durfte er nicht so eng sehen. Das war der einzige Makel an der Mail gewesen. *Wird wohl nichts passiert sein,* beruhigte er sich. Endlich war sie wieder in Reichweite für ihn.

Das Ganze hätte so auch nicht weitergehen dürfen. Das Jahr 2013 war bereits in vollem Gang, und er musste immer noch schmachten – zumindest, was ihre Nähe betraf. Besser, er hockte irgendwo mit ihr zusammen, als dass er ihr liebliches Bild aus dem Gedächtnis hervorkramen musste. Ganz gleich, welchen Termin Judith ihm vorschlagen würde – Mittwochnacht um 3.21 Uhr oder sonntagsfrüh gegen 5.00 Uhr – er würde immer zur Stelle sein. Nun durfte er sogar selbst ein Datum vorschlagen und wählte, was Wunder, natürlich gleich den nächsten Tag. Und Judith stimmte überraschend zu! Vermutlich lag ihr etwas sehr am Herzen. Aber was? *Wenn das nicht mal wieder auf einen Artikel über Fritzi Müller, dem coolen Bergmann mit den Scherenhänden vom Weddigenplatz hinauslief, der die Kohl auf Niederberg kurz nach dem Krieg mit seinen eigenen scharfen Krallen aus dem Flöz geschnitten hat. Nein, Scherz beiseite,* aber Boomi befürchtete, dass Judith wieder irgend so einen lokalen Typen ausgegraben hatte, über den er mal gründlich recherchieren sollte. Wofür? Na, für die nächste Infopost der auf die Ortsgeschichte fixierten Mitglieder des Museumsvereins. Warum sonst machte sie geheimnisvolle Andeutungen über einen „Extra-Extra-Wunsch" ihrerseits, den nur er ihr erfüllen konnte? Boomi seufzte so laut, dass der Postbote, der draußen gerade angekommen war, vor Schreck fast von seinem gelben Rad gefallen wäre. Er stellte sein Gefährt ab und klingelte Sturm. Boomi stand auf und öffnete die Tür.

„Hallo, Herr van den Boom, sagen Sie mal, haben Sie eine Katze, die rollig ist, oder was war das eben für ein Stein und Bein erweichender Ton? Das zieht einem ja das Kondom vom Haken." Er lachte. Dabei drückte er dem Bewohner der Thompskate zwei Briefe in die Hand.

„Wie? Was?", tat Boomi erstaunt, als wüsste er von nichts. „Ich habe keine komischen Töne gehört. Muss wohl aus dem Wald kommen."

„Hm", brummte der Postbote und zog ein ungläubiges Gesicht. „Dann ist die Brunftzeit der Hirsche also in Rayen eine ganz andere als im Rest des Landes. Interessant. Wirklich interessant, Herr van den Boom." Der komische Typ von der Post in Neukirchen drehte sich abrupt um und schob dann, in sich hineinkichernd, als hätte er eine gewisse Pflanze aus Holland geraucht, sein Rad über den knirschenden Kies Richtung Littardweg.

Boomi schlurfte zurück zu seinem Sofa. Dort ließ er sich in die Kissen fallen und betrachtete dabei nachdenklich die beiden Umschläge. Der längliche, weiße enthielt die Rechnung seines Mobilfunkanbieters oder besser eine Mahnung, weil man angeblich den Betrag von 17,90 Euro nicht von seinem Konto habe abbuchen können. *Ist es denn schon wieder bis zum Anschlag in den Miesen?* dachte Boomi erschrocken. Es half alles nichts; er würde, wenn er am nächsten Tag in der Kulturhalle bei Judith vorbeischaute, vorher in der Sparkasse nebenan einen Ausdruck seines Kontostandes ziehen und vermutlich mit der Bank sprechen müssen, was immer ein Angang war.

Der andere Umschlag war braun und größer. Er enthielt nichts außer Farbfotos im Format DIN A 5. Boomi warf kurz einen Blick auf die Stempelung der Briefmarke. „Duisburg" war zu entziffern. Kein Hinweis auf den Absender. Doch als Boomi das erste Foto betrachtete, glaubte er zu wissen, wer ihm die Aufnahmen geschickt hatte: entweder Schaller oder Kleinlützum. Aber es war unnötig, sogar ziemlich unfreundlich, ihm nicht wenigstens mitzuteilen, was man von ihm erwartete. Nicht einmal die winzigste Notiz, nichts, so als wüsste er schon, was er tun solle. Boomi zählte nach hastigem Durchblättern insgesamt fünf Bilder vom grausam Ermordeten aus dem Rathaus, die von der Spurensicherung gemacht worden waren. Er verzog das Gesicht, als er die Bilder der Reihe nach betrachtete. Die Presse berichtete hin und wieder über diesen Fall. Allerdings hatte die Polizei keine Details zur Leiche herausgerückt. Nur, dass der Ermordete einen furchtbaren Tod erlitten hätte. Die Medien machten sofort Folter daraus. Was die Aufklärung des Falles betraf, war seit Wochen nichts Relevantes von der Polizeibehörde zu hören. Offenbar tappten die Duisburger vollkommen im Dunkeln.

Ist ja kein Wunder, dachte Boomi mürrisch, *wenn sie sich nicht einmal für bestimmte Zeichen interessierten, die der Täter unübersehbar hinterlassen hat.* Und erst heute hatte sich einer der Herren wieder an ihn erinnert. *Schließlich kommen sie nicht weiter und - ach ja, lass mal hören, ob dieser komische Typ aus Vluyn nicht doch noch etwas bemerkt hat, was uns helfen könnte.* Etwas in der Art mussten sich die beiden Kommissare gedacht haben. Boomi ärgerte sich sehr. Doch warum schrieben die beiden nicht eine einzige Zeile, was er damit genau anfangen sollte? Was wollten sie von ihm wissen? Nichts. Was erwarteten sie eigentlich von ihm? Oder war es in Wirklichkeit gar nicht erlaubt, ihm diese Fotos zu zeigen? Verfuhren sie deshalb so geheimniskrämerisch? *Ja, kann gut sein,* überlegte Boomi. Schließlich war er ja kein Mitarbeiter des Duisburger Kommissariats. Er war und blieb Privatmann, auch wenn er bereits an der Aufklärung eines Mordfalls nicht ohne Erfolg mitgewirkt hatte. Also durfte er sich anscheinend selbst zusammenreimen, dass er mal einen Blick auf die Leiche bzw. deren Ablichtungen werfen sollte, und den Duisburgern anschließend mitteilen, ob ihm nicht doch etwas Entscheidendes aufgefallen war. *Das mit Sisera, dem Kanaaniter, und dem Pflock in seinem Schädel hat Kleinlützum also schwer beeindruckt,* amüsierte er sich. *Dann lasst mal sehen, was ihr mir da geschickt habt.*

Boomi begann, die Abbildungen der Reihe nach durchzugehen. Das erste Foto zeigte den schrecklich malträtierten Kopf des Ermordeten. Das kannte er schon. Doch dann entdeckte er, dass der Mörder auf der Stirn seines Opfers offenbar mit einem Messer oder einem spitzen Gegenstand drei Buchstaben eingeritzt hatte: S I V. *SIV? Was soll das denn bedeuten?* rätselte Boomi. Dazu hatte auch er keine Idee. Daher legte er das Bild erst einmal zur Seite. Das zweite Foto zeigte den am Boden liegenden Ermordeten vollständig. Um seinen Hals lag ein schlangenähnlicher Strick. Ein Glöckchen, wie von einem Weihnachtsbaum, war an einer kleinen silbernen Kette befestigt und ihm anschließend um den Hals gehängt worden. Wozu? Boomi starrte auf den schlangenähnlichen Strick. *Das sieht wirklich aus wie die Haut einer Schlange,* durchfuhr es ihn. Aber was war der Sinn? Und überhaupt: Hatte der Täter das Opfer zuerst erdrosselt, bevor er ihm den Holzpflock durch den Schädel rammte? Das wusste er nicht, da er die Autopsieergebnisse ja nicht kannte. Der Tote war nackt; sein Mörder hatte ihn aber mit einem gardinenähnlichen, halb durchsichtigen Stoff bedeckt, sodass man den Körper darunter nur noch erahnen konnte – wie unter einem Schleier. *Merkwürdig.*

Foto Nr. 3 zeigte die rechte Hand des Getöteten. Sie hielt ein Öllämpchen aus Ton, wie man es beispielsweise im römischen Museum in Xanten kaufen konnte. In der anderen Hand (Foto Nr. 4) befand sich eine goldene Pappkrone, wie man sie gern Geburtstagskindern bei McDonalds aufsetzte. Was sollte das Ganze bloß darstellen? Boomi betrachtete noch einmal alle vier Fotos nacheinander. Was auch immer das hier sein sollte: Es war genau durchdacht. Es war inszeniert. Es ergab einen Sinn, auch wenn für die Polizei und auch ihm noch unklar war, welchen.

Doch in den Tiefen von Boomis Geist regte sich bereits etwas. Da gab es etwas Bestimmtes aus der Zeit der Antike, das ihm helfen würde, die Hinweise zu deuten. Aber noch stieß er nicht darauf. Noch war es im Nebel seines Geistes verborgen. Sicher, da war ein Verrückter am Werk gewesen – aber er hatte nichts dem Zufall überlassen, als er sein Opfer arrangierte. Nichts. Bereits der Holzpflock und sein Verweis auf Sisera aus dem Alten Testament zeigten, dass der Täter auf etwas Besonderes aus war. *Ich habe noch keine Ahnung, was du damit deutlich machen willst, Unbekannter,* dachte Boomi, aber ich nehme dir ab, dass du nach einem bestimmten Plan vorgehst. Das jedenfalls konnte er den beiden Kommissaren schon mal mitteilen. Die Fotos, die ihm vorlagen, bewiesen Boomi einmal mehr, dass der Mörder einer Geschichte folgte. Nur welcher? Das war die entscheidende Frage, und er war zuversichtlich, dass ihm das noch einfallen würde. Dann warf Boomi einen Blick auf das letzte Foto ... und erstarrte. Er schüttelte sich, weil er nicht glauben wollte, was er da sah. Foto Nr. 5 zeigte auch einen Toten. Aber es war nicht der ermordete Autohändler aus dem alten, neuen Rathaus.

Was war das denn nun wieder? Gab es bereits eine weitere Leiche, und die beiden Kommissare hatten ihm auch von dieser kommentarlos ein Bild geschickt? Boomi wurde langsam böse. *Nein, nein, Freunde. So nicht!* Boomi sprang erregt auf. *Ich muss sofort nach Duisburg fahren. So geht das nicht. Also entweder ganz offiziell oder wenigstens mit Briefchen dabei. Ich bin doch kein Auskunftsbüro für Serientäter mit Verkleidungsfimmel!* Boomi war stocksauer. Einerseits freute es ihn, dass die beiden Kommissare um seine Meinung baten - aber so, wie sie es taten, so irgendwie hintenrum, das war für ihn untragbar. Dabei würde er nicht mitspielen. Dazu war er sich zu schade.

„Der Duft von frisch geschnittenen Salatgurken soll Frauen erotisch in den totalen Wahnsinn treiben", meinte Schaller. „Ist laut Dr. Eckhard von Hirschhausen wissenschaftlich erwiesen. Habe ich vor kurzem in der von mir favorisierten NDR-Talkshow erfahren."

Die beiden Polizeibeamten saßen an ihren verkratzten, hellbraunen Schreibtischen im ersten Stock des Präsidiums. Ihr Büro wirkte so altertümlich wie das des berühmten bayerischen Kommissars Erik Ode in den 60er Jahren des letzten Jahrhunderts. Hätte man ihnen Drucker, Rechner und Bildschirm weggenommen, hätte man sofort die alte Krimiserie in ihrem Büro weiterdrehen können. Die beiden Männer waren dabei, ihre Unterlagen zum Mordfall „Rathaus Moers" durchzugehen, zu sortieren, von rechts nach links und wieder zurück umzubetten.

So richtig waren sie mit ihren Ermittlungen seit Tagen nicht vorangekommen, ja, wenn man es genau nahm, von

Anfang an nicht. Und der neue Staatsanwalt im Haus, Herr Dr. Müller-Molderings, wollte eher gestern als heute Anklage erheben. Er wurde von Tag zu Tag ungeduldiger, fragte ständig nach und schien kurz davorzustehen, die Fassung zu verlieren. Für ihn waren seine Kommissare faul und untätig. Aber Kleinlützum hoffte immer noch auf ein Wunder im Moerser Schwulenmilieu. Er setzte darauf, dass einer von ihnen den Täter kannte, schon allein wegen dessen aggressiver Haltung gegenüber Homosexuellen. Nur so einer kam für Kleinlützum als Täter infrage. Und er hoffte, dass sich jemand aus der Szene bald bei ihnen melden würde.

„Blödsinn“, knurrte der Kommissar auf die Bemerkung von Schaller hin. „Habe ich jedenfalls bei den Weibern noch nicht feststellen können. Und ich liebe Gurkensalat über alles. Da kommt bei mir kaum was drüber, Schaller.“

„Na, ja, Sie würzen ihn ja auch kräftig mit Knoblauch“, meinte sein Kollege nachdenklich. *Dem Gestank nach zu urteilen sogar viel zu kräftig,* dachte er.

„Ja, was denn? Ohne ist er mir einfach viel zu laff. Schmeckt doch nicht!“, blaffte Kleinlützum ihn an und biss danach herzhaft in seine vierfach belegte Käsestulle mit Harzer Roller.

In diesem Moment klopfte jemand energisch an der Tür. Ohne dass sie den unbekannten Besucher aufgefordert hätten, einzutreten, stürmte Boomi mit hochrotem Kopf ins Büro der beiden überrascht blickenden Herren. Und er legte, ohne Atem zu holen, gleich los: „Tag auch, also, so geht das nicht, meine Herren vom Morddezernat. Auch wenn wir uns ja kennen. Aber so nicht! Nicht mit mir. Erst halten Sie mir hier im Büro ein Foto unter die Nase, um dazu etwas von mir zu hören. Dann sage ich was Sinnvolles dazu und Sie lehnen es rundheraus ab. Erklären mich für verrückt. Okay, ich gehe also. Wochenlang passiert nichts. Warum auch? Bin ich etwa Profiler oder stehe ich sonst wie in Diensten der Duisburger Polizei? Nein, tu ich nicht. Und dann wie aus heiterem Himmel - heute - schicken Sie mir eine Ladung Fotos von dem armen, verstümmelten Kerl ins Haus. Ohne Anschreiben. Ohne Kommentar. Frei nach Schnauze. Soll der blöde Typ aus Rayen mit seinem Spleen für existenzielle Randgebiete doch mal drübergucken. Kann ja sein, aber eigentlich doch nicht, dass ihm was auffällt. Oder wie haben Sie sich das gedacht?"

Boomi hielt inne in seinen Redeschwall, weil er Luft holen musste, während Kleinlützum und Schaller ihn anstarrten wie zwei Angeklagte beim Jüngsten Gericht. Zum einen schienen sie seinen überfallartigen Besuch noch nicht verdaut zu haben, zum anderen verstanden sie offenbar überhaupt nicht, was er ihnen da eigentlich erzählte. *Ist das jetzt echt oder versteckte Kamera?* durchzuckte es Schaller.

Kleinlützum fing sich als erster. „Also, was zum Teufel, van der Boom, hauen Sie uns da eigentlich um die Ohren? Ich habe Ihnen niemals irgendwelche Fotos vom Opfer gezeigt, geschweige denn Ihnen welche mit der Post geschickt. Wie käme ich denn dazu?" Er lachte böse. „Falls doch, würde das ja bedeuten, dass ich, Kleinlützum, von Ihnen erwarte, mir dazu irgendetwas Sinnvolles ..."

„Was?", unterbrach Boomi den Mann wütend. „Sie wollen mir kein Foto von dem armen, abgeschlachteten Mann im Rathaus gezeigt haben?" Sein Kopf leuchtete mittlerweile feuerrot. Er war so richtig in Rage. Dann fasste er in seine rechte Jackentasche und zog daraus die Fotos hervor. Allerdings waren es nur vier, denn der Zufall wollte es, dass das fünfte zunächst noch in seiner Tasche hängenblieb. „Hier bitte, Herr von Alzheimer. Oder hat Monsieur Schaller diese Bilder an mich rausgeschickt?"

Schaller riss beide Arme in die Höhe und wedelte heftig mit den Händen. „Gott bewahre. Ich weiß doch, was ich darf und was nicht. Schließlich bin ich Beamter und somit gesetzestreu!"

In diesem Moment wurde die Bürotür weit aufgestoßen. Ein Riese im feinen Anzug mit Designer-Krawatte, hochrotem Kopf und glühenden Augen stürmte herein. Sein auf Bluthochdruck hinweisender Gesichtsausdruck legte den Verdacht nahe, dass der Gigant bereits länger belauscht haben musste, was im Büro besprochen wurde. „Das interessiert mich jetzt aber brennend, meine Herren. Woher stammen diese Fotos? Wer ist der Bürger, der sie Ihnen gegeben hat?"

„Herr Dr. Müller-Molderings", stießen die beiden Kommissare gleichzeitig mit piepsiger Stimme aus. Es klang, als hätte man zwei Jungs beim Äpfelklauen erwischt.

Boomi seinerseits erblickte einen Herrn mittleren Alters, der ins Büro brach wie ein aufgebrachter Spieß in die Bundeswehrstube seiner Untergebenen. Der Staatsanwalt war eine stattliche Erscheinung, fast zwei Meter groß, und trug sein schwarz gefärbtes, dichtes Haar steil nach oben gebürstet und pfundweise gegelt. Sein Gesicht war glattrasiert und seine Augen funkelten mitleidlos wie bei einem Nager auf Beutezug. Ohne eine Antwort abzuwarten, griff er nach den Fotos auf dem Tisch. Sein Lächeln erstarb abrupt, nachdem er sie der Reihe nach durchgesehen hatte. Dann fixierte er wie eine hoch aufgerichtete Kobra, die jeden Moment zustoßen wird, den armen Kleinlützum.

„Und? Wer ist der Maulwurf in diesem Haus? Das sind doch unsere Aufnahmen, nicht wahr? Und dieser Mann", er zeigte dabei auf Boomi, ohne ihn anzusehen, „erklärt, er habe sie von Ihnen bekommen? Also, wenn das wahr ist, wird es hier in diesem Hause ein Disziplinarverfahren geben, wie es die Duisburger Polizei seit ihrem Bestehen noch nicht erlebt hat."

Dann drehte er sich langsam zu Boomi um. „Sie sind?"

„Leo van den Boom"

„Aus?"

„Neukirchen-Vluyn."

„Haben mit uns was zu tun?"

„Nichts."

„Spitzel? Informant? Sachverständiger?"

„Nein. Nichts dergleichen."

„Und wie kommen Sie an diese Fotos?"

„Durch die Post."

„Erklärung. Kleinlützum? Schaller?"

Mit dem Mann ist nicht zu spaßen, dachte Boomi. *Wenn es einer von den beiden war, kann er jetzt gleich seine Siebensachen packen.*

Kleinlützum räusperte sich. „Ich habe nichts dergleichen veranlasst noch selbst getan, Herr Dr. Müller-Molderings. Darf ich die Fotos mal sehen?"

Der Staatsanwalt reichte sie ihm wortlos. Dabei belauerte er ihn wie ein Frettchen auf Beutezug, und mit einem Gesicht wie das Beil eines Scharfrichters, das gleich heruntersausen wird, wandte er sich an Schaller. Der stand starr und nervös da wie ein Sextaner vor seinem erzürnten Schuldirektor. „Ich, ich habe alles, was ich will, und wenn jemand mir etwas schenken will, muss er sehr, sehr gut sein."

„Wie bitte? Was faseln Sie da?"

Schaller schüttelte sich. „Also, was ich sagen will, ist: Ich mache anderen auch keine Geschenke so mir nichts, dir nichts. Ich gebe nichts so einfach ab, weil ich anderen auch zugestehe, dass sie schon genug ha ..."

Dr. Müller-Molderings betrachtete den Mann mitleidig. „Also, soll heißen, Sie haben diese Fotos auch nicht an Herrn van den Boom geschickt oder veranlasst, dass er sie erhält?"

„Ja, genauso ist es. Ich habe nichts dergleichen veranlasst, gesagt oder getan."

Der Staatsanwalt fing an, mit finsterer Miene im Büro hin und her zu gehen. Als wäre er im Gerichtssaal und als ginge es um Leben oder Tod des Angeklagten. Es brodelte heftig in ihm. Er gierte danach, jemanden für eindeutig schuldig zu erklären.

„Fakt ist: Jemand aus diesem Hause muss sie ihm nach Vluyn geschickt haben. Und glauben Sie mir, meine Herren, ich gebe nicht eher Ruhe, bis ich weiß, wer es war. Nicht eher. Ruhe!"

Die letzten drei Worte brüllte er. In diesem Moment griff Boomi unbeabsichtigt erneut in seine rechte Jackentasche, erfühlte dort das fünfte Foto, zog es hastig hervor, warf kurz einen Blick darauf und legte es dann zu den anderen auf den Tisch, wo Kleinlützum stand, mit Schweißperlen auf der Stirn, und immer noch die Fotos betrachtete, als er hätte er sie noch nie zuvor im Leben gesehen. Als nun das letzte Bild vor ihm landete, sank der Kommissar erschöpft nach hinten auf seinen Stuhl zurück.

„Ach, du dicke Scheiße. Das glaube ich nicht. Ach, du Kacke. Das darf nicht wahr sein. Das habe ich noch nie erlebt, in meinem ganzen Berufsleben noch nicht. Ich will nicht mehr leben. Ich ..."

„Reißen Sie sich zusammen, Kleinlützum", brüllte der Staatsanwalt ihn an. „Hier steht ein Bürger in Ihrem Büro, und Sie jammern herum wie ein Pennäler. Haben Sie denn überhaupt keinen Stolz? Es ist schon schlimm genug, was vorgefallen ist. Aber jetzt noch hier zu sitzen und herumzunörgeln, ist das Allerletzte, was ich von einem gestandenen Beamten wie Ihnen erwarte. Leiden Sie unter Burnout? Oder trinken Sie? Nehmen Sie Tabletten? Möglich ist heute in den Amtsstuben ja vieles."

Das war schon ziemlich starker Tobak, was der Vorgesetzte da vermutete. Aber die beiden Kommissare zuckten nicht mal mit der Wimper. Kleinlützum schob Schaller die fünf Fotos kommentarlos zu. Dann schwieg er eine Weile, während Dr. Müller-Molderings, seiner mittlerweile ins Violette spielenden Gesichtsfarbe nach zu urteilen, sich mehr und mehr bereit machte, Kleinlützum augenblicklich vom Dienst zu suspendieren. Es war Schaller, der die aufgeheizte Stille durchbrach, indem er noch einmal Benzin in das Feuer des aufgebrachten Doktors der Rechte goss. „Das ist ja wirklich furchtbar, was ich hier sehe. Das ist zugleich unfassbar und schrecklich zusammen."

„Ist in diesem Raum ein Virus für Verrückte unterwegs?", stöhnte der Staatsanwalt und fasste sich verzweifelt an den Kopf. Auch Boomi befremdete das Verhalten der beiden Kommissare zusehends mehr.

„Erstens", erklärte Schaller seelenruhig, „wurden diese Fotos nicht von uns, auch von niemandem aus unserem Haus dem ehrenwerten Herrn van den Boom geschickt ..."

„Weil?", drängte Dr. Müller-Molderings gereizt.

„Sie nicht von unserer Spurensicherung gemacht worden sind. Jedenfalls nicht diese hier."

„Und zweitens", ergänzte jetzt Kleinlützum, der sich wieder ein wenig gefangen zu haben schien, „halten wir hier ein fünftes Fotos in Händen von einem nicht weniger übel zugerichteten Opfer, das wir allerdings ...wie soll ich es ausdrücken ... noch gar nicht kennen. Wir haben dieses Mordopfer noch nie gesehen. Diese Fotos können demnach nur..." Er machte eine Pause, um das Gesagte bei allen im Raum sacken zu lassen, auch bei ihm selbst und Kollege Schaller. Doch noch bevor einer der Beamten antworten konnte, stieß Boomi leichenblass hervor: „... vom Täter selbst gemacht worden sein?"

„Ihre Worte! So ist es", bestätigte Kleinlützum lakonisch und vergrub daraufhin das Gesicht in den Händen. *Es war zum Heulen und zum Fürchten zugleich.*

„Können Sie Ihren gegenwärtigen Lebenspartner weiterempfehlen?“

Bei der Bartmütze der Geliebten

Boomi war entrückt, verzückt und verrückt zugleich. Zwar saß er der seiner Meinung nach schönsten Frau der Welt gegenüber, in Gedanken weilte er jedoch ganz woanders. Er hockte auf einem Stuhl im Keller der Kulturhalle, wo Judith ihr kleines Büro besaß. Doch während diese ununterbrochen auf ihn einredete, hörte er gar nicht zu, sondern schwebte in völlig anderen Sphären. Einerseits schmachtete er die junge Museumsleiterin an, als wäre sie die fleischgewordene Liebesgöttin - dem Schaum der Kullen und Kendeln der niederrheinischen Donken-Landschaft entstiegen -, andererseits war er noch immer geschockt. Die Tatsache, dass der Mörder die Fotos zu seiner heimeligen Thompskate geschickt hatte, bedeutete - und das war wirklich alarmierend -, dass er von Boomi wusste und seine Adresse kannte.

Genau das sorgte bei Boomi für ein gemeines Déjà-vu, denn auch bei den Morden im Museum, mit denen er zu tun gehabt hatte, war der Täter so dreist gewesen, ihn direkt mit einzubeziehen. Auch von diesem Verbrecher hatte er Informationen in seinem Briefkasten vorgefunden. Und nun? Nun bekam er es mit einem verrückten Serientäter zu tun, der bereits sein zweites Opfer gefunden und im Stile des ersten Mordes grausam getötet und nachträglich dekoriert hatte - wenn man das mal so salopp formulieren durfte.

Und er, Boomi, befand sich nun im Visier des Unbekannten. Warum eigentlich? *Weil er mich vermutlich doch gesehen hat, als ich ohnmächtig auf dem Boden lag.* Boomi lief es eiskalt über den Rücken, als er sich an ein Detail erinnerte, das ihm vorher noch gar nicht bewusst gewesen war: Seinen Personalausweis verstaute er immer in einer dafür vorgesehenen Tasche seines Portemonnaies. Und dieses Dokument hatte er am Tag nach den schrecklichen Ereignissen im Rathaus nicht darin wiedergefunden, sondern in seiner Jackentasche. Und er wusste ganz genau, dass er ihn nicht dorthin gesteckt hatte. Folglich konnte es nur so sein, dass der „unbekannte Serientäter" – wie ihn die Kommissare mittlerweile bezeichneten – ihn im alten Büro von Bürgermeister Felix Kuglheimer am Boden liegend entdeckt hatte. Boomi schüttelte sich, weil ihm jedes Mal übel wurde, wenn er sich das vorstellte.

Etwas anderes allerdings beruhigte ihn. Warum hatte der Mörder ihn nicht auch getötet? Weil er nach einem bestimmten Plan mordete. Und warum hatte er ihm die Fotos zugeschickt? Weil er wusste, dass Boomi mit der Polizei in Duisburg zu tun hatte – der „Mordfall Franzosensäbel" war ja Monate zuvor fast täglich durch die Presse gegangen und er selbst dabei mehrfach erwähnt worden – und weil dieser Mörder, aus welchen Grunde auch immer, annahm, dass Boomi ihm im Rahmen seiner finsteren Pläne und ihrer noch finstereren Symbolik nützlich sein könnte. Er brauchte ihn sozusagen als Übersetzer seiner morbiden Vorstellungen für die Polizei.

„Wenn ich mitspiele", dachte Boomi laut.

„Ja, das hoffe ich sehr von dir", sagte Judith mit einer Milde in der Stimme, die Eisberge zum Schmelzen gebracht hätten. „Mach bitte mit und hilf mir!"

„Wie? Was?" Boomi tauchte überrascht aus seiner Gedankenwelt auf wie ein Wal, der Luft holt. Er hatte Judith überhaupt nicht zugehört.

„Bist wohl in Gedanken ganz woanders, mein Lieber, wie? Denkst an Gottweißwas? Hast du dir etwa über Weihnachten und Silvester eine nette Freundin angelacht? Und ich weiß nichts davon?" Ihre Stimme klang so schwesterlich, dass Boomi eigentlich hätte hellhörig werden müssen. Aber das tat er nicht. Stattdessen wurde er so rot wie die saftigste Tomate der Niederlande.

„Nein!", rief er empört aus und wehrte heftig mit beiden Händen ab. „Nein, wo denkst du hin, Judith? Ich habe nur ... es tut mir leid, ich war einfach nur so in Gedanken völlig woanders."

„Nun, dann muss ich wohl noch mal ganz von vorne anfangen", seufzte Judith übertrieben. „Weil du es bist!" Sie lächelte ihn an.

Er lächelte zurück. „Bin ganz Ohr. Wirklich!"

„Also", sagte sie in sanftem Tonfall, „du weißt, dass ich eine neue Mitarbeiterin habe. Lilia."

Er nickte brav. „Ja, die habe ich ja kennen gelernt."

„Das Mädchen ist zuverlässig, intelligent, auch pünktlich, was ja heutzutage bei jungen Leuten nicht so ganz selbstverständlich ist, und hat bislang alles ausgezeichnet erledigt."

„Klingt doch gut!"

„Ja. Es gibt auch nichts zu meckern. Aber ich mache mir

Sorgen. Ernsthafte Sorgen. Du weißt, Boomi, wenn ich anfange, mir Sorgen zu machen, dann verkrafte ich das nervlich nicht lange. So wie Anfang des Jahres bei diesen Morden hier in meinem Museum. Was ich dir sagen will, ist, dass Lilia seit einer Woche schon nicht mehr zur Arbeit gekommen ist. Sie hat sich aber auch nicht bei mir abgemeldet. Ich habe mich gefragt, ob sie vielleicht krank ist, habe mehrmals bei ihr angerufen, E-Mails geschrieben, SMS geschickt. Nichts. Keine Reaktion. So als wäre sie vom Erdboden verschwunden. Lilia hat auch keinen Urlaub. Seit nunmehr acht Tagen habe ich nichts mehr von ihr gehört. Das ist doch seltsam, oder?"

„Ist es wirklich", stellte Boomi fest. „Vielleicht liegt sie ja im Krankenhaus, weil sie einen Unfall hatte. Kann doch sein? Und sie erreicht dich nicht, weil sie ... weil sie, zum Beispiel ... vielleicht beide Arme gebrochen und in Gips hat?"

Judith kaute auf einem Bleistift herum. „Ja, alles gut möglich. Ich weiß es eben nicht. Deshalb wollte ich dich fragen, ob du vielleicht was rauskriegen kannst. Ich brauche Lilia dringend für die nächste Ausstellung. Ohne sie bin ich arbeitstechnisch aufgeschmissen. Wärst du so nett, mal nachzuschauen, was mit ihr los ist? Ja? Wärst du das? Bei den Krankenhäusern nachfragen, zu ihr nach Hause fahren, die Eltern befragen, Freunde etc. Das ganze Programm für einen Privatdetektiv eben. Das war es, worum ich dich bitten wollte. Deshalb habe ich mich bei dir gemeldet. Ich selbst kann es nicht tun, weil ich dafür keine Zeit habe. Ich hab einfach zu viel um die Ohren."

Es klang bitter. Es klang verzweifelt. Und für Boomi klang es sogar bedrohlich. Dabei sah er Judith an wie den letzten verbliebenen Weihnachtsengel des vergangenen Jahres. Seine Zunge, seine Lippen, sein Kehlkopf funktionierten unabhängig von dem, was ein vernünftigerer Mann vielleicht hätte entgegnen können, und sein Gehirn, in dem die Antwort formuliert wurde, hätte dies auch im Schlaf und sogar unter Vollnarkose getan. Wenn Judith ihn um etwas bat, dann funktionierten nicht einmal mehr die Naturgesetze - wie z. B. eine Vollnarkose, unter der kein Mensch auf der Welt noch hätte reden können. Keiner - außer Boomi.

„Aber klar doch, ich mache das“, flüsterte die autarke Einheit Leo van der Boom. „Darum musst du mich nicht extra bitten. Ich bin immer für dich da! Mach dir keine Sorgen.“

Judith lächelte zuckersüß, und Boomi versank in diesem Lächeln wie ein geretteter Seemann an Bord eines Seenotrettungskreuzers in seiner wärmenden Decke.

„Ach, wie schön“, seufzte der Engel, „auf dich ist Verlass. Schnäpschen?“ Diesmal war es Judith, die einen holländischen Fruchtgenever wie das sprichwörtliche Kaninchen aus dem Hut zauberte.

„Immer doch!“, gab Boomi zur Antwort und leckte sich bereits die Lippen.

„Dein Vogelbeerenschnaps aus Österreich ist natürlich zehnmal besser“, meinte Judith bedauernd. „Ach, was red' ich. Tausendmal. Aber den habe ich jetzt leider nicht zur Hand.“

„Bring ich beim nächsten Mal wieder mit“, versprach Boomi, hatte dabei aber ein ganz unangenehmes Gefühl im Magen. Denn sein Vogelbeerenschnaps war schwer vermintes Gelände. Jedenfalls für Judith. Den durfte sie nur unter Aufsicht trinken. Unter seiner vorzugsweise. Denn sein Vogelbeerenschnaps ließ Judith ab einer bestimmten Menge zur Pythia von Vluyn mutieren.

Ob man es nun glaubte oder nicht: Wenn sie von diesem Beerenschnaps trank, war die Wirkung geradezu filmreif. Wie eine Priesterin der alten Griechen konnte Judith Dinge sehen, die in der Vergangenheit geschehen waren oder in Zukunft noch geschehen würden – und von denen sie absolut nichts wissen konnte. Zweierlei war dafür nötig: zum einen eine ordentliche Ladung Vogelbeerenschnaps und zum anderen irgendein Gegenstand, den jemand längere Zeit in Händen gehalten hatte oder durch den etwas Furchtbares geschehen war. Im Falle der sogenannten Museumsmorde hatte Judith den Mörder „sehen" können, bloß weil sie die Mordwaffe, den Säbel, berührt hatte.

Ich werde bestimmt noch mal auf ein Paar Gläschen von meinem Schnaps mit dir zurückkommen, liebe Judith, dachte Boomi, *aber das muss ganz behutsam geschehen.*

Denn der Alkoholgenuss förderte noch eine weitere Reaktion neben dem „Hellsehen" zutage, und die erschien Boomi am unheimlichsten. Neben der Pythia mutierte Judith zum Männer verschlingenden Ungeheuer und vergaß allen Anstand. So, wie sie sich unter dem Einfluss des Beerenschnapses benahm, würde er keine Nacht mit ihr überleben. Gott sei Dank konnte sich Judith an nichts mehr erinnern, als der Rausch vorbei gewesen war.

Boomi gab sich einen Ruck, räusperte sich und kam auf die vermisste Mitarbeiterin zurück. „Wie heißt Lilia mit

Nachnamen und wo wohnt sie? Ihre Nummer brauche ich dann auch noch."

Judith nickte und schrieb ihm alles brav auf. „Ihr vollständiger Name ist Lilia Martis und sie hat eine kleine Wohnung gemietet, wie sie mir mal erzählte, in der ... Drususstraße in Moers."

Ah, bei den Römern, ehemals Asciburgium, dachte er.

Sie reichte ihm den Zettel und blickte ihn auf einmal ganz aufgeregt an. „Ach, Mensch, warte mal, Boomi!" Sie schlug sich mit der Hand vor die Stirn. „Ich Dummchen, ich hab' da noch eine Petitesse für dich, sozusagen ein verspätetes Weihnachtsgeschenk. Hätte ich beinahe vergessen."

„Für mich? Ein Geschenk?" Boomi war ganz aus dem Häuschen. „Von dir? Für mich? Ehrlich? Für mich? Von dir?"

Er fasste es nicht. *Warum habe ich nichts für sie, ich Idiot?* schimpfte er sich im Stillen. Aber war es nicht unglaublich wunderbar, dass sie an ihn gedacht hatte? Boomi glaubte zu träumen. Ein Geschenk. Von Judith. Für ihn allein. Wer hätte das gedacht? Und es handelte sich tatsächlich um ein richtiges Geschenk, jedenfalls dem Äußeren nach zu urteilen. Es war sogar in Weihnachtspapier verpackt. Mitte Januar.

„Hast du das gemacht?", fragte er andächtig.

Sie nickte. „Klar. Hab' ich eingepackt."

Boomi strahlte, wie er noch nie zuvor gestrahlt hatte. Nicht mal beim Abitur, als er zu seiner Überraschung von Herrn Schwarz am Stursberg keine Fünf in Mathe bekam. Vorsichtig nahm er das Geschenk in Empfang. Es war leicht – nun, vielleicht so groß, wie wenn man zwei, drei Paar

Socken verpackt. Oder einen Burberry-Schal. Was mochte das nur sein? Gespannt und mit leicht zittrigen Händen packte er es aus. Nein, es waren keine Socken. Auch kein Schlips oder Schal. Sondern? Es war ... es war ... ja, was eigentlich? Zunächst wusste Boomi selbst nicht, was das Ding in seinen Händen sein sollte.

„Setz sie mal auf!", forderte Judith ihn mit leuchtenden Augen auf. „Ich will sehen, wie sie dir steht."

„Eine Mütze?", kam es verblüfft über seine Lippen. „Eine Mütze, gestrickt. Aber warum ist sie ...?

„Nicht lange fragen. Setz sie mal auf." Judith war unerbittlich.

Boomi tat wie ihm befohlen. Die Mütze war aus brauner, grober Wolle gestrickt. Farbrichtung ... nun ja, Kackbraun.

Mutig zog er sie über den Kopf. Sie saß eng, aber nicht zu eng. Judith zupfte an dem Ding herum, weil es an Boomi nicht sofort aussah wie vorgesehen. Aber dann schien die Museumsleiterin mit ihrem Werk zufrieden zu sein.

„Sie ist seltsam", murmelte Boomi. „Was ist das hier?" Er deutete auf seinen Mund.

„Nun, sie ist etwas anders, als eine normale Mütze so ist", klärte Judith ihn auf. „Schau mal in den Spiegel. Du siehst toll damit aus. Umwerfend."

Sie reichte ihm einen Handspiegel, und Boomi schaute erwartungsvoll hinein. Was er sah, haute ihn wirklich um. Die Mütze aus Strick war keine normale Mütze, die man sich so über die Rübe zog. Nein! Diese Mütze bedeckte auch das halbe Gesicht gleich mit, vornehmlich die Seitenpartien – wie Koteletten – und den unteren Teil ganz, vom

Kinn bis zum Adamsapfel. Rund um den Mund war etwas Platz gelassen worden. Wenn man sich den Mützenträger nun von weitem anschaute, sah es tatsächlich so aus, als trüge dieser einen Vollbart - braun wie sein Haar. Eine Mütze mit integriertem Vollbart. Eine Bartmütze. Im Grunde bescheuert, aber ...

„Unglaublich!", stieß Boomi hervor. *Was es nicht alles gab!*

„Ja, das ist der allerletzte Schrei. Ultramodern. In Paris. In Mailand. Und nun auch bei uns in Vluyn, die Hauptstraße rauf und runter. Ich finde, sie steht dir. Putzt ganz ungemein. Du siehst damit aus wie ein kanadischer Holzfäller im verschneiten Unterholz von Vluynbusch."

„Jau!", meinte Boomi. „So isset. Putzt ganz ungemein ..." Und wusste eine sehr lange Weile nicht, wie er sich für dieses unverhoffte Herzensgeschenk angemessen bedanken sollte. „Wo es doch jetzt bei uns am Niederrhein auch so bitterkalt wird", fand er schließlich die Sprache wieder.

Judith nickte. „Ich sehe, du freust dich. Das ist schön."

Und schon war sie fertig mit ihm - alles war besprochen, was ihr wichtig war, das Geschenk überreicht, und er durfte wieder gehen. Judith musste dringend noch wichtige Akten erledigen und mehrere Telefonate mit dem Beiratsmitgliedern führen, darunter auch mit dem ach so wichtigen Beiratsvorsitzenden Jos Fischer. Den Jos empfand sie immer als so streng. Deshalb brauchte sie jedes Mal Unmengen an Zeit, um den Mann erst „aufzutauen", damit sie ihn endlich für eine wichtige Sache - eine Neuanschaffung etwa - gewinnen konnte. Boomi war damit sozusagen fürs Erste entlassen. Aber er hatte ja eine Mütze bekommen und einen neuen Auftrag abgestaubt. Was wollte Mann von seiner Liebsten denn mehr?

Boomi stieg wie betäubt die Kellertreppe hoch, öffnete eine Tür und betrat das *KuCa,* das Kulturcafé in der Kulturhalle. Walter Scherb, der Pächter, zeigte auf einen Tisch in unmittelbarer Nähe zur Theke, der nicht reserviert war. „Willst du was trinken? Lecker Stück Kuchen dabei?"

Boomi nickte.

Das KuCa war in letzter Zeit nicht immer, aber immer öfter ganz gut frequentiert, auch wegen der hervorragenden Torten und schmackhaften Häppchen, die hier angeboten wurden. Boomi setzte sich an den freien Tisch. Er bestellte einen Cappuccino und ein Stück von der frischen Aprikosenjoghurt-Torte. Die lachte ihn einfach viel zu verführerisch an. Kurz dachte er noch an seine neue Mütze ... und dass ja bald Karneval wäre.

Auch wenn er das Ding höchstens nachts im tiefsten Vluynbusch aufsetzen würde, wo ihn keiner sah – immerhin kam es von einer heißen Frau, zu der es seiner Ansicht nach keine Alternative für ihn gab. Während er die Gabel in das schmackhafte Tortenstück senkte und danach gut gefüllt zum Mund führte, hörte er mit halbem Ohr zu, was am Tisch hinter ihm gesprochen wurde.

Dort saßen zwei Männer und unterhielten sich über ein sehr spezielles Thema. Der eine von ihnen erinnerte Boomi an den berühmten VIP-Coiffeur aus Berlin, der seit einiger Zeit mit nasaler Stimme im Fernsehen für ein Diätmittel warb: „Das war ich, Udo Walz ... lecker!"

Der andere war so auffallend dünn, dass er sich locker hinter Fiona aus dem Dschungelcamp hätte verstecken können. Der falsche Udo Walz sagte leicht näselnd:

„Neuerdings bin ich Kunde bei einer wirklich angesagten Beauty-Spezialistin. Und zwar in der Leyenburg. Du weißt schon, hinterm Vuzz-Kreisel Richtung Rheurdt auf der linken Straßenseite in der hübschen Residenz. Ja, dort hat sich jetzt eine Wahnsinns-Top-Frau aus der Branche der Gesichtsverschönerung niedergelassen. Von ihr jedenfalls lasse ich mir einmal die Woche den hippsten Honig um den Mund schmieren. Ich kann mir gar nichts Schöneres vorstellen, als dort bei Kessy in der Leyenburg auf dem Rücken zu liegen und von ihren wohlgeschulten Händen verwöhnt zu werden."

Kaum hatte er geendet, begann das schmalste Hemd der Welt, vom neu eröffneten Vluyner Hamam Savaé zu schwärmen. Im Dampfbad an der Inneboltstraße würden einem die Poren geöffnet und alle Muskeln gelockert, dass es nur so eine Lust wäre, auf dem heißen Nabelstein zu liegen, während eifrige Hände einem ...

Ich muss hier raus, dachte Boomi, *bevor ich einen Schreikrampf kriege.*

„Dort sind wahre Hamam-Meisterinnen am Werk, mein Guter", meinte der Dünne abschließend. „Wahre Meisterinnen, sage ich Ihnen. Vom Feinsten. Deren Finger machen dich fit for love."

Ja, Vluyn mutiert allmählich zur Weltstadt. Hamam-Meisterinnen? Fit for love? Das klingt gar nicht übel. Ob er sich diesen geschickten Fingerübungen auch mal ergeben sollte? Als Hilfe beim Abbau von angestautem Stress und allerlei Verdrängtem südlich des Bauchnabels?

„Isch geh Schule, du Opfer."

Varrad farn machd Schbas!

Keinlützum und Schaller waren gerade auf dem Weg zur Wohnung des Toten aus dem Rathaus. Sie wollten sich dort noch einmal umsehen und prüfen, ob sie vielleicht beim ersten Mal irgendetwas übersehen hatten, das ihnen weiterhelfen konnte. Nach wie vor galt es herauszufinden, in welcher Weise eine Verbindung zwischen Opfer und Täter bestand - denn der Mörder hatte den Autoverkäufer sicherlich nicht zufällig ausgesucht -, als sie ein Anruf erreichte. Man hatte die zweite Leiche endlich gefunden. Sie lag recht auffällig in der evangelischen Stadtkirche im Zentrum von Moers.

In diesem Gebäude wurden bereits seit Monaten aufwendige Restaurierungsarbeiten und Umbauten durchgeführt, und man hatte den Fußboden der Kirche komplett aufgerissen. Dabei war man in einer der ältesten Moerser Kirchen auf erstaunliche Funde gestoßen.

„Wollen wir gleich hin?", wollte Schaller wissen. Er saß am Steuer, bohrte in der Nase und bog dabei langsam von der Rheinberger Straße auf die Klever Straße ab. Sie waren also nicht allzu weit vom Tatort entfernt. Kleinlützum wachträumte düster vor sich hin. Seine Frau Walburga hatte ihm am Vorabend gestanden, dass sie unbedingt einen mittelgroßen Hund haben wollte, sobald er in Pension gehen würde - sie wollte ihn zum Kraulen und zum

Verwöhnen (den Hund, nicht ihn). Ihre Gründe überhörte er geflissentlich. *War das etwa versteckte Kritik?* Seine Pensionierung war zwar erst in ein paar Jahren, aber ein Hund, mit dem er Gassi gehen sollte und der ihn ständig wegen Leckerlis anbettelte, war das Allerletzte, was er sich für seinen ersehnten Ruhestand wünschte. Ruhe wollte er dann haben. Nichts als Ruhe. Ruhe und nochmals Ruhe. Was die erotische Beziehung zwischen Mann und Frau anging, hatte Kleinlützum so seine ganz eigene Meinung. Von einem italienischen Strandwächter und Rettungsschwimmer hatte er mal vor Jahren im Urlaub in Forte dei Marmi erfahren, dass wahre Liebe nicht länger als zwei Stunden hält. Dem konnte der Kommissar nur zustimmen. Wenn ihn seine Frau also unbedingt kraulen wollte, na meinetwegen. Und wenn sie unbedingt zurückgekrault werden wollte, auch gut. Aber alles mit Ruhe bitte. Keine Fälle, keine Täter, keine Hunde. Am Ende war der Köter noch scharf auf seine dick belegten Fleischwurststullen, die er neben seinen selbst belegten Harzer-Roller-Doppel-Whoppern mit Knoblauch oben drauf immer noch am liebsten im Büro aß. Diese wunderbaren Stullen, wie man als Bergmann sagte, würde er auch noch im Ruhestand zu sich nehmen; das stand für ihn fest. Genau in dem Moment, als er daran dachte, meldete sich das Präsidium. Wie unpassend!

„Muss wohl sein. Fahren wir halt hin", knurrte Kleinlützum wie ein gereizter Terrier. Er hasste es wie die Pest, wenn ihm aus heiterem Himmel Termine aufgedrückt wurden, wo er doch eben – zumindest in Gedanken – dabei war, etwas ganz anderes zu tun. Und auf ging's zum nächsten Mord! Dabei hatten sie noch nicht einmal eine heiße Spur im ersten Fall. Schon kam ein weiterer hinzu und vermutlich auch noch vom selben Täter. Die Leiche hatte er ihnen ja schon als Fotomaterial vorab frei Haus geliefert. Aber, wie hieß es doch im ungedruckten *Handbuch für Kommissare* so phantasievoll: „Je öfter ein Täter mordet, desto mehr Fehler begeht er dabei auch. Denn er hinterlässt in jedem Fall eine deutliche Spur."

Was für ein Unsinn! Aber genauso stellten sich Statistiker die Arbeit der verbeamteten Aufklärer im Staatsdienst vor. Schema F, aber bitte mit ansteigender Erfolgsquote.

Schaller raste an den beiden Krankenhäusern vorbei und nahm dann direkt Kurs auf die evangelische Stadtkirche am Neuen Markt. Und, welch Wunder, er fand sofort einen Parkplatz gegenüber vom *Peschkenhaus*, einer städtischen Galerie nahe beim Kaufhaus Braun. Das *Braun* war weit über die Stadtgrenzen von Moers hinaus bekannt, ja, man durfte sogar behaupten, dass nicht einmal das Moerser Jazzfestival diese Berühmtheit besaß.

Die Kirche selbst war von außen so vielsagend wie die Kirchen von Oedt, Süchteln oder Winnekendonk und nach wie vor eingerüstet. Seit Heiligabend 2012 wurden hier wieder Gottesdienste abgehalten, allerdings würden die Restaurierungsarbeiten laut Kirchenpresse noch das ganze Jahr 2013 über andauern.

Als Schaller und Kleinlützum das Gotteshaus nun betraten und ins Innere vordrangen, fiel ihr Blick sofort auf eine im Boden eingelassene Bronzetafel, die eine darunterliegende, nicht sichtbare Holzkiste abschloss. In ihr waren all jene Knochen, Schädelfragmente und Skelettreste enthalten, die man bei den jüngsten Grabungen in der Kirche freigelegt hatte. Dabei handelte es sich vor allem um die Gebeine der ehemaligen Moerser Fürstenfamilie, die einst im Schloss residiert hatte. Auch die Gebeine von Anna von Bayern wurden in dieser Kiste vermutet, einem Abkömmling des deutschen Königshauses, der nach Moers verheiratet worden war. Doch beweisen ließ sich das alles nicht. Unter einer Plexiglasscheibe war die Gewölbegruft der adeligen Moerser Familie aus dem Mittelalter für Besucher sichtbar. Und genau dort, damit es auch alle mitbekamen, hatte der Täter diesmal die Leiche deponiert. Die Spurensicherung stellte später fest, dass sie bereits seit mehreren Tagen in der von oben einsehbaren Gruft lag. Sie war nur deshalb so spät entdeckt worden, weil die Kirche vorübergehend geschlossen gewesen war und in dem genannten Zeitraum offenbar keine Arbeiten stattgefunden hatten. Bei dem Toten handelte es sich wieder um einen Mann, und wie das erste Opfer war auch er seltsam „dekoriert“ worden.

Kleinlützum und Schaller starrten irritiert auf eine Leiche, die im weitesten Sinne an einen römischen Soldaten erinnerte: Der Mann lag lang ausgestreckt auf dem Boden, trug einen Legionärshelm, war von einem Speer durchbohrt worden und hielt einen Lorbeerkranz in der Rechten. Bekleidet war er mit einem beigefarbenen Gewand, das ihm bis zu den Knien reichte und einer Tunika nicht unähnlich sah. Die Füße waren nackt.

„Was für ein unglaublicher Aufwand!“, stellte Schaller fast schon bewundernd fest.

Auch Kleinlützum war fassungslos. „Und warum hat ihn der Mörder ausgerechnet hierher gebracht? Und vor allem: wie? Das hätte doch irgendjemandem mal auffallen müssen. Und wie kam er überhaupt hier rein? Die Kirche war doch abgeschlossen, oder?“ Er hasste diesen Täter. Er hasste seine bühnenreifen, fast schon wie Kunst wirkenden Mordopferdarstellungen.

„Und gar nicht so weit weg vom ersten Tatort“, stellte Schaller überrascht fest. „Das sogenannte alte, neue Rathaus ist kaum 100 Meter von hier entfernt.“

„Als handelte es sich für den Täter um ein Spiel“, murmelte Kleinlützum. Er war bleich und wirkte einmal mehr müde und überfordert.

„Wie schon unser Westentaschen-Kommissar aus Neukirchen-Vluyn bemerkte: Der Täter erzählt uns eine bestimmte Geschichte.“

„Nein, bitte, erwähnen Sie bloß nicht diesen Leo vom Rheurdter Waldrand“, entgegnete Kleinlützum giftig. „Und Kommissar wird der nie im Leben.“

„Will er ja auch nicht. Ich wollte Ihnen nur seinen Namen ersparen. Sie schonen.“

Aber er hat natürlich Recht, dieser kleine, hinterfotzige Detektiv mit seinen nicht ausgelebten Trieben, dachte Kleinlützum bitter. Vermutlich kommt er gerade deshalb auf die wildesten Theorien. Er langweilt sich, dieser van den Boom, langweilt sich schrecklich ohne Frau, Beziehung, Sexualleben. Aber statt sich mal auszutoben wie jeder andere, denkt er sich die krausesten Täterprofile aus.

Kleinlützum ging es gewaltig gegen den Strich, dass er sich bald wieder des Antiquars geistige Ergüsse würde anhören müssen, aber sie hatten nun mal eine Abmachung. Eine Abmachung, der sogar der pingelige Dr.-Hasse-nicht-gesehen-Staatsanwalt zugestimmt hatte. Und die sah Folgendes vor: Van den Boom sollten Untersuchungsergebnisse mitgeteilt, Fotos und Spuren gezeigt werden, die nicht einmal die Presse jemals zu Gesicht bekommen hätte. Dieser Boomi war natürlich zu absolutem Stillschweigen verpflichtet worden. Im Gegenzug und auch, weil der Täter ihn durch Zusendung der Fotos mit in seine Morde einbezogen hatte, sollte dieser Schmalspurdetektiv seine Gehirnzellen auf Trab bringen. Es ging darum, die Frage zu klären, welch krude Geschichte der Verbrecher da eigentlich erzählte. Worum ging es ihm tatsächlich? Warum diese seltsamen Symbole, mit denen er die Ermordeten im Nachhinein schmückte? Selbst Kleinlützum begriff allmählich, dass an dem Gefasel von van den Boom was dran sein musste. Warum dieser unglaubliche Aufwand, die Opfer nachträglich zu verzieren oder zu verunstalten – je nachdem, wie man es betrachten mochte? Diesen hier gar als römischen Soldaten oder so etwas Ähnliches. War das eine persönliche Macke? Oder steckte viel mehr dahinter? Das glaubte jedenfalls dieser van den Boom.

„Ob dieser Mann was mit unserem ersten Opfer zu tun hat?“, unterbrach Schaller die Gedankengänge seines Kollegen.

„Laut ungedrucktem Handbuch ja“, knurrte Kleinlützum.

In diesem Augenblick trat ein Kollege von der Spurensicherung an ihn heran und sagte: „Wir haben etwas sehr Merkwürdiges gefunden. Das werden Sie nicht glauben.“

Der Kommissar fuhr herum, als habe ihn gleich ein ganzer Schwarm Mücken in den Allerwertesten gestochen. „Wie bitte? Was werde ich nicht glauben? Ist das hier nicht schon alles merkwürdig genug? Und Sie meinen, mich noch darauf aufmerksam machen zu müssen? Glauben Sie, ich bin blind?"

Sein Gegenüber ließ sich von dem Ausbruch nicht beirren. „Also, hören Sie. In seinem Hintern steckte, so bizarr das klingt, ein Rosenkranz, der halb heraushing. Aber nicht irgendein x-beliebiger Rosenkranz. Ich habe so einen wie diesen schon mal gesehen. Eine kleine Plakette daran zeigt nämlich den Ordensgründer Ignatius von Loyola. Es geht um die Jesuiten. Die tragen mitunter solche Rosenkränze. Genauso einen haben wir aus seinem After gezogen."

„Ein Priester?", fragte Kleinlützum ein wenig erschrocken. „Der Tote ist Priester gewesen, ein Jesuit?"

„Vermutlich", meinte der Mann von der Spurensicherung. Schaller hatte zugehört. Erst ein Autoverkäufer, jetzt ein Priester. Wo lag die Verbindung zwischen beiden? Es musste sie geben. Der Täter hatte auf keinen Fall wahllos zugeschlagen. Sonst hätte ja auch dieses sprechende Nachtschattengewächs aus Vluyn dran glauben müssen, oder? Kleinlützum war sich sicher, dass es eine ganz bestimmte Verbindung zwischen diesen beiden so unterschiedlichen Männern und dem Mörder gab. Doch was genau war das? Das galt es herauszufinden. Mit allen Mitteln, die ihnen zur Verfügung standen. Schaller wählte bereits die Handynummer von Leo van den Boom, um ihn zu sich zu bestellen.

Als die beiden Kommissare wenig später die Kirche verließen und durch die Klostergasse in Richtung Alter Markt schlenderten, wurde Schaller von einem kleinen Fahrradfahrer im olivfarbenen Hoodie beinahe überfahren. Es gelang ihm noch so gerade, beiseite zu springen. Dabei wäre er fast gestürzt. Beherzt griff Kleinlützum nach dem Fahrradlenker des jungen Rowdies und hielt ihn fest wie in einem Schraubstock. „Darf man denn ohne rechts, links und geradeaus zu gucken, überhaupt Fahrrad fahren?", fragte er streng.

„Lass mich los. Ich schrei sonst."

„Darf man einfach Leute umfahren und anschließend auch noch abhauen, ohne sich zu entschuldigen?" Seine Stimme war noch eine ganze Nuance strenger geworden.

„Lass mich los. Isch geh Schule. Fahrrad fahren macht Spaß."

„Das kannst du ja noch nicht mal schreiben, du Knirps", meinte Schaller grinsend.

„Doch kann ich. Bin zweite Klasse."

Schaller griff in seine Manteltasche und zog daraus einen kleinen Zettel und einen Kugelschreiber hervor. Beides drückte er dem Knirps in die Hand. Der starrte ihn mit aufgerissenem Mund an. „Dann zeig mal, ob du es kannst", meinte Schaller.

Der Kleine machte zuerst ein grimmiges Gesicht, aber dann legte er los und schrieb ohne lang zu überlegen: *Varrad varn machd Schbas!*

Noch während Kleinlützum und Schaller ungläubig auf den Text starrten, gelang es dem Jungen, seinen Fahrradlenker aus Kleinlützums Griff zu lösen. Er trat kräftig in die

Pedale und raste davon. „Wenn ich groß bin, werde ich Polizist und dann verhafte ich euch", rief er den beiden zu. Aber da war er schon auf der Höhe von Optik Brökelschen und sauste, so schnell er konnte, weiter auf den Kastellplatz zu.

„Hat man Töne?", brauste Kleinlützum auf und schüttelte ungläubig den Kopf. „Dieses kleine Biest. Ich glaub's nicht. Was ist denn das für eine Jugend?"

„Wie ich von dem Kleinen erfuhr, wird er uns beide mal beerben", schmunzelte Schaller.

Kleinlützum verdrehte schockiert die Augen. „Das mögen Gott und ein strengerer Schulunterricht bitte verhüten!" *Erst dieser völlig verrückte Fall und dann noch diese miesen Zukunftsaussichten. Armes Deutschland! Und das alles in Moers am beschaulichen Niederrhein, wo es doch eigentlich nett sein sollte.*

Zwei Tage später betrat Boomi gut gelaunt das Büro von Kleinlützum und Schaller. Seiner Meinung nach hatte er den richtigen Schlüssel zum Verständnis der besonderen „Verzierung" der beiden Mordopfer gefunden. Er war bereit, den ermittelnden Polizeibeamten seine sensationellen Ergebnisse darzulegen. Doch bevor er damit aufwarten durfte, musste er sich zuerst noch einen der ungewöhnlichen Schallerschen „Hab-ich-neulich-erlebt-Vorträge" anhören.

Überhaupt schien die Stimmung im Büro nicht schlecht zu sein. Man trank Kaffee und plauderte dabei ein wenig – offenbar eine Verschnaufpause inmitten von Bergen unerledigter Arbeit. Als Schaller Boomi bemerkte, nickte er ihm freundlich zu, nippte kurz an seinem schwarzen Heißgetränk und machte danach eine beruhigende Handbewegung in seine Richtung. Offenbar war er gerade dabei, eine Geschichte zum Besten zu geben, bevor es wieder an die Arbeit ging. Seine Zuhörer waren der Staatsanwalt und Kleinlützum. Jeder von ihnen hielt einen Pott mit Kaffee in der Hand und schien ganz Ohr zu sein. Nun kam Boomi „zwangsweise" dazu – Kaffee wurde ihm leider nicht angeboten.

Soweit er das mitbekam, hatte Schaller am Tag zuvor einen bekannten Outdoor-Bekleidungsspezialisten in Moers aufgesucht. Dieses Geschäft lag in der Innenstadt gegenüber vom *Café des Arts*, wo er selbst schon mal gern im Sommer ein Gläschen Wein trinken ging. Schaller berichtete ausführlich von seiner sagenhaften Begegnung mit der Verkäuferin. „Diese Frau erweckte bei mir sofort den Eindruck, als würde sie sich die Fassade des neuen Rathauses nachts schon mal als Free-Climber zur Brust nehmen. Einfach um zu entspannen. Einmal rauf und hinten wieder runter. Unglaublich, was die drauf hatte. Und dann hat sie mir eine von diesen modernen tollen Hightech-Outdoorjacken mit Kapuze und breitem Pelz in die Hand gedrückt. Darin könne ich in Alaska im Schnee schlafen, hat sie gesagt. Das fand ich schon mal beeindruckend. Zudem sei die Jacke gechipt. Und auf meinen fragenden Blick hin klärte sie mich auf: Damit könne man mich sogar vom Mond aus orten, falls ich mal in Gefahr geriete und niemand wüsste, wo ich eigentlich stecke. ‚Und wenn Sie mal ohnmächtig werden, ruft die Jacke von sich aus den Notarzt an und meldet, dass Ihr fleischiger Inhalt den Geist aufgegeben hat.' Haha. Ist das nicht super? Dann habe ich das Ding angezogen. Die Jacke war klasse, sage ich euch, aber auch unglaublich schwer. So was von schwer. Ich habe noch nie im Leben eine Jacke angehabt, die so unglaublich schwer gewesen ist wie die. Und ich hatte sofort den Verdacht, dass das nur am Pelz liegt. Also fragte ich die Outdoor-Spitzenverkäuferin, ob ich die Jacke auch ohne Pelz haben könnte? ‚Das ist kein Pelz', hat sie geantwortet. ‚Das ist ein Lawinenhund. Und zwar abknöpfbar. Der zieht Sie aus jeder Gletscherspalte raus.' Und auf meinen erstaunten Blick hin klärte sie mich erneut auf: ‚Mensch, das ist ein Hightech-Outdoor-absolute-Wunderjacke-hats-noch-nie-gegeben-Produkt, nichts, was Sie irgendwo in der Herrenoberbekleidung bei Braun fänden.' Donnerwetter! Das ist doch mal ein Wort, sagte ich mir. Aber bitte ohne Hund. Und freue mich darüber, wie sensationell leicht die Jacke jetzt ist."

„Tja, immer was Neues. Immer geht's weiter Richtung Zukunft. Nie hört das auf. Sagenhaft, was es auch morgen noch zu bestaunen gibt", kommentierte Dr. Müller-Moldering die Ausführungen des „kleinen" Kommissars. Seine Bemerkung „Sagenhaft, was es auch morgen noch zu bestaunen gibt" war mittlerweile Kult im Präsidium, weil er diesen Spruch öfter bei Gesprächen anbrachte, als einem lieb sein konnte.

Der Staatsanwalt klatschte in die Hände. „So, meine Herren, die Ermordeten rufen uns. An die Arbeit. Herr van den Boom weilt auch unter uns. Schön. Schön. Gehen wir also flott in unseren Konferenzraum. Wollen doch mal sehen und hören, was wir so an wichtigen neuen Erkenntnissen gewonnen haben."

Ohne eine weitere Bemerkung abzuwarten, öffnete der Staatsanwalt die Tür und schob Boomi mit einer zwar sanften, aber nichtsdestotrotz sehr bestimmten Handbewegung aus dem Büro hinaus. „Gang runter, letzte Tür links. Dort spielt die Musik."

Kleinlützum und Schaller folgten den beiden wie Schulbuben.

Das Konferenzzimmer war auf die Ermittlungsergebnisse vorbereitet. Auf einer großen Pinnwand sah Boomi Namen, Fotos, Hinweise, Kommentare und Pfeile, die in verschiedene Richtungen gingen und offenbar Beziehungen zwischen dem Täter und seinen beiden Opfern sowie zu den Orten, an denen die Leichen aufgefunden worden waren, darstellten.

Dr. Müller-Molderings nahm am Tisch neben Boomi Platz, die beiden Kommissare saßen ihnen gegenüber.

Der Staatsanwalt leitete die Besprechung ein. „Also, wir haben zwei Ermordete, zwei Männer, nicht im gleichen Alter. Beide stammen aus Moers, der eine war Autoverkäufer und heißt Heribert Lauff, der andere war Lehrer an einer Berufsschule, ein Jesuit mit Namen Theo Schaffrath. In welcher Beziehung könnten beide zum Täter stehen?"

„Tja. Vielleicht hat der Autoverkäufer ihn übers Ohr gehauen, und der Lehrer hat ihn mit miesen Noten fertig gemacht", vermutete Schaller und lehnte sich zurück, als wäre er damit bereits fertig für den Tag.

„Kleinlützum?"

Der Kommissar blickte den Staatsanwalt aus müden Augen an und ergänzte die Vorstellung seines Kollegen. „Mag sein, dass es um Rache geht, um simple Rache wegen erlittenen Unrechts. Allerdings stört daran ein wenig, welchen Aufwand unser Täter betreibt.

Unabhängig von der Kostümierung der Toten ist der jeweilige Fundort der Leichen nicht der Tatort. Er hat sie im Nachhinein dorthin verbracht. Warum hat er das getan? Die Gefahr, dabei gesehen zu werden, war immens groß. Leider hat sich bislang noch kein Zeuge, der eine verdächtige Person entweder an der Kirche oder am Rathaus bemerkt haben will, bei uns gemeldet. Es kommt als weitere Absonderlichkeit hinzu, dass beiden Leichen fast das gesamte Blut entnommen worden ist, und zwar offenbar vor ihrer Ermordung. Weshalb macht das jemand? Wir wissen es nicht. Rache als Motiv ist mir insgesamt etwas zu dünn."

„Bei einem Vampir wüssten wir, warum er das macht", bemerkte Schaller und grinste wie ein Schüler, der einen schlechten Witz gemacht hat.

Der Staatsanwalt tadelte ihn mit einem stummen, aber eindeutigen Blick. „Also, Sie denken, es geht um mehr als bloße Rache?", bohrte er bei Kleinlützum nach.

Dieser nickte und fügte brummig hinzu: „Und offenbar leider nicht um jemanden, der Schwule hasst, wie ich lange Zeit geglaubt habe. Der Lehrer war jedenfalls keiner, wie wir wissen. Aber er galt bei seinen Schülern als streng – ziemlich streng sogar. Er soll gern Kopfnüsse verteilt haben, wie zwei Ehemalige uns erzählt haben."

„Wir tappen demnach immer noch im Dunkeln, was das eigentliche Motiv für die beiden Morde ist", sagte Dr. Müller-Molderings und bleckte angriffslustig die Zähne. „Ärgerlich, meine Herren, höchst ärgerlich."

Stille. Man hätte eine Stecknadel fallen hören können – trotz des Teppichbodens im Raum.

„Und das alles ist noch gar nichts", begann Boomi, der den Moment des Schweigens nutzen wollte, um seinen Teil zur Aufklärung der beiden Fälle beizutragen. Alle Blicke richteten sich auf ihn, wobei es dem Vluyner Hobbydetektiv nicht entging, wie grimmig Kleinlützum ihn ansah. Es wurmte den Kommissar mächtig, dass er mit am Tisch saß und sich überhaupt Gedanken zu den Morden machen durfte, während sie selbst mit nichts in den Händen dasaßen. Was für eine Blamage! Aber der neue Staatsanwalt wollte es so haben.

„Es ist klar, Herr van den Boom, dass absolut nichts von dem, was wir hier besprechen, nach außen dringen darf. Das haben Sie unterschrieben und ich will Sie nur noch mal daran erinnern", schnitt der Herr Doktor Staatsanwalt Boomi das Wort ab, bevor dieser so richtig ausholen konnte.

„Ist mir vollkommen klar, Herr Dr. Müller-Molderings. Keine Sorge. Ist mir vollkommen bewusst. Und eine Plaudertasche bin ich ohnehin nicht. "

Kleinlützum verzog spöttisch den Mund, schwieg aber. Boomi freute sich diebisch, dass er als externer Berater mit hinzugezogen wurde. Davon hatte er immer schon geträumt. Jetzt konnte er Kleinlützum und Schaller endlich beweisen, was in ihn steckte. Boomi räusperte sich. Alle schauten ihn gebannt an, und das gefiel ihm sehr.

„Was ich herausgefunden habe, ist wirklich unglaublich, ja phantastisch", begann er. „Ich habe mir die Fotos von den beiden Opfern viele Stunden lang gründlich angeschaut, besonders natürlich ihre seltsame ‚Kostümierung', wie Kommissar Kleinlützum die Inszenierung der Leichen so gerne nennt. Und die ist alles andere als zufällig gewählt. Ich habe einige Tage gebraucht, bis ich dahintergekommen bin, welche Vorlage der Täter jedes Mal gewählt hat. Und ...", er machte eine kleine, effektvolle Pause, „... beim nächsten Opfer kann ich Ihnen fast schon im Voraus sagen, wie es aussehen wird."

Augenblicklich entstand Unruhe.

„Was?", rief Schaller aus. „Das können Sie nicht ... das ist ja ungeheuerlich. Wie kommen Sie denn darauf?"

„Junger Freund", meldete sich der Staatsanwalt mit besorgtem Gesichtsausdruck. „Sie sollten nicht so hoch pokern. Vor allem sollten Sie keinen Unsinn reden. Damit können Sie sich hier alles verderben. Wir brauchen Fakten. Solide Fakten, keine Vermutungen oder Angebereien."

Boomi atmete einmal tief ein und aus. Sein Puls ging schneller, ja, sein Herz raste geradezu. Er schluckte hart. „Ich gebe nicht an. Ich werde Ihnen alles beweisen, was ich herausgefunden habe." Er hielt inne, räusperte sich, hustete und merkte, wie aufgeregt er in Wirklichkeit war. Aber es war ja auch das erste Mal, dass er wie ein Profiler der besonderen Art sein Können und Wissen vor anderen Leuten - immerhin zwei Kommissaren und einem Staatsanwalt - ausbreiten durfte. Wenn ihn Judith doch jetzt nur sehen könnte! Das wäre ein Triumph für ihn. Das wäre ein Plus in ihrer Schnecken-Beziehung. Aber leider ...

„Also, was ist nun, geht Ihnen schon die Munition aus?", knurrte Kleinlützum. „Ist das alles nur heiße Luft, van den Boom? Das ist nämlich genau das, was ich die ganze Zeit vermutet habe."

„Nein!“ Boomi hatte sich wieder im Griff. Und dann stand er auf, griff mit schwungvoller Geste nach seiner Aktentasche, öffnete sie und kramte daraus verschiedene Fotos und Texte hervor, die er der Reihe nach alle an die Pinnwand heftete. Dann wandte er sich den drei Herren zu und legte los. Seine Stimme klang anfangs noch ein wenig dünn, aber sie wurde kräftiger, je länger er redete. Sein Vortrag war nicht zu lang, aber wirklich knackig, wie der Staatsanwalt später bei der Verabschiedung sagte. Boomi erklärte, zeigte, machte Vergleiche und belegte seine Behauptungen immer wieder mit Bildern, wissenschaftlichen Texten, Verweisen auf bestimmte Interneteinträge oder Vergleichen, die er zwischen den Ermordeten und diversen antiken Vorlagen zog.

Die beiden Kommissare saßen mit offenen Mündern da, weil sie einfach nicht fassen konnten, was dieser „Mensch vom Waldrand“ ihnen da alles präsentierte. In der Tat war es phantastisch, was er ihnen auftischte - und eigentlich nicht zu glauben. Darauf wären sie nie und nimmer gekommen. Nicht in 100 Jahren. Das, was Boomi ihnen mitzuteilen hatte, klang zunächst so abwegig, dass Kleinlützum den Kerl am liebsten schon nach dem dritten Satz aus dem Büro geworfen hätte. Aber da war der Staatsanwalt vor!

„Wer ist Mithras?“, fragte Kleinlützum schon gleich zu Anfang. „Ein Moerser Bürger?“

„Nein, ein römischer Gott.“

„Hä?“

„Und wer sind Nymphus und Miles?“, stieß Schaller irritiert heraus.

„Unsere beiden Opfer. Der Täter mordet nach einem bestimmten Schema. Einem antiken Mysterienkult, der bestimmte Einweihungsgrade hatte. Und genau diese vollzieht der Mörder an seinen Opfern nach, indem er sie genauso schmückt. Warum er das allerdings tut, kann ich Ihnen bislang nicht erklären", sagte Boomi leise.

„Das glaube ich alles nicht", meinte Kleinlützum. „Das ist mir zu verrückt. Mithras? Klingt nach einem irren Karnevalsprinzen aus dem Hippeland."

Mit Hippeland war die Gegend weiter im Westen Richtung holländische Grenze gemeint, wo es nur noch Dörfer gab, also Kaff um Kaff voller Menschen, die nach Ansicht mancher Städter hinterm Mond lebten. Doch Boomi ließ sich von dem bärbeißigen Kommissar nicht beirren.

„‚SIV' hat der Täter auf der Stirn seines ersten Opfers eingeritzt. Das heißt ‚Sol Invictus' oder, übersetzt, ‚Die Unbesiegte Sonne'. Hiermit ist zweifellos der Gott Mithras gemeint, den die Anhänger des Mithras als solchen verehrt haben. Als Beweis sehen Sie sich bitte dieses Foto an."

Die Aufnahme zeigte eine römische Plakette aus dem zweiten nachchristlichen Jahrhundert, gefunden in Xanten, auf der SIV – Sol Invictus zu lesen stand.

Der Staatsanwalt nickte zustimmend. Er war anderer Meinung als Kleinlützum. „Gleichen wir doch mal die beiden Toten mit dem ab, was uns van den Boom über diese antiken Einweihungsgrade erzählt. Und dass er sich das nicht ausgedacht hat, zeigen ja die Bilder und die Erklärungen von anerkannten Religionswissenschaftlern. Also, Opfer Nr. 1, der Autohändler, ist Nymphus."

„Und das bedeutet Bräutigam", ergänzte Boomi.

„Das passt zu der Tatsache, dass das Opfer schwul war“, kommentierte Schaller.

„Wie auch die Gardine, die wie ein Schleier bei einer Braut wirkt“, stellte der Staatsanwalt fest und nickte anerkennend. „Dazu kommen die goldene Pappkrone in der einen Hand und das Öllämpchen in der anderen. Wirkt römisch. Einverstanden. Das Glöckchen um den Hals gehört ebenfalls zum antiken Ritual. Haben wir durch die Fotos von Mithrasjüngern gesehen und verstanden. Doch wie passt das zu dem Holzpflock in seinem Schädel? Davon lese ich bei diesem Einweihungsgrad nichts im Internet.“

„Richtig“, sagte Boomi ruhig. „Warum der Mörder sein Opfer in diesem einen Punkt anders dargestellt hat, kann ich noch nicht erklären. Zum Nymphus gehört es jedenfalls nicht. Es muss gesondert ausgewertet werden. Auch im zweiten Fall hat er den Rahmen des Mithraskultes verlassen - mit dem Rosenkranz.“

„Der übrigens zuvor Eigentum des Lehrers war“, informierte ihn Kleinlützum.

„Das wirkt auf mich wie Wut, wie der Vollzug einer Rache“, überlegte der Staatsanwalt. „Das war etwas sehr Persönliches. Oder was meinen Sie?“

„Sehe ich auch so“, antwortete Schaller und nickte. „Das Durchbohren des Schädels und dann auch noch den Rosenkranz in den Hintern zu stecken - das war äußerst persönlich gemeint.“

„‚Miles‘ bedeutet übersetzt ‚Soldat‘“, fuhr Boomi mit seinen Erklärungen fort, „und genau als einen solchen, wie es jedenfalls der dritte Einweihungsgrad bezeichnet, hat er den Ermordeten auch dekoriert, nachdem er ihn mit einem Speer durchbohrt hat. Römischer Helm auf dem Kopf, Lorbeerkranz in der … ach du Scheiße!", entfuhr es ihm. Er fasste sich an den Kopf. „Ich Idiot, ich kompletter Idiot! Nein, dass mir das passieren konnte!"

Er schien sich über irgendetwas furchtbar zu ärgern. Die drei Beamten sahen ihn ratlos an.

„Was ist los? Gibt es Probleme mit Ihrer Theorie?", fragte der Staatsanwalt.

„Nein, aber ich Blödmann habe etwas Grundlegendes vollkommen übersehen oder einfach ausgeblendet."

„Und das wäre?"

Boomi zuckte die Achseln und machte ein eher trauriges Gesicht. Es war eine Geste der Hilflosigkeit. „Wir haben zwei Leichen. Miles ist der dritte Einweihungsgrad. Nymphus ist der zweite. Der erste heißt Corax. Das ist der Rabe."

„Es gibt keinen Raben", brummte Kleinlützum. „Jedenfalls wurden wir zu keinem weiteren Mord in Moers gerufen."

„Eben", sagte Boomi traurig. „Aber nach allem, was uns die Toten erzählen, ist ihr Mörder Perfektionist. Er hat nicht erst beim zweiten Grad angefangen, das dürfen Sie mir glauben. Es muss einen Toten geben, den er als ‚Corax' geschmückt hat. Und es wird, so wie ich ihn einschätze, noch vier weitere Morde geben, wenn wir ihn nicht vorher stoppen können."

Es war eine ganze Weile lang mucksmäuschenstill im Konferenzraum. Das, was Boomi ihnen da auftischte, klang einfach zu ungeheuerlich. Ein Serienmörder, der nach dem Vorbild eines antiken Mysterienkults mordete? In Moers?

Selbst der Staatsanwalt brachte lange keinen Ton heraus. Schließlich fragte er: „Warum enthält er uns die erste Stufe, den Raben, vor? Was glauben Sie, van den Boom?“

Der blickte ihn ernst an. Das Ganze wurde immer seltsamer. „Er hat seine beiden Opfer bewusst öffentlich inszeniert. Zuerst kam das Rathaus dran. Danach die Kirche. Wir sollten die Opfer dort genauso auffinden. Das Rathaus lässt sich mit dem Staat in Verbindung bringen, die Kirche mit der Religion - das passt schon mal zusammen. Der Mithraskult war mehrere Jahrhunderte lang eine Staatsreligion, übrigens die einzige ernsthafte Konkurrenz zum Christentum, nachdem es Kaiser Konstantin im 4. Jahrhundert zur neuen Staatsreligion erhoben hatte. Der Mörder weist uns auf diese Zusammenhänge hin. Und der Hammer ist, dass die erste Leiche ausgerechnet an Weihnachten entdeckt wurde. Gott Mithras wurde Weihnachten geboren, vielmehr: Er trat, so jedenfalls der Mythos, an diesem Tag aus einem Felsen heraus. Mithras ist der Gott, der den Stier tötet, sich dabei aber abwendet, so als könnte er bei seiner Tat nicht hinschauen. Es war das Christentum, das genau diesen Termin, den 25. Dezember, vom Mithraskult übernommen hat. Und es gibt noch unendlich viel mehr Parallelen zwischen den beiden Religionen, aber das führt hier jetzt zu weit.“

Er machte kurz eine Pause, ließ das Gesagte wirken und erklärte weiter: „Alles, was wir an Fakten besitzen, ist vom Mörder zuvor haarscharf und klug bedacht worden. Ich betone das deswegen so stark, weil der wirklich nichts dem Zufall überlässt. Er zeigt uns nur das, was er uns wissen lassen will. Und ich soll Ihnen dabei auf die Sprünge helfen.

Trotzdem ist es seltsam, dass er uns nicht auch sein allererstes Opfer präsentiert hat. Den ‚Raben' hätte er vielleicht im Schlosspark ablegen können, in der Natur, sozusagen unter Bäumen. Warum hat er das nicht gemacht? Das muss einen Grund haben, der, wenn wir ihn wüssten, vermutlich zur Aufklärung dieser Mordfälle führen könnte. Ja, davon bin ich sogar voll und ganz überzeugt. Wir würden ihm zu schnell auf die Schliche kommen. Das will er nicht."

„Was erwartet uns als nächstes?", fragte Dr. Müller-Molderings.

„Leo, der Löwe. Danach kommen noch Perses, der Perser, Heliodromus, der Sonnenläufer, und Pater, der Vater, als höchstes Ziel der gesamten siebenstufigen Einweihung."

„Das würde ja bedeuten, dass es insgesamt sieben Morde werden sollen. Gott bewahre!", stieß Schaller erschrocken aus. „Das wäre ja entsetzlich."

„Was sind die Insignien für den Löwen, Leo?", wollte Dr. Müller-Molderings von Boomi wissen. „Was erwartet uns da? Können wir unser Wissen im Vorfeld so nutzen, dass wir am Ende den nächsten Mord ...?"

Er sprach nicht aus, was er dachte, aber das lag ja auf der Hand. Es war die Hoffnung des Verzweifelten. War es möglich, dem Mörder einen Schritt voraus zu sein, jetzt, nachdem sie geklärt hatten, nach welchem Schema er vorging?

Aber Boomi schüttelte verneinend den Kopf. „Er ist nicht dumm, er spielt mit uns. Leo, der Löwe, war eine Art Taufritual. Allerdings wurde dabei kein Wasser verwendet, sondern Honig. Der wurde dem zu Weihenden über die

Hände gegossen. Gleichzeitig wurde ihm ein Brandmal, ein Siegel, auf die Stirn gedrückt. Damit wurde er Mithras für immer in die Hand gegeben. Dann ist in dem antiken Ritual mehrfach von einer Feuerschaufel die Rede. Meistens war das ein bronzener Schürhaken in Form einer Hand. Feuer spielt beim vierten Grad, dem Löwen, ebenfalls eine ganz besondere Rolle. Wie sollten wir mit diesem Wissen dem Mörder vorauseilen können? Nur eines ist sicher: Das Opfer tut mir jetzt schon leid, denn es wird entsetzliche Qualen erleiden, bevor der Tod eintritt."

Lange Zeit herrschte Schweigen und Entsetzen im Konferenzraum. Allen war deutlich geworden, dass der Mörder alles versuchen würde, seinen grausamen Plan mit sieben Toten bis zum Schluss durchzuführen.

Es war Schaller, der mal wieder glaubte, eine seiner besonderen Bemerkungen anbringen zu müssen: „Jetzt weiß ich endlich, was Stress ist. Nämlich, wenn jemand deinen Kopf länger unter Wasser hält, als du Luft in den Lungen hast."

„Wir müssen ihn stoppen, meine Herren!", forderte der Staatsanwalt vehement. „Da hilft kein Jammern, kein Trauern, oder eine Ihrer sarkastischen Bemerkungen, Schaller. Wir müssen diesen Wahnsinnigen stoppen."

Allen im Raum wurde bewusst, dass dieser Mann, der die Anklage vertreten würde, ausgesprochen wütend über den bisherigen Misserfolg seiner ermittelnden Beamten war. Aber man konnte ihm auch deutlich anmerken, wie hilflos er sich angesichts der Monstrosität dieser Verbrechen fühlte.

„Ich habe mal geträumt, dass ich ermordet wurde.
Danach konnte ich gut weiterschlafen.
Als ich aber träumte, ich sei ein Mörder,
war es mit der Nachtruhe vorbei."

(Schaller)

Wo steckt eigentlich Lilia?

Es wurde dringend Zeit, dass Boomi sich um die vermisste Lilia kümmerte. Was die beiden Mordfälle anging, so war es nicht seine Aufgabe, sie aufzuklären. Er hatte Kleinlützum, Schaller und dem ehrgeizigen Staatsanwalt mitgeteilt, was er wusste, und dabei die Parallelen zum römischen Mithraskult dargelegt. Nur ein Idiot konnte das Ganze als Zufall bezeichnen. Was die Ermittler jetzt daraus machten, war allein ihre Sache. Doch was war mit Lilia? Wo steckte das Mädel?

Bislang war sie für Judith eine zuverlässige Hilfskraft gewesen. Warum kam sie plötzlich nicht mehr zur Arbeit? Judith war so stolz darauf gewesen, dass Ulf Grillmann, der ewig knurrige und geizige Kämmereileiter der Stadt Neukirchen-Vluyn und aktives Mitglied im Museumsvorstand, Lilia nach langem Zögern endlich als Hilfe genehmigt hatte. *Alles war so positiv gewesen, so vielversprechend,* dachte Boomi. Aber dann blieb die Kleine von einem Tag zum anderen weg. Meldete sich nicht einmal ab, hinterließ auch keine Nachricht, warum sie nicht mehr ins Museum kam, benahm sich ganz so, wie es häufig genug als typisches Verhalten junger Leute im Berufsleben beklagt wurde.

„Die kommen einfach nicht mehr. Von heute auf morgen. Sagen dir aber auch nicht Bescheid. Haben keinen Bock mehr, oder sind wegen irgendwas beleidigt. Ist denen doch wurscht, ob dadurch Arbeit liegen bleibt oder bestimmte Vorhaben sogar verhindert werden. Ist halt die Generation der verwöhnten Kids. Was soll ich mich nach 'nem Cent bücken?"

Das hatte Boomi mal vor Jahren vom Filialleiter des Edeka-Markts in Vluyn gehört, der immer auf der Suche nach neuen Auszubildenden oder Studenten war, die sich etwas nebenbei verdienen wollten. *Gehört Lilia auch zu diesen Jugendlichen, auf die kein Verlass ist und die sich, wenn sie nur eine Kleinigkeit stört, gleich aus dem Staub machen?* Er wusste es nicht. Alle seine Versuche, sie telefonisch zu erreichen, waren bislang gescheitert. Einmal hatte er die Handynummer sogar um 3 Uhr nachts gewählt. Nichts. Nur die Mailbox. Die allerdings wurde nicht abgehört, wie es schien.

Es hilft nichts, sagte sich Boomi. *Ich habe es Judith versprochen, also kriege ich auch raus, was mit dem Mädchen los ist.*

Ihre Adresse war die Drususstraße in Asberg. Kurz vor Karneval setzte er sich in seinen alten Volvo und fuhr gen Moers. Der Ortsteil Asberg leitete sich vom römischen Asciburgium ab, weil es hier im 2. und 3. nachchristlichen Jahrhundert eine bescheidene römische Niederlassung gegeben hatte, ein befestigtes Reiterkastell auf halben Wege zwischen Novaesium (Neuss), Gelduba (Krefeld) und Castra Vetera (Xanten) und direkt am Rhein gelegen.

Deshalb ließ sich Asciburgium am trefflichsten auch als „befestigter Schiffsanlegeplatz“ übersetzen. Zudem wurde das Lager auf höher gelegenem und damit sicherem Grund erbaut. Boomi hatte sich bereits als Jugendlicher sehr für die römische Zeit am Niederrhein interessiert, hatte damals sogar darüber ein Referat bei seinem Lateinlehrer, Herrn Horbrügger, gehalten und ein *Sehr Gut* dafür bekommen.

Boomi konnte sich gut vorstellen, dass die Römer, vor allem jene, die direkt aus dem sonnigen Italien gekommen waren, den gesamten Niederrhein furchtbar gefunden haben mussten. *Nebel, Sumpf, Nebel, Wasserarme, Nebel, Sumpf, flach und morastig wie die schier endlos breite Po-Mündung, und noch mehr Nebel,* mochten sie gedacht haben. Nirgends hübsche Städte, und auch von Moers war weit und breit noch nichts zu sehen gewesen. Ob je ein Römer über den unsicheren Grund von Asciburgium bis nach Vluyn oder Neukirchen gewandelt ist? Mehr als fraglich.

Bereits der Name „Moers“ warnt in seinem Ursprung davor, in dieser Gegend das Kastell ohne Anglerstiefel bis zum Gesäß zu verlassen. Wer hier einst spazieren gehen wollte, war am besten eine Amphibie, denn der Name leitet sich von *Mörs* oder *Murse* ab. Das hätte schon für einen Römer wie der nasse Tod geklungen, aber später mochte es auch nicht viel besser gewesen sein. Moers, errichtet auf drei Donken, also dem Land zwischen drei Wasserarmen, ist eine totale Sumpfblüte. Ebenso wie der halbe Niederrhein: feucht, morastig, verschlingend – zumindest war er das die meiste Zeit, bevor es überall Pumpen gab, die der Region ihr Wasser entzogen und zum Rhein schickten.

Aber der Niederrhein blieb, was er immer war: ein Sumpfloch mit einzelnen Städten als Sumpfblüten. Und eine davon heißt eben Moers oder *Mörs, Meurs* oder *Murse.*

Was mochte ein Mann aus Italien damals gedacht haben, als er hier im Grenzgebiet seinen trostlosen Dienst ableistete? Traten ihm beim Anblick von Nebel, Sumpf und Feuchtigkeit die Augen aus dem Kopf? Sagte er sich: Wäre ich doch lieber in der Toskana, in Apulien oder in Ostia am Meer geblieben, als hier im kulturellen Niemandsland für den Kaiser wilde Germanen, die wie irrlichternde Nebelgeister aus den Sümpfen am Oermter Berg oder andernorts auftauchen, in Schach halten zu müssen?

Oh, Antonia, geliebtes, schönes Weib daheim im herrlichen Perugia. Jetzt weiß ich, wie die Vorgärten zum Hades aussehen. Kalt, nass, unerfreulich und auch noch gefährlich.

Vermutlich war es so gewesen.

Boomi bog von der Römerstraße in die Drususstraße ab. Drusus war jener römische Feldherr gewesen, der 12 v. Chr. die Ostfriesen entdeckt hatte, nachdem er zuvor an einem Rheinarm, den es schon lange nicht mehr gab, das kleine befestigte Lager Asciburgium gegründet hatte. Ein Ort aus Holz, Lehmwällen und Soldatenzelten. Später drang Drusus mit seinen Legionen sogar bis an die Elbe vor. Hier wurde ihm von einer hünenhaften Germanin prophezeit, dass er nicht mehr lange leben würde. Das Weib sollte Recht behalten. Kaum an den Rhein zurückgekehrt stürzte der Römer vom Pferd und das kopfüber so unglücklich, dass er an den Folgen dieses Sturzes starb. Na, hoffentlich war Lilia nicht Ähnliches widerfahren, hoffentlich hatte sie sich bei einem Ausritt nicht ernsthaft verletzt. Boomi wusste von Judith, dass das Mädel gerne ritt - ein Hobby, das vielen Frauen am Niederrhein Spaß machte.

Die nach Drusus benannte Straße war nicht sehr lang. Boomi fuhr langsamer und betrachtete die Häuser rechts und links. Gleich am Anfang gab es einen Dritte-Welt-Laden, in dessen Schaufenster schrecklich kitschige Figürchen auf mitleidige Käufer hofften. Im Haus gegenüber auf der anderen Straßenseite wurde Nachhilfe für alle Fächer, vor allem Mathematik, angeboten. Der Kirchturm wenige Meter weiter erinnerte stark an einen Leuchtturm an der Nordseeküste. Die unteren drei Viertel hatte man in rechteckiger Form aus rotem Backstein gemauert, wie man es häufig bei Kirchen vorfand. Aber das letzte Viertel des Glockenturms war wirklich ungewöhnlich. Erheblich schmaler als der Unterbau, rund und aus weißem Holz errichtet, gab es dem Ganzen tatsächlich das Aussehen eines friesischen Leuchtturms. Boomi fuhr gemächlich daran vorbei. Die Häuser rechts und links stellten ein Gemisch aus alten, fast schon heruntergekommenen, und neuen Häusern dar, die vermutlich in den vergangenen 20, 30 Jahren erbaut worden waren. Dann endlich erreichte er das gesuchte Haus auf der rechten Straßenseite. Die Hausnummer an der Tür fehlte zur Hälfte und war daher nur noch einstellig, und die ganze Immobilie wirkte wenig ansprechend. Es war ein Einfamilienhaus, das man, wie so viele andere auch, mit recht bescheidenen Mitteln nach dem Krieg errichtet hatte. Um dann mehr als 60 Jahre keinen Handschlag mehr daran zu tun.

Hier also wohnte Lilia zur Miete. Hm. Hm.

Boomi hatte in den letzten Tagen versucht einiges über das verschwundene Mädel rauszukriegen. Als supererfahrener Hobbydetektiv hatte er in den umliegenden Moerser Kliniken wie Bethanien oder St. Josef recherchiert, ob dort in letzter Zeit ein junges Mädchen von zwanzig Jahren eingeliefert worden sei, das unter Gedächtnisverlust litt. Das Ergebnis war niederschmetternd gewesen, weil sich keine einzige Aufnahme an eine solche Patientin hatte erinnern können. Drei Unfälle waren dabei gewesen, aber die waren allesamt Hausfrauen zugestoßen, die sich alle als älter als zwanzig Jahre erwiesen. Ja, detektivische Recherche, und zwar so knallhart, wie er sie praktizierte, war kein Zuckerschlecken. Judith konnte stolz auf ihn sein. Nun stand die Observierung der Wohnung an. Konnte ja gut sein, dass Lilia sich beim Fensterputzen schwer verletzt hatte und noch nicht entdeckt worden war bzw. sich bislang nicht hatte bemerkbar machen können.

Boomi parkte seinen Wagen ganz professionell 100 Meter weiter gegenüber einer Kfz-Werkstatt, die als ehemalige Tankstelle vermutlich auch schon mal bessere Zeiten gesehen hatte. Er stieg aus und schlenderte zurück zum Haus. Der Name auf dem Klingelschild war allerdings nicht der richtige. Einen kurzen Moment lang war Boomi irritiert, dann erinnerte er sich, dass es neben dem Haus eine ungepflasterte Einfahrt gab. Führte sie vielleicht zu einem Anbau mit einer Zweieinhalb-Zimmer-Wohnung? Genau - so war es. Ein mit hässlichen bunten Klinkern verkleideter Anbau war vor Jahren nachträglich ans Haus gesetzt worden. Boomi sah zwei kleine Fenster, deren Rollläden halb heruntergezogen waren, und eine weitere Haustür.

„L. Martis“ stand an der Schelle. Hier war er richtig.

Er horchte angestrengt an der Tür. Die Wohnung schien verlassen. Er schellte. Nichts geschah. Er schellte ein weiteres Mal. Nichts. Offenbar war Lilia nicht in ihrer Wohnung. Boomi betrachtete neugierig das Schloss. Es war nicht schwer, die Tür zu öffnen, wenn man das richtige Werkzeug besaß.

Ich komme heute Nacht wieder und gehe hinein, dachte er entschlossen. *Habe ich denn eine andere Wahl?* Boomi mochte, was Frauen anging, oder speziell seine heimliche Geliebte, das letzte Weichei sein, aber er war alles andere als feige. Wenn er etwas für notwendig erachtete, wie in diesem Fall, dann würde er es tun. Vielleicht war Lilia verletzt und konnte die Wohnung nicht mehr aus eigener Kraft verlassen? Oder war das Quatsch? Boomi fotografierte mit seinem Handy entschlossen Tür und Schloss. Dann schlenderte er gemütlich zurück zu seinem Wagen und fuhr davon.

Kurz nach Mitternacht stand er wieder vor Lilias Wohnung. Doch bevor er sich über die Einfahrt der Wohnungstür des Anbaus näherte, beobachtete er lange Zeit von einer sicheren Stelle auf der anderen Straßenseite aus das gesamte Haus. Nirgends brannte Licht, und auf der Straße gab es keine Passanten. Schließlich huschte er in den Schatten des Hauses und dann durch die Einfahrt bis zu Lilias Wohnung. Nicht einmal seine Schritte waren dabei zu hören. Das Schloss zu knacken war leichter als befürchtet – die Tür war nämlich überhaupt nicht abgeschlossen. Das gefiel

Boomi überhaupt nicht, denn eigentlich wäre zu erwarten gewesen, dass Lilia die Tür sicherte, bevor sie ihr Zuhause für längere Zeit verließ. Doch dem war nicht so.

Boomi schaltete die Taschenlampe ein. Die Wohnung bestand tatsächlich nur aus zwei kleinen Zimmern und einem winzigen Bad mit Toilette, Dusche und Waschbecken. Alles wirkte so, als habe die Mieterin ihr Heim nur für kurze Zeit verlassen wollen. Aber es roch ein bisschen muffig, es war kalt, und in der kleinen Kochnische stapelte sich gebrauchtes Geschirr. An mehreren Stellen hatte sich bereits Schimmel auf Tassen und Töpfen gebildet. Boomis gründliche Begutachtung ergab, dass alles wohl seit mehr als einer Woche, wenn nicht gar länger, darauf wartete, gereinigt zu werden, und gebrauchtes Geschirr mit frischen Essensresten war nicht dazugekommen. Für ihn stand damit fest, dass Lilia seit Längerem nicht mehr in ihrer Wohnung gewesen war. Dann erinnerte er sich, dass er Lilias Auto auf der Straße nicht gesehen hatte. Er kannte ihr Auto von ihrer ersten Begegnung. Es war ein blassgrauer Golf, Baujahr '95, „City Stromer" genannt, mit dem Aufkleber *Wie findest du meinen Fahrstil?* und der Handynummer der Wagenbesitzerin am Heck. Lilia wollte herausfinden, ob es Männer gab, die mutig genug waren, sie tatsächlich anzurufen. Ihr Wagen parkte weder auf der Drususstraße noch auf der nahen Asberger Straße. War sie also verreist?

Boomi sah sich nach Anzeichen dafür in der kleinen Wohnung um. Lilia schien eher überhastet aufgebrochen zu sein. Eine benutzte Kaffeetasse stand auf dem Wohnzimmertischchen, ein kleiner Teller mit Brotkrümeln, einem Marmeladenrest und einem butterverschmierten

Messer stand daneben. Das hätte Lilia doch wahrscheinlich weggeräumt, wenn sie vorgehabt hätte, für längere Zeit zu verreisen, oder nicht?

Das Mobiliar war eine geschmackvoll zusammengestellte bunte Mischung aus Sperrmüllfunden. Die Stühle, Tische, Schränke und die rote Zweisitzer-Couch waren alt und ein wenig abgenutzt, passten aber insgesamt gut zusammen. An den Wänden hingen Poster von Bands, deren Namen Boomi nichts sagten; Lilia gehörte zu einer anderen Generation. Dann kontrollierte er den Wäscheschrank des Mädchens, denn er wollte sehen, ob vielleicht etwas fehlte oder ob er dort irgendeine für ihn wichtige Information fand. Manchmal versteckten Menschen auch Geld, wichtige Briefe, den Personalausweis und andere Dokumente an solchen Stellen.

Als er während seiner Suche Höschen, BHs, Tops und Strumpfhosen berührte, weckte das bei ihm eine bestimmte aufreizende Assoziation. Er erinnerte sich an Gero van Leyen, der ihn einmal nach einigen Glas Bier gefragt hatte, welche erotische Phantasie er gern mit Judith ausleben würde. Und er hatte sofort drauflos geplappert, wofür er sich im Nachhinein geschämt hatte. Er beichtete Gero, dass er noch nie in seinem Leben in Judiths Wohnung gewesen war. Deshalb stellte er sich gern vor, dass sie ihm einen Zettel hingelegt hatte, auf dem Folgendes stand: *Hallo Fremder, während ich dies schreibe, bin ich splitterfasernackt. Meine Wohnung steht Dir offen, aber ich bin aktuell nicht zu Hause. Geh in mein Schlafzimmer, schau in meinen Wäscheschrank und such alles heraus, was ich heute Abend tragen soll, wenn ich zu dir in die Thompskate komme. Judith.* „Was für eine aufregende Möglichkeit, sich endlich näher zu kommen", hatte er zu Gero gesagt, „vom Tanga bis zur Seidenbluse, von den hochhackigen Schuhen bis zum eleganten Blaser - ich suche das aus, was mir am besten an der Süßen gefallen würde. Am Abend sitze ich dann auf meinem Sofa. Und wenn Judith den Raum betritt, bereitet mir das, was ich sehe, unglaubliche Lust. Ich betrachte die Pumps, die feinen Nylonstrümpfe, den engen Rock - das Mädel sieht einfach umwerfend gut aus - und ich habe das ganze Ensemble zweifelsohne hervorragend zusammengestellt ..." Diese Phantasie schoss Boomi erneut durch den Kopf, als er in Lilias Wäscheschrank herumwühlte; er wurde knallrot und trat vom Schrank zurück, denn ihm fiel ein, was für ein hübsches Mädchen sie war, und er riss sich zusammen.

Trotz seiner sorgfältigen Suche fand er nichts. Dann fiel sein Blick auf einen kleinen Schreibtisch unter dem Fenster, den er bisher nicht beachtet hatte. Er zog die oberste der beiden Schubladen auf und fand darin eine alte Zigarrenkiste. Darin verwahrte Lilia Fotos, darunter auch einige aus ihren Kindertagen. Ein Abzug zeigte sie mit einem älteren Jungen, von dem Boomi, nachdem er weitere Fotos von ihm gefunden hatte, annahm, dass er ihr Bruder war. Er steckte ein Bild ein, auf dem sie, ihr Bruder und ihre Eltern zu sehen waren, und ein anderes aus jüngster Zeit. Ansonsten konnte er in dieser Schublade nichts weiter Brauchbares finden.

In der darunter allerdings wartete eine Überraschung: Der Detektiv stieß nämlich auf einen ordentlich zusammengefalteten Zeitungsartikel von Mitte Dezember 2012, säuberlich herausgeschnitten aus der Rheinischen Post. Darin ging es um die Renovierungsarbeiten in der evangelischen Stadtkirche.

Die evangelische Stadtkirche? Dort ist die zweite Leiche entdeckt worden. Kann das Zufall sein? In Boomis Kopf ging es auf einmal zu wie in einem Taubenschlag. Wieso hatte Lilia ausgerechnet diesen Artikel verwahrt? Was konnte ein junges Mädchen denn daran interessieren? Bewahrte sie öfter Zeitungsartikel auf? Doch so sehr sich Boomi auch bemühte, er konnte keinen weiteren Zeitungsausschnitt finden - egal zu welchem Thema - weder im Schreibtisch noch an anderer Stelle in der Wohnung.

Und dann kam der eigentliche Schock. Es hätte ihn fast umgehauen. Eben wollte er sich vom Schreibtisch abwenden, als ihm eine bestimmte Visitenkarte ins Auge stach. Sie fiel ihm deshalb auf, weil darauf das markante Logo des bekannten Moerser Autohauses Minbrath zu sehen war. Etwas verunsichert griff Boomi nach der Karte und las mit leicht zittrigen Händen den Namen des Kundenberaters. Erst wollte er nicht glauben, was da gedruckt stand. Aber es gab kein Vertun. Es war derselbe Mann, der auf bizarre Weise getötet und anschließend im alten, neuen Rathaus abgelegt worden war.

Ich muss hier raus, dachte Boomi schockiert. Der Zufälle gab es nun genug. Er war hergekommen, um nach dem Verbleib von Judiths Hilfskraft zu forschen. Nun sah es fast so aus, als ob das Mädchen in die Moerser Mord - serie verwickelt wäre. Am Ende hatte sie gar etwas mit dem Täter zu tun? Wie hoch war die Wahrscheinlichkeit, dass sie zum einen ausgerechnet diesen Autoverkäufer kannte und zum anderen als einzigen Zeitungsartikel, den Boomi in ihrer Wohnung hatte auftreiben können, den über die renovierte Stadtkirche aufbewahrt hatte?

Boomi wurde ganz flau im Magen, weil er mit dieser Entwicklung nicht im Geringsten gerechnet hatte. Seine Kehle war wie ausgetrocknet, und er empfand große Angst. Angst vor einer Lilia, die in Wirklichkeit vielleicht eine finstere Rolle spielte und irgendwo im Dunkeln auf ihn lauerte. Völlig unwahrscheinlich war das nicht. Immerhin wusste Lilia durch ihre Zusammenarbeit mit Judith genau, wer er war und was er so machte. Hatte sie ihm am Ende die Fotos ...? Plötzlich schien ein Puzzleteil zum anderen zu passen ... oder ... es konnte auch genau umgekehrt sein. War Lilia am Ende selbst zum Opfer geworden? Hatte sie - wenn auch nur zufällig - mehr über den Mörder herausgefunden, als der zulassen konnte? War sie deshalb spurlos verschwunden? Hatte der Mörder sie sogar in seiner Gewalt?

Er stand starr und lauschte, denn er hörte plötzlich Schritte vor dem Haus. Sie kamen näher. Hastig löschte er die Taschenlampe. War es schon zu spät? Denn vor dem Fenster zur Einfahrt hin sah er eine schattenhafte Gestalt - wie es schien jemand, der versuchte, von außen in die Wohnung hineinzusehen. Boomi duckte sich weg, machte sich möglichst klein und hielt den Atem an. Was, wenn jetzt jemand hereinkam? Dann saß er in der Falle!

Sicherlich gibt's Bessere als mich; ich kenne nur keinen.

(Profikiller)

Ein mörderischer Nelkensamstag

In Moers geht die närrische Post nicht erst am Rosenmontag ab wie die Feuerwehr, sondern bereits zwei Tage früher. Warum das so ist, könnte höchstens noch Hans-Dieter Hüsch erklären. Aber leider kann man den alten Spötter nicht mehr danach befragen. *Iss so! Kannze nix machen.*

In diesem Jahr fand Karneval oder besser der völlig ausgelassene und mehrere hundert Kilometer lange Nelkensamstagsumzug am Vormittag des 09. Februars statt. 13.11 Uhr startete er pünktlich und führte von der Homberger Straße, Klever Straße bis hin - rein was Autos angeht - zum leergefegten Parkplatz an der Unterwallstraße gegenüber von *Braun*. Hier hatte sich das meiste Volk eingefunden, schwenkte bereits seit Stunden seine Alkoholfahnen und johlte, kostümiert wie Bolle, was das Zeug hielt. Jung und Alt erfreuten sich an den sagenhaft aufwendig dekorierten Wagen mit Motiven wie sie die närrische Welt von Mainz bis Köln im Leben noch nicht gesehen hatte. Boomi aus Rayen war mittendrin dabei und hätte am Ende des Tages doch lieber darauf verzichten können. Er allein unter den feucht-fröhlichen Narren, das war so wie der Papst allein in der Krefelder Disco Königsburg oder im Moerser Bollwerk. Ohnehin waren Massenveranstaltungen wie diese überhaupt nicht Boomis Ding: billig kostümierte und blöd geschminkte Männer, Frauen und Kinder - die meisten von ihnen in allerbreiteste Alkoholfahnen gewickelt - grölend, schreiend und um klebrige Bonbons bettelnd. Letztere wurden ihnen von den unglaublich phantasievollen Wagen aus um die Ohren gehauen. Das war nicht eben Boomis Welt und er wäre ja auch viel lieber in seiner heimeligen Kate geblieben, hätte er nicht den unwiderstehlichen Einfall gehabt, es könne sich der Mörder ja eventuell unter den Jecken von Moers aufhalten. Boomi hatte am Rande von Vluynbusch die Vision entwickelt, der Mörder würde sich öffentlich beim Umzug präsentieren wollen, weil er wie ein Römer gekleidet sein könnte, ohne damit beim gemeinen Moerser aufzufallen. Wo sonst könnte er seinen Faible für den römischen Mithras zumindest im Kostüm besser ausleben als beim Moerser Nelkensamstagsumzug? Zumindest war es für Boomi einen Versuch wert, genau das herauszufinden.

Während also Wagen auf Wagen und Fußgruppe auf Fußgruppe folgte, sich das diesjährige Prinzenpaar ausnahmsweise mal nicht wegen Geldmangels per Fahrrad seinen Untertanen präsentierte, wartete Boomi, unkostümiert und ernst wie ein Kardinal im Konklave, darauf, dass sein Einfall endlich Gestalt annehmen würde. Aber nichts dergleichen geschah. Wie ein aufrecht stehender Zen-Mönch in sich versunken hielt er den Ansturm der entfesselten Gefühle um sich herum aus - im Anblick des unglaublich phantasievoll gestalteten Wagens mit dem pausbäckigen Moerser Prinzenpaar darauf. Kamelle und Fläschchen mit süßem Likörschnaps prasselten wie süßer Regen auf die ausgelassenen Schaulustigen nieder – Boomi glotzte nur blöd und stand da wie angewurzelt. Seine Gedanken wanderten zu Lilia und seiner geheimen Wohnungsdurchsuchung. Am Ende schien es, als ob es für ihn dort brenzlig würde. Das war überhaupt nicht der Fall gewesen, denn offenbar hatte nur ein Nachbar, eventuell auch der Vermieter, mal nachschauen wollen, warum er die junge Frau schon seit Tagen nicht mehr gesehen hatte? War sie verreist? War sie heimlich zu ihrem Lover gezogen? Lag sie zugekifft in einer Ecke ihrer Wohnung rum? Boomi jedenfalls konnte sich ungesehen aus Lilias vier Wänden herausschleichen und bekam noch mit, wie sich der unbekannte Späher, der versucht hatte durchs Fenster zu blicken, ins Nachbarhaus verdrückte. Danach war für ihn freie Bahn und problemlose Rückkehr nach Vluynbusch gewesen.

Der Prinzenwagen war endlich vorübergerollt und Boomis Blick wanderte gelangweilt zur gegenüberliegenden Seite, wo im Hintergrund das Modehaus Braun auf breiter Front in seinen Schaufenstern die Frühjahrs-Kollektion zur Schau stellte. Der stille Beobachter aus der Nachbarstadt zuckte erschrocken zusammen. Direkt ihm gegenüber stand wie aus dem Nichts ein Römer, besser gesagt ein römischer Soldat, angetan mit einer groben Tunika, in seinem auffälligen Brustpanzer, rotem Umhang, Arm- und Beinschienen, Kurzschwert sowie seinem markanten Helm. Als der als römischer Centurio verkleidete Mann Boomis neugierigen Blick begegnete, wendete er dem Neukirchen-Vluyner ganz gemächlich seinen Rücken zu.

Auf dem roten Umhang stand in weißen Lettern ein Spruch, der es Boomi, nachdem er ihn entziffert und übersetzt hatte, kalt den Rücken runter laufen ließ: „Mithras salutat moribundum - Gott Mithras grüßt den Totgeweihten".

Das galt eindeutig ihm. Ihm! Boomi schluckte heftig und wurde so blass wie frisch gefallener Schnee. Einerseits schockte es ihn gewaltig, dass er dem unheimlichen Typen direkt in die Augen blicken konnte, anderseits war er stolz auf sich, dass er den richtigen Riecher gehabt hatte. Dort auf der anderen Straßenseite, keine zehn Meter von ihm entfernt, stand der mehrfache Mörder. Nun blickte dieser ihn so interessiert an wie die Katze eine Maus, während Boomi versuchte - aufgeregt wie er war - sich so viel wie möglich von seinem Gesicht einzuprägen, was angesichts des Helms nicht so gut ging. Was er vor allem beunruhigt feststellte, war ein eher spöttischer Gesichtsausdruck. Entschlossen fasste Boomi in seine Manteltasche und zog demonstrativ sein Handy hervor. Er wollte das Kommissariat verständigen, aber irgendwie klappte die Verbindung nicht so gut, weil das Netz versagte. *Dann vielleicht ein Foto von dem Typ?* In diesem Moment drehte sich der „römische Centurio" so gemächlich um, als hätte er alle Zeit der Welt und entfernte sich dann langsamen Schrittes von den johlenden und feiernden Karnevalisten. Boomi fluchte laut - das Foto konnte er jetzt vergessen - und versuchte mehrmals vergeblich ihm zu folgen. Aber wirbelnde Tanzgruppen und breit aufmarschierende Spielmannszüge hinderten ihn erfolgreich daran.

Schließlich gelang es ihm doch noch eine kleine Lücke zwischen zwei kostümierten Gruppen auszunützen, um auf die andere Seite der Straße zu gelangen. Vom „Römer" war nichts mehr zu sehen. Boomi eilte zur Ecke des Modehauses und lugte in die Steinstrasse hinein. Zum Glück entdeckte er hier den flüchtenden „Römer" wieder, der sich ohne Eile aus dem Staub zu machen schien. Boomi folgte ihm hastig, wobei der Andere sich nicht einmal zu verstecken suchte. Auf der Höhe Fieselgasse blieb der Unbekannte unerwartet stehen. *Wartet er etwa auf mich?*

Boomi musste erneut schlucken, sein Herz raste, denn er hatte keine Ahnung, was er jetzt machen sollte. Ganz langsam wie ein Tourist schlenderte der Mann über das graue Pflaster der alten Gasse mit ihren ziegelroten Streifen. Diese auffällige Pflasterung imitierte die Gasse, wie sie im Mittelalter an dieser Stelle üblich gewesen war, nämlich als Holzstege, die über dem Wasser gebaut waren.

Boomi fischte erneut sein Handy aus den Tiefen seiner fleckigen Manteltasche hervor und versuchte ein weiteres Mal Schaller oder Kleinlützum zu erreichen. Dabei wollte er dem Mörder möglichst auf den Fersen bleiben. Als dieser nun in die schmale und historische Brandgasse einbog, wo sich an den Häusern als Zierde in luftiger Höhe zwölf bunte Zwerge aus Porzellan befanden, (Niemand in Moers weiß wieso.) wurde ihm die Verfolgungsjagd auf einmal ziemlich unheimlich. Die alte Brandgasse war so abartig eng, dass keine zwei Menschen aneinander vorbeikamen, ohne sich dabei zu berühren. Somit stellte sie die perfekte Falle für jemanden da, den man als Verfolger unbedingt loswerden wollte. Wenn also der Mörder vorhatte...?

In diesem Augenblick nahm Schaller endlich das Gespräch an und Boomi wollte ihm hastig, aber im Flüsterton erzählen, was er gerade Unglaubliches erlebte, als der „Römer" wie aus dem Nichts auf ihn zustürmte und ihm mit seinem Holzschwert eins kräftig über den Kopf zog. *Wo ist der auf einmal so schnell hergekommen?* Wie eine gefällte Eiche stürzte Boomi bewusstlos zu Boden, bevor er sich noch eine Antwort auf seine Frage überlegen konnte.

* * *

Schaller hetzte über ein kaltes niederrheinisches Feld, über das der Wind pfiff und den frischen Schneebefall vor sich her wehte. Nirgendwo ein Mensch, nirgendwo ein Unterschlupf, in den er sich hätte verkriechen können. Schaller war allein auf sich gestellt und in höchster Gefahr. Von Ferne vernahm der Gehetzte das aufgeregte Gebell einer Hundemeute auf der Jagd. Etwas Dunkles und Schreckliches war auch hinter ihm her. Doch sobald er traute sich umzudrehen, sah er nichts als ein weites leeres Feld. Er ahnte die Gefahr nur. Sie hatte sich bereits dicht an seine Fersen geheftet. Es fühlte sich an, als griffe eine eiskalte Hand nach seiner Kehle. Aber er konnte sich immer wieder losreißen und floh kopflos weiter über das schier endlose weiße Feld, das ihm keinerlei Schutz bot. Schaller fürchtete sich vor dem, was ihn so erbarmungslos verfolgte. Es war wie ein Schemen, nicht festzumachen, nicht greifbar. Irgendwie gewaltig, irgendwie unheimlich, nicht abzuwehren. Aber es würde ihn letztlich zu packen kriegen. Das wusste Schaller. Er stürzte, rappelte sich eilig wieder auf, meinte einen feuchten Atem im Nacken zu spüren, stolperte und stürzte dabei in eine tiefe Höhle hinein, die sich mit einem Mal bei seinem letzten Schritt vor ihm aufgetan hatte. Ein riesiges Loch im Boden, in das er hineinfiel, ohne dass er eine Chance gehabt hätte, sich vor diesem endlos scheinenden Sturz in Sicherheit bringen zu können. Er landete auf dem Lehmboden einer großen unterirdischen Höhle, einem Verließ ähnlich. Das Loch über ihm hatte sich wieder geschlossen. Spärliches Licht ging von Kerzen aus, wie Sterne glitzerte es an der Decke hoch oben über ihm, mit Säulen und Bänken aus Marmor war der Raum vor ihm ausgeschmückt, in der Mitte ein mächtiger Altar, von dem Blut in Strömen herunterfloss und in seinen Ohren ein schauerlicher Gesang von Lauten wie eeo e eeo ioo o eeo ioo oee eoe o oee eie iii eee ooe ii aea yyy ieo...

Er wollte sich die Ohren zuhalten, aber etwas hinderte ihn daran. Er konnte seine Arme und Beine nicht mehr bewegen. Wie gelähmt stand er da und erblickte dicht vor sich einen Stierkopf so mächtig wie der Schädel eines Elefanten. Und die spitzen Hörner dieses Stieres waren tödlich auf seine nackte Brust gerichtet...

Da erwachte Schaller schweißgebadet in seinem Bett. Sein digitaler Wecker gab grauenhafte Töne von sich, die ihn daran erinnern sollten, dass es nun Zeit war aufzustehen.

* * *

Das erste, was Boomi hörte, nachdem er wieder zu sich gekommen war, waren Sirenen – Signalhörner so laut, dass sein ramponierter Schädel noch mehr dröhnte und zu platzen drohte. *Gott war das schrecklich! Gott ist mir schlecht!*

Gott ist das alles Kacke! Irgendwo in Stadtmitte mussten wohl mehrere Polizei- und Rettungswagen unterwegs sein - vermutlich um Schwerstalkoholisierte einzusammeln. Vielleicht hatte es aber auch am Alten Markt eine Schlägerei mit Verletzten gegeben? Boomi war es ziemlich wurscht, warum die Sirenen so sehr dröhnten, wenn er nur selbst wieder rasch auf die Beine kommen würde. Der „Römer", der ein gesuchter Mörder war, hatte ihn zwar letztlich verschont, hatte ihn aber dennoch wirkungsvoll ausgeknockt. *Was bin ich für ein Riesenhornochse,* bedauerte sich Boomi gnadenlos. Ihm war glasklar wie niederrheinische Erbsensuppe, dass ihm Kleinlützum, Schaller und der Staatsanwalt noch gewaltig die Leviten lesen würden, sobald sie von seinem Leichtsinn und seiner Blödheit Kenntnis besäßen. Langsam rappelte sich Boomi vom Boden auf, griff dabei nach seinem Handy, das ihm offenbar beim Schlag aus der Hand gerutscht sein musste und ließ dabei tapfer den Spott von einigen Jugendlichen in seiner Nähe über sich ergehen: „Na, Alter, wohl ein Jägermeisterchen zu viel intus, was?"

Böses Gelächter.

Denkt ihr nur, was ihr wollt, knurrte Boomi im Stillen. *Hauptsache ich komme hier wieder weg.*

Er wählte erneut Schaller an, der ziemlich lange auf sich warten ließ, bis er endlich das Gespräch annahm.

„Sie waren auf einmal weg, van den Boom."

„Ja, unfreiwillig."

„Haben Sie getrunken? Sie klingen so gedehnt."

„Nee! Mir wurde nur eins übergebraten."

„Tja. Moers ist ein heißes Pflaster. Sozusagen die Bronx

vom Niederrhein", klang es spöttisch aus dem Hörteil des Handys.

„Sie irren, Schaller. Das waren keine jugendlichen Schläger. Sondern der Mörder."

Stille.

„Was sagen Sie da? Der Mörder? Mann, wo stecken Sie überhaupt?"

Boomi erklärte es Kleinlützums' allerbesten Kollegen. Und auch, wie er in diese üble Situation geraten war. Der Beamte aus Duisburg konnte und wollte es kaum fassen.

„Und wo halten Sie sich genau auf? Im Café des Arts?", feixte Boomi.

„Geschissen, mein Lieber", stieß Schaller heftig am Telefon aus. „Täte ich gerne. Doch wir haben eine weitere Leiche in Moers. Genauer im Schlosspark. An der so genannten *Lügenbrücke*. Wissen Sie, wo die ist?"

„Kenn' ich", stieß Boomi aus. „Ist gar nicht weit von mir. Ich komme dorthin."

„Machen Sie das, van den Boom. Dann können wir sie auch gleich verarzten."

Das Gespräch war beendet. Boomi atmete erst einmal durch. Danach setzte er sich langsam in Bewegung. Sein Kopf musste offensichtlich als Sandsack für beide Klitschkos hergehalten haben, so furchtbar, wie dieser schmerzte. Was war das eben gewesen? Eine weitere Leiche? Im Park? Also quasi in Reichweite?

Boomi stöhnte auf, war zutiefst geschockt, weil er annahm, dass diese neuerliche Mordtat vielleicht von ihm verhindert worden wäre, hätte er sich nur nicht so dämlich angestellt?

„Hier geht selbst der liebe Gott von Zeit zu Zeit spazieren"

(Hüsch, Hans-Dieter)

Die berühmte Lügenbrücke vom Moerser Schlosspark

Warum er das ausgerechnet in Moers macht, erklärt Hüsch damit, dass Gott am Niederrhein ein Haus hat, wo er sich hin und wieder zurückzieht und vom Himmel ausruht. Aber an diesem Nelkensamstag hätte Hüsch völlig umtexten müssen. Da kam nämlich eine junge Moerserin nicht mehr in ihr Haus zurück, weil sie sich fortan auf ewig im Himmel ausruhen musste. Ungefragt!

Es war erneut eine schreckliche Bluttat, die der wahnsinnige „Mithrasjünger" an diesem Tag begangen hatte. Eine alleinstehende ältere Dame aus Moers hatte die grausig zugerichtete Tote an der bekannten „Lügenbrücke" im Schlosspark entdeckt und sich daraufhin minutenlang geschockt hinsetzen müssen.

„Kannze nix machen. Iss so", hätte Hüsch erneut gesagt.

Wenig später hatte sie angefangen laut, wie eine Dame ihres Alters sein kann, um Hilfe zu schreien. Das stieß anfangs noch auf allgemeine Taubheit, weil alle Moerser mit Ohren um zu hören, offenbar johlend beim Umzug standen. Der Schlosspark war deshalb so gut wie menschenleer. Die rüstige Mitsechzigerin hatte gerade deswegen den

Park aufgesucht, um sich dem „zügellosen Schrecken der Narren“, wie sie sich gegenüber der Polizei ausdrückte, vollkommen zu entziehen. Das hatte nur teilweise funktioniert. Narren gab es hier zwar nicht, dafür aber einen Täter, den sie als „Römer“ beschrieb und dazu eine arg zugerichtete Leiche. Auf die Frage Schallers, was Sie nun wirklich gesehen hätte, gab die geschockte Frau an, dass sie eindeutig einen als Römer verkleideten Mann vorgefunden habe, stämmig, groß, der sich an der Leiche zu schaffen gemacht hätte und eilig im nahen Gebüsch verschwunden sei, als sie sich ihm genähert habe. Sie hätte ja nicht geahnt, dass sie wenig später über eine dahin gemeuchelte Frau stolpern würde. Sie hätte nur von weitem beobachtet, wie er gebückt mit irgendetwas beschäftigt gewesen sei, dass vor ihm am Boden gelegen habe. Erst beim Näherkommen hätte sie…

Sie stockte und verfiel danach in düsteres Schweigen.

Nichts hatte seither genutzt, sie aus dieser Selbstisolation wieder herauszuholen. Hilflos hatte Schaller die Polizeipsychologin herbeiwinken müssen, war er doch bei so einem harten Brocken wie die Alte, verstockt bis über beide Ohren, mit seinem Latein am Ende gewesen. Die psychologische Hilfe konnte schnell herausfinden: Die Frau hatte schließlich per Handy ihre Freundin Luzi Timmermann aus Geldern angerufen; diese hatte dann einen hellen Moment gehabt und endlich den Notruf betätigt.

Überhaupt stand er schön doof und allein mit dem Fall da. Kleinlützum hatte dienstfrei und er volle Bereitschaft. Nur zu gern hätte er jetzt seinen ewig brummigen Kollegen aus Du-Wedau dabei gehabt. Er hätte ihn anrufen können, aber dessen Team bremsenden Spruch „Freitag nach Eins ist meins" wollte er sich um Himmels Willen ersparen. Ohnehin war heute Samstag, wo Kleinlützum schon seit Jahren nicht mehr Dienst gehabt hatte.

Boomi setzte sich derweil mit dröhnendem Kopfschmerz in Bewegung und schlurfte langsam in Richtung der Stelle, wo Schaller auf ihn wartete. Der Moerser Schlosspark war das natürliche, in zwei Jahrhunderten gewachsene Herzstück der Stadt, beliebt bei Jung und Alt, Hundebesitzern und Besuchern des alljährlichen Jazzfestivals. Das wiederum war weithin bekannt. Wer hier Pfingsten mit anderen Jüngern und Jüngerinnen zeltete, der suchte vor allem geile Musik, geile Laune und ein ultrageiles Kraut zum Rauchen. Doch das alles sollte schon bald auf Wunsch der lokalen Politik sprichwörtlich den Moersbach runter gehen. Der hierfür hinterrücks geführte Dolchstoß hieß *Tennishalle,* wo Emotionen, von denen das Festival bislang lebte, zukünftig schockgefroren sein würden. Um es kurz zu machen: dem Festival wurde das wilde Herz heraus gerissen, um es durch eines aus gepflegten Kunststoff zu ersetzen. Um es insgesamt pflegeleichter zu machen...

Als sich Boomi humpelnd und innerlich fluchend, weil es ihm ja so schlecht ging, dem Lieblingskollegen von Kleinlützums näherte, bemerkte er mit einem Mal auf dem Waldboden vor sich einen blitzenden Gegenstand. Neugierig bückte sich der Detektiv danach und fand halb verdeckt zwischen Erdkrumen und Ästchen einen glänzenden Knopf. *Von einem Karnevalsprinzen,* durchfuhr es Boomi. Denn dieser Knopf, so groß wie ein Eineurostück sah schon ziemlich merkwürdig aus: er zeigte einen Löwen, der in seiner Pranke eine Fackel hielt, umringt von einer Schlange. Sieben Sterne waren ebenfalls neben dem Kopf des Löwen abgebildet.

Die sieben Stufen der Einweihung, schoss es Boomi verblüfft durch den Sinn, wie man sie an der Decke eines jeden Mithraeums in Form von sieben Sternen entdecken konnte. Zugleich verwiesen die Sterne auf das am Nachthimmel markant aufleuchtende Siebengestirn, wie es den Menschen des römisch-griechischen Altertums bis weit zurück zu den jahrtausendealten Schöpfern der *Sternenscheibe von Nebra* vertraut gewesen war. Boomi staunte sehr über seinen unerwarteten Fund. Dann stopft er den auffälligen Knopf in seine Jackentasche und schlurfte danach weiter bis er vor Schaller stand. Der blickte ihn nur kurz von oben bis unten an und winkte dann eine Sanitäterin herbei. Die Frau, die aussah wie eine Wrestlerin für Arme, sollte sich den durch Mörderhand geschundenen Vluyner Antiquar einmal genauer ansehen. Die etwas ruppige Dame, die Boomi von allen Seiten begutachtete als wäre er ein Stück rohes Fleisch, konnte aber beim besten Willen keine lebensgefährlichen Verletzungen an seinem verfetteten Körper entdecken. Die Beule an Boomis Hinterkopf erschien ihr eher harmlos. Deshalb entließ sie ihn schnell wieder aus ihrer rustikalen Augenschein-Untersuchung. Dagegen hatte der genervte Mann aus der Thompskate nichts einzuwenden. Schaller machte kurz eine bissige Bemerkung zu seiner selbst gewählten Begegnung mit dem Täter, die Boomi schweigend über sich ergehen ließ.

„Am besten tauchen Sie am Montag bei uns auf, um Ihre Aussage zu Protokoll zu geben. Aber machen Sie sich schon mal auf einiges gefasst. Nicht nur Ihr spezieller Freund Kleinlützum, auch der Doktor der Rechte werden sicherlich Ihre wenig schmeichelhaften Kommentare und Belehrungen abgeben. Das ist so klar wie das Amen in der Kirche. Was Sie getan haben, war unverantwortlich von Ihnen."

Boomi nickte stumm und machte ein zerknirschtes Gesicht. Nach wie vor reute ihn sein Verhalten, weil er annehmen musste, dass die nachfolgenden Ereignisse anders verlaufen wären. Vielleicht hätte er zwar nicht den Mord verhindern können, aber es war nicht auszuschließen, dass die herbei gerufene Polizei den Mörder in die Enge hätte treiben können, wenn nicht gar...

Weil er so sehr in Selbstmitleid schwelgte, vergaß er Schaller von dem auffälligen Knopf zu erzählen. An den sollte er sich erst wieder erinnern, nachdem er Stunden später in seine kleine Kate am Waldrand zurückgekehrt war. Für einen Anruf in Duisburg war es mal wieder zu spät, wollte er nicht erneut unangenehm bei den Duisburger Kommissaren auffallen.

Reichlich zerknirscht schaute sich Boomi von seinem Platz nahe der *Lügenbrücke* aus nach allen Seiten um. Er sah die Frau, die die Tote gefunden und dabei den Mörder beobachtet hatte, als dieser die Leiche hier im Park ablegte. Die Frau wirkte ziemlich verstört und wurde von einer scheinbar talentierten Polizeipsychologin betreut. Mit sanfter Stimme sprach die junge Brünette, die Boomi als ausgesprochen hübsch empfand, mit der Zeugin und versuchte diese wieder aufzubauen. Schaller selbst wirkte hier inmitten eines Teams aus Kriminaltechnik und Betreuungspsychologie eher deplatziert. Zum einen gab er mal wieder völlig dämliche und überflüssige Sprüche ab wie „Gäbe es keine Leichen, hätte dieser Täter sie erfunden", zum anderen hätte er wohl gerne seinen kompetenten Kollegen dabei gehabt: Jedes Mal, wenn die Spurensicherung ihm etwas Wichtiges meldete, wurde sein Gesicht lang und länger. Offenbar kapierte er rein gar nichts. Seine ohnehin deutlich herausstehenden Augen zeigten allen Anwesenden, dass er sich am liebsten ins Erdreich vergraben hätte. Will nichts sehen, nichts hören, nichts wissen. Der Fall hatte nun ein Ausmaß erreicht, der die lokale polizeiliche Phantasie und offenbar auch ihren personifizierten Intellekt weit überstieg. Kurzum: Schaller war mehr als überfordert. Vielleicht fragte er sich gerade heute mehr als einmal, warum er nicht doch Bäcker geworden wäre, wie es der Wunsch seines Vaters gewesen war.

Von der durch ein perverses und obendrein falsch verstandenes Ritual geschändeten Toten konnte Boomi rein gar nichts erkennen. Die Leiche war durch mobile Paravents, die man um sie herum aufgebaut hatte, allen neugierigen Blicken entzogen worden. Doch alle, die Boomi hinter dem Sichtschutz wieder auftauchen sah, machten furchtbar ernste, fast schon furchtsame Gesichter. Offenbar hatte der Anblick auch ihre Schmerzgrenze erreicht. Fotos wurden gemacht, Spuren gesichert und im Umkreis nach verwertbaren Hinweisen geforscht. Hier wäre jetzt die Möglichkeit gewesen, den Knopf hervor zu ziehen, aber Boomi hatte seinen Fund zu diesem Zeitpunkt völlig ausgeblendet. Ihm war nur allzu klar, dass auch diese Tote von ihrem Mörder in einer unnachahmlichen Weise hergerichtet worden sein musste. Dergleichen hatten weder die Beamten der Spurensicherung noch Schaller jemals zu Gesicht bekommen. *Man wird mir sicherlich wieder Fotos präsentieren,* glaubte Boomi zuversichtlich. *Falls sie dich überhaupt noch mitmachen lassen,* meldete sich der Zweifel? *Weshalb nur hatte der Mörder ausgerechnet diesen Platz als Ablage für seine Leiche gewählt?* Die *Lügenbrücke* im Moerser Stadtpark war alles andere als spektakulär, aber sie bot eine interessante Geschichte zur Namensentstehung. Darüber würde Boomi entschieden und gründlich nachdenken wollen, nahm er sich für seine Schreibtischarbeit Dahoam vor.

Schaller selbst kauerte in sich versunken auf einem alten Holzstumpf und rieb sich frustriert das Kinn. Diese Morde wurden für ihn allmählich unerträglich. Einmal, weil sie keine einzige Spur, aber auch nicht die geringste, zum Täter besaßen und zum anderen, weil der Fall anfing, sich in seine Träume zu schleichen. Die vergangene Nacht hatte er eindeutig davon geträumt. Er war verfolgt worden. Er war in eine Grube gestürzt. Er hatte einen unterirdischen Tempel mit einem bluttriefenden Altar gesehen. Alles hatte im Traum so auf ihn gewirkt, wie es dieser Leo van den Boom als Ort für den vergessenen Mithraskult beschrieben hatte. Dass sein Unterbewusstsein jetzt anfing davon zu träumen, zeigte, wie tief betroffen ihn diese Morde und die scheinbar aussichtslose Suche nach dem Mörder gemacht hatten. Morde aus Eifersucht, Morde aus Geldgier, Morde im Affekt, Morde bei einer wilden Schießerei – alles schon gehabt, alles schon gesehen und schnell verarbeitet. Aber das, was er jetzt erlebte, überstieg das bereits Erfahrene bei weitem. Es musste bald, sehr bald was geschehen, sonst bestand die Gefahr, dass ihm das alles hier kräftig an die Nieren gehen würde. Mit nicht abzusehenden Folgen für seine Karriere und für seine geistige Gesundheit.

Als Boomi am Abend in sein trautes Heim zurückkehrte, fiel ihm der verdammte Knopf wieder ein. Er scholt sich heftig dafür, dass er Schaller nichts davon erzählt hatte. *Was für ein Depp bin ich bloß! Was für ein Depp,* jammerte er rum. Die beiden hatten Recht, wenn sie ihn für unausgereift und spinnert hielten. Der Knopf war ein wichtiges Beweisstück. Ob es Fingerabdrücke gab? Ja, dachte Boomi bedrückt, neben meinen...

Eines war doch klar: nur der Mörder konnte ihn am Tatort verloren haben. Andererseits passten seine Symbole hervorragend zu diesem vierten Mordfall (Auch wenn die Leiche des ersten nach wie vor fehlte.): der Löwe mit der Fackel, die Schlange als Zeichen der Unendlichkeit, beides Symbole für die vierte Stufe. *Pro Leo* stand auf der Rückseite des Knopfes eingraviert, als wäre es ein Geschenk für mich, dachte Boomi überrascht. *Aber das war ja kompletter Unsinn!*

Doch als der Vluyner Detektiv wenig später seine Emails für diesen Tag checkte, lief es ihm eiskalt den Rücken runter. Ohnmächtig starrte Boomi auf eine bestimmte Nachricht, die ihm jemand sehr Spezielles aus einem Duisburger Internetcafé geschickt hatte: *Wie gefällt dir mein Geschenk, Leo? Macht es dir Angst oder hast du Freude daran?*

Dem Blöden fährt bei jedem sinnvollen Wort der Schrecken in die Glieder.

(Heraklit)

Eine Standpauke im Morddezernat

Am Montag machte sich Boomi einmal mehr auf den Weg ins Duisburger Präsidium. *Wie oft wohl noch?* Den ganzen Sonntag über hatte er versucht, den Schock mit der Email zu verdauen. Offenbar hatte der Mörder einen Narren an ihm gefressen. Er wusste nicht nur, wer er war, sondern auch, wie er ihn auf alle möglichen Arten erreichen konnte: per Post, per Mail, per Blickkontakt und per Handynummer vermutlich auch noch? Boomi fing an, sich unwohl in seiner Haut zu fühlen. Was ihn ein wenig tröstete, war der Gedanke, dass der durchgeknallte moderne Mithrasjünger ihn schon längst hätte aus den Weg räumen können, wenn das seine Absicht wäre. Boomi hatte lange überlegt, was er mit dem Knopf machen sollte: wegwerfen oder ihn doch noch Kleinlützum und Schaller zu präsentieren. Oder aber? Boomi kam auf einen ganz ausgefallenen, aber naheliegenden Gedanken. *Vielleicht hast du elender Stinker jetzt deinen größten Fehler gemacht? Man soll die Möglichkeiten seines Gegners eben niemals unterschätzen,* dachte Boomi jubelnd. Es wurde Zeit mal wieder bei Judith anzurücken, aber dies Mal nicht ohne ein ganz spezielles Tröpfchen... Ein wahres Gesöff!

Aber zuerst ab ins Gewitter, zu Blitz und Donner, hinein in die unvermeidbare Standpauke! Die folgte wie das Amen in der Kirche. Kleinlützum schimpfte wie ein Rohrspatz auf Extasy und der erfolgsorientierte Staatsanwalt tutete heftig ins selbe Horn: „Was haben Sie sich bloß dabei gedacht? Wie konnten Sie nur auf eigene Faust? Haben Sie schon mal was von Handys gehört? Kennen Sie überhaupt unsere Telefonnummer? Sind Sie lebensmüde oder einfach nur dämlich? Auf solche ehrenamtlichen Mitarbeiter kann ich gut und gerne verzichten! Mensch, van den Boom, Sie hätten tot sein können. Tot, begreifen Sie?"

Boomi gab sich, kleinlaut, reuig und gestand laut seine Blödheit mit hochrotem Kopf ein. *Ja, es würde ihm nicht nochmal passieren. Ja, es wäre besser gewesen, sich zurück zu halten. Nein, er habe nichts weiter bemerkt. Der Mörder wäre etwa so groß wie er selbst, also knapp einen Meter und achtzig Zentimeter und hätte sein Gesicht geschickt hinter seinem römischen Helm verborgen gehalten.* Er selbst hätte sich aber Gedanken dazu gemacht, warum die Ermordete ausgerechnet an der *Lügenbrücke* aufgefunden worden wäre.

„Ja, nun, warum denn?", fragte der Staatsanwalt mit ebenfalls hochrotem Kopf, weil er sich so sehr in Rage geredet hatte. Trotz seiner kaum verzeihlichen Verfehlung hatte er dennoch Boomi über den äußerlichen Zustand der Leiche anhand von Fotos unterrichtet. Außerdem hatte er ihm den Namen der Toten mitgeteilt und dass sie aus dem Ortsteil Vennikel stammte.

„Lügenbrücke deshalb, um für sich selbst deutlich zu machen, dass es ehemals eine enge Beziehung zwischen

ihm und der Toten gegeben hat", antwortete Boomi wie aus der Pistole geschossen. Das heftige *Gewitter* im Büro hatte ihn kräftig durchgeschüttelt. Er musste sich zusammenreißen, dass er nicht anfing, Blödsinn zu reden, weil ihm der Kopf zu sehr schwirrte.

„Was macht Sie da so sicher?", bohrte Dr. Müller-Molderings nach. Seine Augen blitzten wie die eines hungrigen Tigers auf Beutezug. Dabei lief er in Kleinlützums und Schallers Büro auf und ab wie es seine Art bei einem knallharten Verhör im Gerichtssaal war.

„Weil er bereits dreimal persönliche Erkennungsmerkmale am Tatort zurück gelassen hat: den mit einem Pflock durchbohrten Schädel, den Rosenkranz im Hintern des Opfers, die auf die Brust der Toten gelegte Rose und eben auch noch durch die Wahl der *Lügenbrücke*", argumentierte Boomi sachlich. Er hatte sich wieder im Griff. Standpauken konnte er seit seiner Schulzeit nur schlecht aushalten. Das hatte er seinem brutalen Mathelehrer Blacky zu verdanken, dem er seinerzeit am „Sturs" für viele Jahre in die Finger gefallen war.

„Was soll denn mit dieser Brücke im Park besonders sein?", blaffte Kleinlützum ihn an. „Die heißt eben im Volksmund so blöd. Basta!"

„Weil", erklärte Boomi ruhig und rief sich dabei selbst streng zur Ordnung, „vor langer Zeit an dieser Brücke ertappte Liebespaare versuchten, sich über ihr vom Möschenberg den anklagenden Blicken ihrer Mitmenschen zu entziehen. Sie belogen also ihre Mitmenschen, was ihr ehebrecherisches Vergehen anging."

Kleinlützum runzelte die Stirn und blickte finster: „Und das soll ausgerechnet ein Hinweis auf unseren Täter sein? Ich lach' mich scheckig."

Allenfalls der Staatsanwalt stellte eine interessierte Miene zur Schau, schwieg aber eisern zu Boomis Vermutung. Dieser hätte sich gerade von ihm mehr Unterstützung gewünscht. Stattdessen wurde er fürs weitere ignoriert...

Während sich nämlich die drei Beamten im sich anschließenden Verlauf der Unterredung um das nachträglich vom Täter arrangierte Aussehen der Toten in zahllosen Vermutungen ergingen, schweiften Boomis Gedanken ab. Die arme Frau war grausam gefoltert worden; zudem war ihr Tod laut des Pathologen aufgrund von Honig eingetreten, den ihr der Mörder in großen Mengen zwangsweise eingeflößt hatte. Dabei hatte er ihren Unterleib mit einem glühenden Schüreisen, wie er ebenfalls Bestandteil des *Löwengrades* war, malträtiert. Die arme Frau aus Vennikel musste entsetzliche Qualen erlitten haben, bevor sie Erlösung im Tod gefunden hatte. Alles sah nach Rache aus. Das Ritual des Mithraskultes war dabei völlig pervertiert worden. Es diente nur als Basis für die brutalen Phantasien des Täters. Erneut stand für Boomi fest, dass der Mörder seine Opfer zwar danach aussuchte, wie sie ihm am besten für sein obskures Einweihungsritual dienten, aber vor allem auch danach, wie er an ihnen seine persönlichen Rachegelüste befriedigen konnte. Doch davon schienen die Beamten nichts wissen zu wollen. Für sie war das alles bestenfalls Theorie eher noch Humbug. Jedenfalls handelten sie immer noch nicht. Boomi war enttäuscht, denn er war sich sicher, dass sie dieser Fährte unbedingt folgen mussten, wollten sie überhaupt irgendwann Erfolge verbuchen.

Boomis Augen wanderten unruhig über den dezent aufgeräumten Schreibtisch von Kleinlützum. Dabei entdeckte er einen Brief, den er von seinem Platz aus nur teilweise entziffern konnte. Jemand informierte die Polizei über das Verschwinden seiner geliebten Prinzessin. *Was war das denn für ein Unsinn,* dachte Boomi amüsiert. Neugierig versuchte er mehr vom Inhalt und dem Absender heraus zu finden: „Meine Prinzessin ist nicht mehr da. Sie geht nicht ans Telefon und auch die Nachbarn wissen nicht, wo sie steckt. Normalerweise meldet sie sich mindestens einmal die Woche bei mir. Mein Engel, meine liebes Kind. Ich bin verzweifelt. Meine Tochter haut nicht einfach so ab…"

Mühsam schaffte es Boomi schließlich, Namen und Adresse der verzweifelten Schreiberin zu entziffern. Er meinte seinen Augen nicht zu trauen: *Helena Martis aus Moers meldete ihre Tochter Lilia, das Prinzesschen, als vermisst.* Boomi war wie elektrisiert. *Vermutlich war dieser Brief - wie auch immer - irrtümlich auf den Tisch der Mordkommission gelandet.*

Boomi kannte die Gegend, wo die Absenderin lebte, nur zu genau: Hochemmericher Straße 34. *Das lag in Asberg, und mitten im ehemaligen Römerlager, wie Boomi von seiner Bekannten Annerose Vösken wusste.* Genau ihr würde sein nächster Besuch gelten. Was ging ihm diese Mordserie an? Er selbst kam nicht weiter und die Kommissare sowie der Staatsanwalt hielten ohnehin nicht allzu viel von seinen Theorien. Sollten sie doch selbst zusehen, wie sie klar kamen.

„Eine fast allerletzte Frage noch, Herr van den Boom, bevor Sie wieder von dannen ziehen können", wandte sich der Staatsanwalt überraschend an Boomi. Der wurde damit völlig aus seinen Gedanken gerissen.

„Jaaaa?"

„Mit dem siebten Mord wird endgültig alles vorbei sein, machten Sie uns Hoffnung?"

Boomi nickte eifrig. „Klar. Sieben Stufen besitzt das Ritual der Mithrasmysterien."

„Drei kommen also noch?"

Es klang, als ob der Mann innerlich bereits angefangen hatte aufzugeben.

„So ist es", bestätigte Boomi leise. „Noch insgesamt drei."

„Und Sie haben wirklich keinen noch so klitzekleinen Geistesblitz, wie wir den nächsten Mord verhindern können?"

Es klang, als ob der Vluyner Chaot (Originalton Kleinlützum) die letzte Rettung für die Duisburger Profis wäre.

„Nun ja, Herr Staatsanwalt, es ist eben was sehr Persönliches, was der Mörder da an Schrecklichem und Grausamen vollführt. Wie ich schon öfter bemerkte: die bei allen Leichen hinzugefügten Dinge können kein Zufall sein. Man muss deshalb herausfinden, wer alles als Liebhaber für die Ermordete an der *Lügenbrücke* in Frage kommt. Also: wer hat Rosa Leonie Linde aus Moers-Vennikel so sehr geliebt, wurde von ihr aber verschmäht, dass er jetzt grausam Rache an ihr genommen hat? Das herauszufinden, könnte ein entscheidender Schlüssel für alles sein."

„Aber Genaues wissen Sie auch nicht, oder?", fauchte Kleinlützum erneut los und schlug dabei aggressiv mit der Faust auf die Schreibtischplatte. Er hatte genug von diesem Aufschneider. Mithrasexperte hin oder her, aber es reichte ihm langsam.

Boomi zuckte zusammen. Nein. Beweisen konnte er nichts.

Schweigen.

Na, also, wusste ich's doch, dachte der Kommissar ironisch und griff nach der flachen Tupperdose in seiner abgewetzten braunen Ledertasche neben dem Schreibtisch. Mit seligem Blick fischte er daraus eine dicke Stulle, fett bepackt mit Harzer Käse und Knofi ohne Ende. Aus seiner Sicht wurde es an diesem Vormittag allmählich Zeit dafür. Schließlich knurrte sein Magen wie der eines hungrigen Löwen, was er sich einfach nicht länger gefallen lassen wollte.

Boomi machte, dass er davon kam. Er stieg in seinen Wagen und lenkte diesen flott über die A40 in Richtung Moers-Asberg. Hier suchte er seine alte Bekannte Annerose Vösken auf, die ihr Wohnhaus auf einen Teil der ehemaligen römischen Kommandantur errichtet hatte. Neben Scherben von zerdepperten Amphoren waren sie beim Ausheben der Baugrube auch auf römische Nägel, kleinere Schmuckstücke und Pfeilspitzen gestoßen. Boomi klingelte am Haus in der Hochemmericher Straße, in dem Annerose wohnte. Der ehemalige Sitz des Lagerkommandanten war zugleich auch Herberge für VIPs aus Rom gewesen wie Drusus oder Germanicus. Boomi hatte von Annerose lange

Zeit nichts mehr gesehen oder gehört. Jetzt wollte er auf Umwegen etwas über ihre unmittelbare Nachbarin in Erfahrung bringen: Helena Martis.

„Nichts ist so schwierig, dass man es nicht durch Nachforschungen herausfinden könnte.“

(Terenz)

Der Erdrosselte aus Asciburgium

Annerose war der geborene Wirbelwind. Zwar nicht mehr ganz taufrisch – sie hätte Boomis Oma sein können – besaß sie zeitlebens die Energie für zwei oder drei Topmanager bei den Moerser Stadtwerken. Annerose konnte niemals ruhig sitzen bleiben. Jeden Tag plante sie etwas Neues. Ständig gebar sie neue, aufregende Ideen und Aktionen. Ihre Mutter soll angeblich zu ihr gesagt haben: „Ich habe drei Töchter, dich, dich und noch mal dich. Das macht Arbeit für drei!“

So war Annerose. Langeweile, Ausruhen, Nichtstun gab es nicht bei ihr. Wäre sie nur zwanzig Jahre jünger, würde sie entweder Enni oder das Bürgermeisteramt von Moers aufmischen.

„Heh, komm rein, komm rein, nett, dich zu sehen“, rief sie aufgeregt, nachdem sie einen eiligen Blick auf den unverhofften Besucher geworfen hatte. Obwohl sie sich bestimmt fast drei Jahre lang nicht mehr gesehen hatten, verhielt sich die Frau so, als ob ihr letztes Shakehands erst gestern gewesen wäre. Annerose machte auf dem Absatz kehrt, rannte wie ein Irrwisch zurück durch den Flur und stürzte dann energetisch wie drei Personal-Trainer zusammengenommen hinunter in den Keller. Dort, so wusste

Boomi, verwahrte das Energiebündel ihre zusammen gesuchten Schätze aus römischer Zeit. Jedem Besucher rutschte bei deren Anblick die Kinnlade runter. Der ganze Raum platzte aus allen Nähten mit den unterschiedlichsten Ausstellungsstücken. Zahlreiche Fotos an den Wänden entführten den Betrachter in die römische Welt des ersten nachchristlichen Jahrhunderts am Niederrhein. Die vier wichtigsten Kastelle in der Region: Novaesium (Neuss), Gelduba (Krefeld) Castra Vetera (Xanten) und allem voran Asciburgium (Moers) konnten dort als phantasievoll ausgeschmückte Bilder bewundert werden. Auf dem Grund und Boden von Asciburgium lebte Annerose, für die die römische Vergangenheit von Moers niemals aufgehört hatte zu existieren. Zudem gewährten verschiedene Vitrinen verblüffende Einblicke in die zahlreichen Funde, die Annerose höchstpersönlich mit eigenen Händen und versehen mit zahllosen Schwielen auf ihrem Grundstück seinerzeit zu Tage gefördert hatte. Neben großen und kleinen Bruchstücken von Tonkrügen und Amphoren sah Boomi jede Menge römische Münzen, Pfeilspitzen, Fibeln und verklumpte Eisenteile, deren ursprüngliche Bedeutung nicht mehr ersichtlich zu sein schien. Zu allem hatte Annerose eine sagenhafte Geschichte parat, die sie sehr gern Kindern und Erwachsenen zum Besten gab, wenn diese sie mitunter besuchen kamen. Nun starrte die agile Hausbewohnerin ihren unangemeldeten Besucher so aufgeregt an, als ob sie der Geist von Cäsar heimgesucht hätte. Es knisterte in der Luft. Boomi fühlte es deutlich: Annerose stand mächtig unter Strom. Sie schien geradezu vor Energie zu platzen. Etwas Ultrawichtiges brannte ihr auf den

Nägeln. Boomi war noch nicht einmal dazu gekommen, die Frau richtig zu begrüßen. Annerose fixierte den Vluyner und drängte ihm dann einen Stuhl auf. Dabei machte sie ein so bedeutungsschwangeres Gesicht, als wollte sie Boomi eine besonders düstere Zukunft prophezeien.

„Hör zu, mein Lieber aus den Römer fernen Gefilden in Vluyn", stieß sie aus. „Es geht um Mord, um einen fruchtbaren, dreckigen hinterfotzigen Mord, um Mord, hörst du, ich kann es selbst kaum fassen."

Sie stieß einen Schwall Luft aus und nahm nun selbst auf einem Hocker Platz. Die Luft im Kellerraum war geladen mit Anspannung. Boomi selbst war wie vor den Kopf gestoßen. Was erzählte sie denn da? Hatte Annerose etwa eine wichtige Spur entdeckt? Kannte sie vielleicht den Mörder? Hielt sie verwertbare Beweise in der Hand? Er schluckte mehrmals heftig und wollte eben antworten...

Mit einer Handbewegung schnitt sie ihm das Wort ab.

„Still! Hör zu! Es ist alles unglaublich, was ich herausgefunden habe. Man kann es sich nicht vorstellen. Hier, nicht weit von meinem Haus, stoßen wir beim Graben auf eine Leiche, tot, mausetot, seit..."

Erneut stockte sie. Es sah aus, als ob sie jeden Moment anfangen würde zu heulen. Boomi traten jetzt Schweißperlen auf die Stirn. *Noch eine Leiche,* dachte er entsetzt? *Oh, Gott, wenn das die beiden Kommissare erfuhren.* Der Mörder hatte so schnell wieder zugeschlagen? *Hier? In Asberg*?

„Wer ist es?", krächzte Boomi.

„Ein Mann. Erdrosselt. Grausam hingerafft von blutiger Mörderhand. Um seinen Hals liegt noch das geknotete Seil, mit dem er..."

Annerose stockte erneut. Boomi erkannte, wie schwer ihr das alles fiel. Es war ja auch nicht einfach zu verdauen, wenn man auf einen Ermordeten in unmittelbarer Nähe des eigenen Hauses stieß.

„Hast du die Polizei schon verständigt?"

„Häh? Wie bitte?"

Die Frau starrte ihn so entsetzt an, als ob er ein ostfriesisches Mondschwein mitgebracht hätte.

„Ob du die Polizei gerufen hast? Wann hast du den Toten denn entdeckt?"

„Er war vergraben worden. Sagte ich doch. In einem Meter Tiefe. Die Polizei habe ich nicht verständigt. Warum denn auch?"

„Das ist nicht dein Ernst", protestierte Boomi. „Es geht um Mord, Annerose. Hörst du?"

„Ich habe keine Bullen verständigt, Boomi", widersprach die Moerserin heftig. „Ich bin doch nicht plemplem. Das werde ich auch nicht tun."

Es klang energisch. Boomi traute seine Ohren nicht. Was redete die Frau denn da? Sie musste doch...

„Den Erdrosselten haben wir vor etwa vier Wochen in seinem Loch gefunden. Zumindest was von ihm noch übrig ist. Er wurde niemals würdevoll bestattet, wie es üblich war. Die Archäologen aus Xanten haben gestaunt, als ich sie an die Stelle führte, wo er verscharrt liegt."

„Die Archäologen?", stieß Boomi erschrocken aus.

„Ja, sicher die Archäologen", sagte Annerose ruhig. „Wer denn sonst? Hörst du mir eigentlich nicht zu, du geheimer Privatdetektiv? Es geht um Aulius, einem römischen Legionär. Er wurde hier vor meiner Haustür heimtückisch ermordet. Vor fast zweitausend Jahren. Und ich habe sein Schicksal der Vergangenheit entrissen und in den letzten Ausgaben der RP und der WAZ allen Moersern kundgetan."

Er saß vor ihr mit offenem Mund. Das war seine Annerose, die Frau, die in der falschen Zeit geboren worden war. Cäsar oder Cicero hätten zu ihr eher als Nachbarn gepasst. Anneroses Stimme wurde jetzt ganz spitz: „Mensch, musst du doch gelesen haben? Ich persönlich habe die Archäologen auf Aulius' Spur gesetzt. Hast du es endlich kapiert, Boomi? Weshalb soll ich denn wegen ein paar alter Knochen die Kripo anrufen?"

Sie verdrehte die Augen.

„Die Kripo? Bei Aulius, dem Römer. Ich glaub's ja nicht. Was redest du bloß für einen Mist?"

Erneut tippte sie sich vielsagend vor die Stirn.

„Guckst wirklich zu viele Krimis, mein Lieber. Wenn sich das noch auswächst... Na, ich weiß ja nicht."

Annerose war zutiefst entrüstet. Boomi saß in ihrem römischen Ausstellungskeller da wie ein begossener Pudel. *Hätte ich mir das nicht denken können?* Das war mal wieder typisch. Niemand sonst konnte ihn dermaßen in die Irre führen.

Die Frau vor ihm entspannte sich. Höflich fragte sie Boomi, ob er einen Kaffee wünsche und betonte dann ganz langsam: „Nil tam difficile est, quid querendo investigari non possit – Nichts ist so schwierig, dass man es nicht durch Nachforschungen herausfinden könnte."

Annerose lächelte sanft, stand auf und klopfte ihrem Gast leicht auf die Schulter.

Wie wahr, dachte Boomi, der diesen Spruch seit seinem Lateinunterricht bei Herrn Horbrügger am Stursberg kannte. Der römische Schriftsteller Terenz hatte ihn allen Detektiven, kleinen wie großen, ins Stammbuch geschrieben.

„Die wärmsten Jacken sind die Konjacken,
sagte mein Freund Pjotr immer."

Bei der Mutter der abhandenen Prinzessin

Der Kaffee tat ihm gut und auch Anneroses selbst gebackene Anisplätzchen mundeten Boomi vorzüglich. Die beiden redeten über dies und das, wobei ihm die selbsternannte Moerser Lagerarchäologin doch noch unbedingt von den großartigen Begräbnisriten römischer Legionäre am Niederrhein erzählen musste: „Pass auf! War jemand verstorben, wurde der Leichnam zuerst gewaschen, danach gesalbt, mit den besten Kleidern angezogen, feierlich aufgebahrt, beweint und spätestens nach drei Tagen verbrannt. Auf dem Friedhof wurde der Tote über einem zuvor ausgehobenen Erdloch auf ein hölzernes Gestell gelegt. Dazu stellte man Gefäße mit Öl, Salben, Samen, Werkzeuge, Münzen und persönliche Dinge, die der Verstorbene in der neuen Welt brauchte. Die Trauernden zogen zum aufgebahrten Leichnam und trugen dabei schwarze und weiße Kleidung. Die Frauen hatten ihre Haare offen, vermieden jeglichen Schmuck und verzichteten auf Schminke im Gesicht. Dann steckte man das Feuer an, das Holz und der Tote brannten lichterloh. Erst als alles verbrannt war und die Reste ins Erdloch fielen, verließen die Trauernden den Friedhof. Die meisten Gräber ließ man offen bis der Wind lose Blätter, Gras oder kleine Ästchen darüber wehte."

Boomi hörte aufmerksam zu. Er fragte sich, ob der Mithrasmörder diese römische Vorgehensweise kannte. Denn genauso müssten doch auch die Mithrasgläubigen, von denen die allermeisten Soldaten gewesen waren, verfahren haben. Der Tote wurde ehrenvoll behandelt. Wie vertrug sich das mit dem brutalen Vorgehen des selbst ernannten Mithrasjüngers, der vor allem die Leichen noch schändete? *Letztlich bleibt er ein Wahnsinniger, auch wenn er sich einen antiken Anstrich gibt.*

Irgendwie kamen sie dann auch noch auf die Nachbarin zu sprechen. Boomi erzählte seiner Bekannten, dass ihre Tochter im Museum von Neukirchen-Vluyn arbeiten wür - de. Dass Lilia vermisset wurde, davon schien Annerose keine Ahnung zu haben.

„Lilia? Ja, wirklich ein nettes Mädchen. Ich kenne sie seit sie ein Baby war."

„Hat Sie noch Geschwister?"

„Hatte sie! Da gab es einen Bruder, doch der ist schon lange tot. Starb bei einem heftigen Verkehrsunfall vor sieben, acht Jahren. So genau weiß ich das nicht mehr."

„Und ihr Vater?"

„Du bist aber neugierig? Interessiert dich die Kleine so sehr, Boomi? Willst offenbar ihre Familiengeschichte kennen lernen, was? Na, na, mein Guter. Die ist doch viel zu jung für dich."

Annerose lachte freudig und versetzte dem Mann neben ihr einen kleinen Stoß gegen die Brust. Boomi ging nicht auf ihre Neckereien ein, sondern lächelte vielsagend.

„Also, auch ihr Vater ist hinüber. Seit einem Jahr oder so. War ein übler Kerl gewesen. Hat seine Kinder grün und blau geschlagen, die Frau auch. Besonders Markus hatte unter ihm heftig zu leiden. Vater und Sohn haben sich gehasst. Warum das so war? Keine Ahnung. Man hat damals viel in der Straße über diese Familie gemunkelt. Weil bei ihr so oft die Fetzen flogen. Und Markus? Vielleicht war sein leiblicher Vater ein ganz anderer gewesen? Doch niemand weiß Genaues."

Boomi hatte genug gehört. Also hatte Lilia mal einen Bruder gehabt. Der war längst verstorben. Er hoffte, dass ihm ihre Mutter mehr über das Mädchen mitteilen würde, so dass er sich ein ausreichendes Bild von ihr machen konnte. Vielleicht fand er dabei einen Hinweis, wo sie steckte? Dass man sie im klassischen Sinne entführt hatte, wollte Boomi nicht glauben. Dafür gab es keinerlei Beweise. Er stand auf, verabschiedete sich artig von Annerose und stiefelte danach zum Haus der Nachbarin.

Dort wollte er so tun, als käme er von der Polizei. Das musste der Frau doch die Zunge lösen. Jedenfalls würde er alles dran setzen, um so viele Informationen wie möglich über ihre „Prinzessin" aus ihr herauszuholen.

Es lief genau anders herum ab, als bei seiner Bekannten Annerose. Zunächst einmal klingelte er sich den Finger wund, bis endlich die Tür einen winzigen Spalt breit aufgezogen wurde. Ein säuerlicher Geruch blies ihm entgegen. Boomi zuckte angewidert zurück. Dann tauchte ein Gesicht auf, gezeichnet vom Alkohol, mit müden Augen, die ihn anblickten, als sähen sie einen Geist. Am liebsten hätte Boomi auf der Stelle kehrt gemacht. Doch er riss sich zusammen. Die Frau stank nach Alkohol und Verwahrlosung. Aber immerhin hatte sie sich in einem klaren Moment aufgerappelt, der Polizei zu schreiben.

„Hallo, Frau Martis, ich komme wegen Ihrer Tochter Lilia. Hätten Sie wohl einen Moment Zeit für mich?"

Boomi setzte sein schönstes Lächeln auf und seine Augen strahlten die Alte an, als wollte er mit ihr flirten. Das zeigte tatsächlich Wirkung, denn kurz darauf, öffnete sie die Tür so weit, dass er hineinschlüpfen konnte.

„Ach, Sie sind von den Bullen", krächzte sie. Dann drehte sie sich um und schlurfte in Richtung Küche, wohin ihr Boomi brav folgte. Dass sie ihn für einen Polizisten hielt, fand er ausgezeichnet. Mal sehen, wie es weiter ging.

Das ganze Haus stank nach Zigarettenqualm und Alkohol. Aufgeräumt war hier nichts. Nur Unordnung und Chaos. Kleidung, Zeitungen, Papier, Schuhe, Müll lagen verstreut auf dem Boden und den Möbeln herum.

Hier müsste mal dringend gelüftet werden.

Helena Martis ließ sich ächzend auf einem Stuhl in ihrer Küche nieder und wies dann Boomi einen weiteren zu. Der musste allerdings zuerst von einigem Unrat befreit werden. Mit ihrer rechten Hand wischte sie diesen einfach auf den Boden. Boomi nahm vorsichtig Platz. Der Stuhl war klebrig. Seine Hose dagegen frisch gewaschen. Widerwillig setzte er sich. In der engen Küche roch es muffig, abgestanden und Boomi erkannte, dass seit vielen Tagen nicht mehr gespült worden war. Geschirr stapelte sich hoch im Spülbecken und auf der Ablage. Geputzt worden war in diesem Haus vermutlich seit Monaten nicht mehr. Boomi empfand

Mitleid mit der Frau, die, wenn er Annerose Glauben schenkte, ein nicht ganz leichtes Leben mit ihrem brutalen Ehemann gehabt haben musste. René Martis war vor einem Jahr verstorben. Herzinfarkt im Bett beim erzwungenen Beischlaf, wie Annerose ihn kichernd aufgeklärt hatte.

„Haben Sie was von meiner Tochter gehört, junger Mann", wurde er von Helena Martis gefragt. Dabei öffnete sie den Verschluss einer Cognacflasche, die bereits halb geleert auf dem Tisch stand. Auf seinen fragenden Blick hin, meinte sie: „Die wärmsten Jacken sind die Konjacken, wie mein alter Freund Pjotr so nett bemerkte, wenn er zu Besuch kam."

Boomi grinste und lehnte dankend ab, als sie ihm auch einen von den wärmenden „Konjacken" anbot.

„Nicht im Dienst."

Das klang echt.

„Na, dann Prost, mein Herr", krächzte Frau Martis und kippte das Gläschen in einem Rutsch runter.

„Ohne Konjacke lässt sich das Leben kaum ertragen. Ohne friere ich immer so."

Sie lachte kurz auf, wandte sich dann ihrem Besucher zu. Boomi räusperte sich.

„Wir haben noch nichts Konkretes, was Ihre Tochter angeht. Aber ich habe ein paar Fragen an Sie."

„Ach wirklich?"

Sie zog die Nase hoch und wischte sich mit der Hand übers Kinn. Als wollte sie dort eine Fliege oder eine Spinne verscheuchen. Diese sinnlose Handbewegung sollte er noch mehrere Male an ihr beobachten.

Sie hat 'ne Macke. Er würde sehr behutsam vorgehen müssen.

„Hat Lilia eine enge Freundin, der sie vielleicht alles anvertraut hat, was sie so vorhat?"

Die Frau starrte ihn an, als ob sie ihm nur mit Mühe folgen könnte.

„Nee, hat sie nicht wirklich. Außer vielleicht Jacqueline Nowak. Mit der ist meine Prinzessin immer ganz dicke gewesen."

Eine erste Spur? Freundinnen wissen doch meistens 'ne Menge?

„Wo kann ich Jacqueline erreichen?"

Wieder dauerte es eine geraume Weile, bis sie die Antwort geben konnte. Zuvor folgte ein weiterer Konjacke.

„Wohnt in Neukirchen. Straße kenne ich nicht."
Boomi winkte ab: „Finde ich schon raus. Danke."

Er wollte eine weitere Frage stellen, als Helena Martis anfing heftig zu gähnen. Offenbar war sie müde. Kein Wunder, denn Boomi vermutete, dass sie sich an diesem Tag schon seit längerem die wärmenden Konjacken anzog, bzw. reinzog. Während seine Blicke prüfend durch die herunter gekommene Küche wanderten, entdeckte er ein interessantes Foto an der Wand. Es zeigte Lilia als junges Mädchen von zehn Jahren. Neben ihr einen dunkel gelockten Mann, der vermutlich ihr Bruder war. Von Annerose wusste er, dass Markus acht Jahre älter als Lilia gewesen war. Diese hatte den großen Bruder verehrt, wohl auch deshalb, weil er ständig Zielscheibe väterlicher Gewalt gewesen war. Markus hatte es seinem Vater niemals recht machen können. Auch später waren ihre Auseinandersetzungen immer eskaliert. *Was musste das für den Sohn Stress bedeutet haben? Und wie unnötig.*

Offenbar hatte Helena Martis seinen neugierigen Blick auf das Foto bemerkt, denn sie flüsterte in seine Gedanken hinein: „Mein lieber, guter Junge. Nun ist der Alte endlich tot, und Markus könnte glücklich bei mir wohnen…"

Sie brach ab, hustete heftig. Boomi nickte nachdenklich. Daraufhin blickte sie ihn auf einmal wie verklärt an, rückte mit ihrem Stuhl nahe an ihren fremden Besucher und gestand ihm mit brüchiger Stimme: „Manchmal kommt mich Markus besuchen. Er ist so lieb, aber ich darf ihn nicht anfassen."

„Wie besuchen?", fragte Boomi irritiert. War die Alte verrückt?

Sie zeigte durchs Fenster auf eine ferne Stelle im Garten.

„Ich sehe ihn dann dort hinten stehen. In seinem roten Umhang. Er blickt zu mir und ich blicke zu ihm. Ach, wie schön das ist. Es sollte niemals enden. Markus hebt seine rechte Hand, winkt mir zu. Plötzlich ist er wieder verschwunden. Ich weine, spüre aber deutlich, es geht meinem Jungen jetzt gut."

Ja, ja, dachte Boomi. Die eigene, mächtige Phantasie kann Wunden lindern, wenn man sie nur wirksam genug zum Einsatz bringt. Diese Frau machte es offenbar richtig. Was auch immer sie da in ihrem Garten sah, es half ihr, weil es ihren Verlustschmerz für einen winzigen Augenblick aufhob. Und ob man sie nun für verrückt hielt oder nicht, sie fügte damit niemandem Schaden zu. Boomi wollte sie nach dem roten Umhang fragen, unterließ es aber, weil es ihm letztlich nicht wichtig erschien. Der Mann war tot, verbrannt vor langer Zeit in seinem Auto. Damit war die Akte Markus Martis geschlossen.

Wirklich Informatives, das ihm weiterhelfen würde, dem Rätsel von Lilias Verschwinden näher zu kommen, konnte Helena Martis nicht beisteuern. Vor allem, weil sich bei Boomi mehr und mehr der Eindruck festigte, dass die trinkfeste Dame nicht mehr so ganz richtig im Leben stand. Sie war ziemlich abgedreht und behauptete, dass sie mitunter die Gespenster der ehemaligen römischen Legionäre sehen würde. Das passte ins Bild mit der obskuren Erscheinung ihres verstorbenen Sohnes. Helena Martis gähnte erneut. Boomi wertete das als deutliches Zeichen aufzubrechen. Zudem hatte er erkannt, dass sie ihm ohnehin nicht viel mehr würde erzählen können, was ihr vermisstes Prinzesschen betraf.

Beim Rausgehen durch den halbdunklen, zugemüllten Flur, entdeckte er in einer kleinen Wandvitrine einige römische Funde: Ringe, Nägel, eine zerbrochene Fibel. Er schmunzelte. Offenbar hatten alle Menschen, die auf dem ehemaligen Gebiet des Lagers Asciburgium lebten, beim Bau ihres Hauses, solche Dinge entdeckt. Für Boomi selbst wäre es auch ein großartiges Gefühl gewesen, hier wohnen zu dürfen. Bereits vor zweitausend Jahren hatte hier das Leben in all seinen Facetten geblüht: lieben, hassen, lachen, weinen, kämpfen und sogar morden, wie er durch Annerose erfahren hatte. Sie hatte ihm auch vor längerem schon von Polla erzählt. Diese Künstlerin mit Namen Polla

Matidia hatte in Asciburgium gelebt und die meisten der hier stationierten Männer verrückt nach ihr gemacht. Selbst in Rom erzählte man sich, dass *in Asciburgium all abendlich der Stier los sei*. Polla Matidia, schön wie Aphrodite, hatte sich selbst den Künstlername „Olymphia" gegeben. Geschickt hatte sie sich Sprache und Gesänge der griechischen Männer angelernt. Diese sang sie jeden Abend, tanzte dazu und schwang ihr weites buntes Tuch, das locker um die Hüfte geschlungen war, frei durch den Raum. Dabei streichelte sie so das eine oder andere Gesicht der anwesenden lüsternen Legionäre.

Boomi stand das Bild dieser hübschen Sängerin deutlich vor Augen, als er das Haus in der Hochemmericher Straße wieder verließ. Dass Polla in seinen Tagträumen ein wenig aussah wie Judith, war allerdings nichts als reiner Zufall, oder?

Im Fußball verkompliziert sich alles
durch die Anwesenheit des Gegners
(nach Sartre)

Die Gerichtsmedizin macht eine Entdeckung

Die Bürotür zu Kleinlützum und Schaller schwang weit auf und der Staatsanwalt steckte seine Nase einmal mehr in die Arbeit der beiden Kommissare. Seinem Gesichtsausdruck nach zu urteilen, schien er überrascht zu sein, dass die Männer an ihren Schreibtischen nicht TV guckten oder eifrig Skat kloppten.

„Oh, ich sehe schon, es tut sich was! Um zehn Uhr dreißig darf ich die Herren in die Pathologie bitten. Die Gerichtsmedizin verfügt über neue Erkenntnisse."

Ohne eine Reaktion abzuwarten, wurde die Tür von außen wieder geschlossen. Kleinlützum hätte dem unverschämten Kerl am liebsten seinen rechten Schuh, der ihn ohnehin drückte, an den Kopf geworfen. Schaller war eben dabei die Aussagen der Zeugin zu checken, die die Leiche im Schlosspark entdeckt hatte. Dabei ging ihm immer wieder durch den Kopf, was Leo van den Boom geäußert hatte: *es muss einen persönlichen Bezug zwischen der Ermordeten und dem Täter geben – wie bei allen anderen Opfern auch!*

Blöd war nur, dass sie diesen Bezug bislang nicht entdeckt hatten. Nicht die geringste Spur. Beispiel: Rosa Leonie Linde war verheiratet gewesen. Ihr Mann Georg August kam als Täter nicht in Frage, auch weil er im Rollstuhl saß. Davor hatte es zwei wichtige Beziehungen im Leben der Frau gegeben: Der eine Mann lebte in Moers und arbeitete bei der Sparkasse am Niederrhein. Der andere war nach München ausgewandert, wo er als Lehrer an einer Grundschule unterrichtete. Kleinlützum hatte beiden Verflossenen gründlich auf den Zahn gefühlt. Der Münchener hatte ein perfektes Alibi, weil er die Stadt seit mindestens drei Monaten nicht weiter als 50 Kilometer verlassen hatte. Der Moerser freute sich zusammen mit seiner Frau auf das erste Kind, dessen Geburt im Sommer erfolgen würde. Sein Leumund war einwandfrei. Außerdem war er erheblich kleiner, als Boomi und die Zeugin den Täter beschrieben. Schaller seufzte. Sollte es allerdings einen Kerl geben, dessen Liebe zu Rosa Leonie unerwidert geblieben war, und der sich deshalb im Nachhinein an ihr rächen wollte, so würde dieser Typ nur schwerlich aufzufinden sein. Aber auch das schlossen die Kommissare mittlerweile aus. Denn es fanden sich keinerlei Hinweise auf einen Stalker. Es gab keinerlei Drohungen von irgendjemanden und auch der völlig geschockte und niedergeschlagene Ehemann konnte nichts Brauchbares beisteuern, was auf eine frühere Bedrohung der Frau hätte schließen lassen. Georg August Linde kannte niemanden, den seine Frau jemals zurückgestoßen hätte. Folglich musste der Vluyner Detektiv mit seiner Theorie absolut falsch liegen. Obwohl die Rose, die der Täter der Frau auf die Brust gelegt hatte, schon ziemlich ungewöhnlich war. Trotzdem entdeckten sie keinen noch so gearteten Hinweis auf eine Beziehungstat. Was also war dann das Motiv gewesen? Warum ausgerechnet Rosa Leonie Linde aus Vennikel? Genau das konnte man sich bei den anderen zwei Opfern auch fragen. Warum ausgerechnet der Jesuit? Warum ausgerechnet der Autoverkäufer? Keine Antwort bislang. Nichts. Sie stocherten im trüben und sahen vor lauter ungereimten Mithras-Geheimnissen weder den Weg vor sich, noch das rettende Ufer.

Kleinlützum räusperte sich unüberhörbar laut. Ihn wurmte es, dass der Staatsanwalt wie ein Sklavenantreiber im Dezernat herrschte. Um sich für die Konferenz locker zu machen, gab der Kommissar seinen neuesten Stammtischwitz zum Besten.

„Also hören Sie, Schaller: Warum leben Frauen länger als Männer? Na? Keine Ahnung? Weil ihnen Gott die vergeudete Zeit beim Einparken gutschreibt."

Haha. Schaller grinste sich einen und wollte auch sein Scherflein zum Büroklima beitragen, als sich die Tür erneut öffnete. Herein kam Klara van Stiphout, die Zeugin aus dem Schlosspark.

Das ist ungewöhnlich, denn im Grunde hat sie doch alles bereits ausgesagt, was sie beobachtet hatte, dachte Schaller erstaunt. Oder gab es noch was nachzutragen? Korrekt. Klara van Stiphout war noch eine, aus ihrer Sicht interessante Beobachtung eingefallen. Kleinlützum und Schaller hörten bereitwillig zu.

„Nun, mir ist noch ein Gedanke gekommen, den ich im Nachhinein, nicht für unwichtig halte, meine Herren", begann die Frau. Kleinlützum machte eine einladende Geste weiterzusprechen, wobei er seinen mürrischen Gesichtsausdruck wie gewohnt beibehielt.

„Der Mann, den ich gesehen habe, trug braune Lederhandschuhe."

„Hm!", gab Schaller ratlos von sich. *Was soll das denn?* „Wahrscheinlich wollte er keine Fingerabdrücke hinterlassen. Nicht ungewöhnlich", gab er zur Erklärung an.

„Ja, aber er war wie ein Römer gekleidet. Von Kopf bis Fuß. Ein optisch guter Eindruck. Die Handschuhe passten nun gar nicht zu dem perfekten Kostüm", beharrte die Frau.

„Vielen Dank dafür, dass Sie sich noch mal herbemüht haben", bedankte sich Kleinlützum freundlich. Selbst jeder Hörgeschädigte hätte mitbekommen, dass er es nicht im Geringsten ehrlich meinte.

„Aber ich denke, mein Kollege hat Ihnen bereits die richtige Antwort gegeben. Der Täter wollte keine Spuren hinterlassen, deshalb die Handschuhe."

„Wenn Sie meinen. Aber es passte einfach nicht zu seinem ansonsten so perfekten Outfit. Die Handschuhe waren völlig daneben."

„Gut. Nochmals Dank. Wir registrieren Ihre Aussage", meinte Schaller und ergänzte: „Und nehmen sie selbstverständlich zu Ihrem Protokoll mit auf."

„Na dann, meine Herren Kommissare". Es klang ein wenig keck. Klara van Stiphout warf ihren Kopf in den Nacken und ging wieder. Kleinlützum brummte irgendwas von *unnütz* und *leicht verrückt,* während Schaller daran dachte, van den Boom nach diesem scheinbar unwichtigen Detail zu fragen. *Waren auch ihm die deplatzierten Handschuhe an dem Täter aufgefallen?*

* * *

Gebannt checkte Boomi seine Emails und atmete erleichtert auf. Gottlob hatte sich der Täter nicht wieder bei ihm gemeldet. Doch dann wurde auf seinem Handy eine eingehende SMS gemeldet. Kann warten, dachte er. Vermutlich jemand, der auf dieses Weise nach dem einen oder anderem Buch bei ihm nachfragte. Nach wie vor handelte Boomi mit besonderen Ausgaben esoterischer Werke, vor allem Erstausgaben. Die meisten Bücher, nach denen Kunden fragten, waren lange vergriffen. Boomi machte seine Kunden oft genug damit glücklich, dass er das eine oder andere Werk aus diversen nationalen und internationalen Quellen besorgen konnte. Quellen, an die der Normalsterbliche nicht dran kam. Nichts als gute Netzwerkarbeit, erklärte er seine Erfolge auf Nachfragen. Seine Kunden waren mitunter bereit, sich nicht lumpen zu lassen. Sie zahlten gerne auch einen hohen Preis, wenn ihnen Boomi nur das ersehnte Werk beschaffen konnte. Auf diese Weise und vor allem, weil er es gewohnt war, keine große Ansprüche zu haben und bescheiden zu leben, kam der im Nebenjob arbeitende Detektiv monatlich ganz gut über die Runden. Im Augenblick recherchierte Boomi nach einem Werk des mittelalterlichen Magiers Abramelin. *Gab es da nicht einen Leipziger Verleger, der sein „Buch der Zaubersprüche und Dämonenbeschwörungen“ neu aufgelegt hatte?* Doch bevor er sich im Internet danach auf die Suche machte, packte ihn die Neugier, von wem die letzte SMS kam. Einen Moment lang wurde ihm kalt ums Herz. *Bitte nicht von dem Irren! Bitte lass es nicht der Typ sein!*

Aber es kam zum Glück anders. Boomi schimpfte sich einen Idioten, weil er sie hatte warten lassen. Aber hätte ich denn ahnen können? Wormser Magier Abramelin hin oder her, aber ihre Email hätte er sofort lesen müssen. Schließlich ging es, was die offensichtliche Message ihrer SMS betraf, doch um Leben oder Tod, nicht wahr?

Bin völlig verzweifelt. Völlig!!! Hörst du? Die wollen ab sofort mein Museum dicht machen. Drohen sogar mit Umzug Gott weiß wohin. Wegen Brandschutz. Kann nicht mehr! Bin fertig!!! Judith

Das war sozusagen ein Ultra-Notruf der äußersten Kategorie und von allerhöchster Stelle. Vermisste Lilia oder mörderischer Mithrasjünger – alles wichtig, zugegeben alles schlimm und fruchtbar. Aber Judith ging nun mal vor. Die Regeln waren denkbar einfach: rief sie ihn, sprang er. Rief sie ihn nicht, hoffte er, dass er bald wieder für sie springen durfte.

Boomi schoss wie von zwei Wespen gleichzeitig in den Allerwertesten gestochen von seinem Stuhl hoch. Danach lief er eine Weile aufgeregt im Zimmer hin und her wie ein Tier mit ADHS. Hastig schrieb er seiner geheimsten Liebe zurück: *Wann?* Ihre Antwort kam prompt: *Sofort?* Dass sie nicht ihn meinte, verstand Boomi nicht. Judith war ausschließlich mit der drohenden Dichtmachung ihres Museums beschäftigt. Ihr *sofort* bezog sich einzig darauf. Boomis Herz raste, sein Blutdruck stieg, hinter seinen Schläfchen pochte wie wild das Blut. Judith rief nach ihm. Judith brauchte ihm. Mit irrlichternden Blicken und völlig in ihren Bann gezogen, sah er sich hektisch in seiner guten Stube um. *Wo stand sie? Wo stand sie?* Da, endlich hatte er sie entdeckt. Sie stand wie immer unten im Regal neben den Büchern des französischen Magiers Papus. Entschlossen griff Boomi nach der Flasche aus dem kleinen Sparmarkt in Prägraten, Osttirol und stopfte sie in eine bereits mehrfach genutzte Edekatüte. Was anderes hatte er eben nicht zur Hand. Danach schob er den geheimnisvollen „Mithras-Knopf“ in seine Jackentasche. Das unfreiwillige Geschenk des Mörders hatte er bis dahin auf seinem Schreibtisch neben einer dekorativen Kristallkugel verwahrt. Genauer gesagt, hatte der Knopf auf einem Stapel Tarotkarten gelegen. Judith brauchte Hilfe. *Sofort!* Er würde ihr geben, was immer sie verlangte. Er selbst brauchte Hilfe von Judith. Sie würde ihm diese geben, ohne dass sie davon wusste - allerdings mit einem erheblichen Freudengewinn für sie. *Freudengewinn? Viel mehr als das! Orgiastisch, traf es eher.*

Und was den Mörder anging.

Du Lumpensohn wirst jetzt meine ultimative Geheimwaffe kennen lernen…

* * *

Dr. Müller-Molderings verzog sein Gesicht zu einem breiten Grinsen. Vielsagend deutete er auf Kleinlützum und Schaller, weil er ihnen eine wichtige Mitteilung zu machen hatte. Zusammen mit Martin Hamanns, der in Rheurdt aufgewachsen war, also im niederrheinischen Mark, hielten sie sich in der Pathologie auf. Auf einem glänzenden Metalltisch, der im Nachhinein immer so herrlich gründlich abgeschrubbt wurde, dass er wie ein Spiegel glänzte, lag eine nackte Frauenleiche. An dieser hatte der Pathologe in der Zeit zuvor eifrig herumgeschnibbelt und verschiedene Untersuchungen angestellt. Nun ging es um die dabei gewonnenen Erkenntnisse. Der Staatsanwalt behielt sein breites Grinsen bei, als er erklärte: „Wie uns schon einst Jean-Paul Sartre wissen ließ, verkompliziert sich ein normales Fußballspiel durch die Anwesenheit des Gegners."

„Wer ist Sartre?", fragte Kleinlützum ungeniert.

„Einfach googlen, Herr Kollege", meldete sich frech der Gerichtsmediziner. „Googeln bildet. Der Kerl ist aber schon längst verstorben. Kann Ihnen also nicht mehr gefährlich werden, Kleinlützum."

Hamanns ist ein verdammtes Arschloch, dachte der Hauptkommissar wütend. *Was genau sollte dieses däm - liche Zitat von Müller-Molderings?*

„Ebenso wie im Fußball verkompliziert jeden unserer Fälle das Auftauchen eines Täters oder einer Täterin."

„Klar, ohne Täter hätten wir Bullen alle frei und liefen täglich vor lauter Freude darüber mit offenen Hosenstall herum", platzte es aus Schaller heraus. Der Staatsanwalt strafte ihn mit einem säuerlichen Blick.

„Kollegen, die Zeit drängt, ich kann hier nicht ewig stehen und mir saukluge Sprüche reinziehen", ereiferte sich Hammans. Der, wie immer übereifrig wirkende Pathologe, kam aus Rheurdt, also der Nachbargemeinde von Neukirchen-Vluyn, wo es mehr schielende Kühe als hübsche Mädchen gab. Hamanns stellte vor allem gerne Theorien auf. Beispielsweise gab es für ihn zwei Sorten von Niederrheinern, Männer wie Frauen: die eine Sorte war so normal wie ein Kölner, Bayer oder Sachse auch. Die andere Sorte, und von der gab es reichlich im flachen Land zwischen Rhein und Maas, betrachtete besorgt einen tiefblauen Himmel, während der Normalo darüber ausflippte wie

Bolle bei einer leckeren Sahnetorte. Doch der wahre Niederrheiner meinte, dass die tiefdunkle Farbe einzig auf verdeckte dunkle Wolken, also schlechtes Wetter, deutete. Diese Sorte Niederrheiner sah immer nur Übles. Gutes gab es nicht wirklich. Es bereitete lediglich den Nährboden für das Übel vor, das jeden Moment wieder auftauchen würde. Dieser Sorte Niederrheiner, also die Mehrzahl von ihnen, hatte man im Kinderbett jahrelang einen schweren Stein auf dem Bauch gelegt – damit sie lernten, wie man stöhnte.

Martin Hammans blickte mit ernstem Gesicht auf die sezierte Leiche. „Die sterblichen Überreste von Rosa Leonie Linde aus Vennikel weisen verschiedene Verletzungen auf. Besonders auffällig sind mehrere streifige, verkrustete Hautschürfungen, die sich am Hals, am Kopf, am Rücken und vor allem an beiden Oberschenkeln finden. Die bis vier Millimeter breiten, mit Wundschorf belegten Kratzer sind teilweise bis sieben Zentimeter lang, manchmal in ihrem Verlauf unterbrochen, so dass der Eindruck von gestrichelten Linien entsteht. An beiden Innenseiten ihrer Oberschenkel sehen wir derartige Verletzungen. Sie zeigen unterschiedliche Verläufe. Die meisten der am Körper von mir festgestellten streifigen Wundkrusten sind von einer intensiven Rötung der umgebenden Haut begleitet, jedoch nicht von Blutergüssen. Meiner Meinung nach deuten diese Verletzungen auf eine Gewalteinwirkung hin, wie sie zum Beispiel durch schürfendes Entlanggleiten langer Fingernägel verursacht wird."

„Lange Fingernägel?", fragte Kleinlützum überrascht. „Hat sie sich diese Wunden etwa selbst beigebracht?"

„Eben nicht“, erwiderte Hammans triumphierend. „Diese Verletzungen sind etwas älter als die anderen, die zu ihrem Tode führten. Interessant ist allerdings, dass sie nicht durch ihre eigenen Fingernägel verursacht wurden.“

Er hob beide Hände der Toten an und präsentierte die Fingernägel.

„Sehen Sie. Kurz, ganz kurz geschnitten. Das bedeutet...“

„Der Täter hat sie mit... langen Fingernägel selbst bearbeitet“, murmelte Schaller ungläubig.

Der Pathologe nickte. „Ja, oder aber, unser Täter ist eine...“

„Frau!“, ergänzte der Staatsanwalt.

„Wobei wir wieder ganz am Anfang sind“, knurrte Kleinlützum entsetzt.

„Sind Sie denn jemals weiter gewesen, liebe Kollegen“, frotzelte Hammans ungeniert und zog dabei ein weißes sauberes Tuch über die sezierte Frau.

Was war unterm Petersdom? Ein Mithräum.
Was war unterm Kölner Dom? Ein Mithräum.
Was war unterm Xantener Dom? Wird nicht verraten.
Was war unter der Kulturhalle? Judiths Büro.

Köpfe müssen rollen!

Als Boomi keine zwanzig Minuten später am Museum eintraf, kam ihm bereits Walter Scherb, seit zwei Jahren Pächter der Kulturhalle entgegen. Bleich wie die Sichel des Mondes im November starrte ihn der agile Mitfünfziger aus dunklen Augenhöhlen an: „Kann kaum noch schlafen, Boomi", krächzte er. „Bekomm keine Ruhe mehr. Die Blödmänner haben mir den Saal weggenommen, dort den Strom abgestellt und die schöne Empore, wie sie sagen, für immer dicht gemacht. Weißt du. Ich kann nicht mehr. Alles lief bislang so prächtig. Und jetzt dieser Scheiß. Schlamperei, sage ich nur. Totale Schlamperei."
Mit gesenktem Kopf schlich er davon in Richtung Küche. Boomi schien es, als ob der Mann erheblich grauer geworden wäre.

Stand es wirklich so schlimm? Ohne den großen Saal, der fünfhundert Personen fasste, konnte es keine Kulturveranstaltungen mehr geben. Auch keine Hochzeitsfeiern oder Beerdigungen, jedenfalls als Fisternölleken-Schnittchen- und Streuselkuchen-Feier im Nachgang. Wer hatte denn da im Rathaus geschlampt? Judith würde es ihm sagen. Gero musste er später dazu auch befragen. *Brandschutz? Mit diesen Konsequenzen? Aus welchem Kellergewölbe in der Verwaltung kam das denn jetzt?*

Er eilte die Stufen hinunter in ihr Büro. Die Tür stand offen. Judith blickte ihn an – bleich wie ein Gespenst, das in ein Kreidefass gefallen war.

„Ach, du bist's, Boomi. Komm rein." Ihre Stimme klang so schwach, als habe sie seit Wochen krank im Bett gelegen.

„Hab' gar nicht mit dir gerechnet."

Sie ist eindeutig durcheinander. Und sieht wirklich schlecht aus.

„Ich bin doch immer zur Stelle, wenn du in Not bist. Kennst du doch, oder?"

Demonstrativ stellte er die Flasche mit dem roten Vogelbeerenschnaps auf den Tisch vor ihr ab. Diese eineinhalb Quadratmeter große Ablage war wie immer mit Papieren und Büchern so völlig zugekramt, wie die Schreibtische von zehn Mitarbeitern der städtischen Bauverwaltung zusammengenommen. Judiths süßes Stupsnäschen zitterte so leicht wie ein sensibler Seismograph, der ein drohendes Erdbeben erahnt.

„Ach", hauchte sie mit Blick auf die Flasche. „Dein lecker Schnäpschen. Vogelbeerchen. Hm!"

Ihre Zunge fuhr dabei gierig über die ausgetrockneten Lippen ihres von ihm noch ungeküssten Mundes. Boomi starrte sie an, als hätte er eine Engelerscheinung. Dann sagte sie zu seiner Überraschung: „Ich glaub', kann jetzt gar nichts davon vertragen. Bin völlig fertig und will nur noch weit, weit weg sein."

Doch dabei leckte sie sich erneut die Lippen wie eine Tigerin, die ein saftiges Zicklein in ihrem Käfig entdeckt hat.

„Ein süßes Trösterchen, Judith", säuselte Boomi. „Falls du doch der Meinung bist, es könnte deinen Kummer ein wenig lindern."

„Nein, wirklich, Boomi. „Du bist wie der allerbeste Bruder der Welt zu mir. So väterlich. So fürsorglich. Auf dich kann ich mich immer verlassen."

Boomi hatte sich in all den Jahren seiner unerwiderten Liebe zu Judith niemals auch nur im Entferntesten bemüht, dass was sie über ihn selbst zu ihm sagte, einmal gründlich zu hinterfragen. Das hätte ihm die richtigen Einsichten geschenkt. Doch stattdessen nahm er nur wahr, dass sie ihn lobte. Für ihn waren es deshalb Liebkosungen. Mehr noch, es waren Liebesbekundungen, allerdings leider Gottes, so viel bemerkte er durchaus, noch im Ansatz. So war sie nun mal, sein Judithmäuschen, redete er es sich schön. Aber das würde noch werden. Ganz sicher. Judith war eben sehr, sehr zurückhaltend, mehr nicht. Das kam noch! Da war er sich sicher.

„Dann erzähl mal", forderte er sie auf. *Was wäre es schön gewesen, wenn sie ihren hübschen Kopf mit den langen dunklen Haaren dabei an seine breite Brust gelehnt hätte,* seufzte er innerlich. Doch davon war er so weit entfernt wie ein Wolf, der den Mond anheult und niemals seine vier Pfoten auf ihn setzen kann. Judith schielte nervös zu der Flasche mit dem roten Beereninhalt, der ihr so gut die Kehle runter rann, wenn sie...

„Na, ja, ein klitzekleines Gläschen kann mir nicht schaden", hauchte sie.

„Ganz bestimmt nicht", bestätigte Boomi und zauberte aus der Edekatüte zwei Pinnekes hervor, die er sofort randvoll schüttete. Judith griff gierig zu einem der beiden Gläschen und führte es an ihre Lippen.

„Prost, Boomi, mein lieber Freund."

Ach, wie gut das klang.

„Prost, Judith, meine liebe Freundin."

Beide leerten sie die „Fingerhüte" in einem Zug. Boomi füllte sofort nach.

„Prost, mein Lieber."

„Prost, meine Liebe."

Boomi fühlte sich wie im Himmel. Schon allein, Judith so nahe zu sein und ihr Liebkosungen (relativ) sagen zu können, war für ihn der siebte Himmel. Dagegen erschien ihm das versprochene Paradies für islamische Attentäter mit seinen einhundert Jungfrauen ehe fade und langweilig. Wenn er ihr doch nur alles gestehen könnte. Einfach alles, was ihm Romantisches, was ihm Begehrliches auf dem Herzen lag. Aber vielleicht kam das ja noch...

„Jeder Tropfen von diesem Teufelszeug schenkt mir tausendfach Lebensmut zurück", jauchzte Judith. „Weißt du, Boomi, die da in der Verwaltung haben mir sozusagen einen Strick um den Hals gelegt. Ohne Vorwarnung machen sie alles hier dicht. Warum? Weil sie seit Jahren ihre Hausaufgaben nicht machen. Vor allem der eine im Baudezernat hat alle fünfe gerade sein lassen und die Kohle woanders verbraten. Kulturhalle? Was ist das? Brauchen wir die? Wir stecken das Geld in Dinge, die mir persönlich wichtiger sind. Hat er getan, dieser Hurensohn!"

Was für ein Ausdruck aus ihrem Munde.

Judith rollte mit ihren Augen, stampfte dabei wütend auf und schüttete sich selbst noch ein Gläschen randvoll mit dem leckeren süßen Zeugs aus Tirol. Sie kippte den Schnaps runter als wäre er nichts als rot gefärbtes Selters. „Boah, hilft mir das meinen Frust wegzuspülen", jubelte sie. „Boah tut das gut!"

Ihre Stimme besaß wieder Kraft und Anmut zugleich. Neue Energie durchlief ihren von Boomi so heiß begehrten Körper.

„Und noch einen! Und noch einen, mach schon."

Allmählich legte sie ihren speziellen „Judith-Panzer" ab. Boomi gönnte es ihr von Herzen. Und sich selbst vor allem. Dann holte er wie beiläufig den Knopf aus der Jackentasche und legte ihn demonstrativ vor sich auf den Tisch. Judith, schon reichlich angesäuselt, blickte neugierig zu dem blitzenden Gegenstand aus poliertem Messing.

„Was haste denn da? Zeig mal her."

Neugierig griff sie nach dem zweifelhaften Geschenk des Mörders.

„Komische Symbole und Zeichen", sagte sie mit schwerer Zunge, während sie ein weiteres Beerenschnäpschen an ihre Lippen führte.

„Hat das Ding was mit den Freimaurern zu tun, Boomi? Du hast doch vor kurzem einen tollen Vortrag in meinem Museum über diese Brüder gehalten? Stammt der seltsame Knopf etwa von denen?"

Boomi schwieg und lächelte geheimnisvoll. An den Vortrag konnte er sich noch gut erinnern. Vor allem, weil Judith ihn vor dem Publikum gelobt hatte. *Was der alles auf dem Kasten hat, unser toller Antiquar. Sensationell!*

Alles entwickelte sich, wie er es sich erhofft hatte. Judith ergötzte sich wunderbar an den süffigen Vogelbeeren und wurde von Minute zu Minute aufgeschlossener. Nicht mehr lange, und es würde so weit sein. Von einem Wimpernschlag zum anderen kam die Explosion. Boomi war darauf vorbereitet, hatte allerdings geglaubt, es würde noch etwas auf sich warten lassen. Sie war eben dabei ihren ganzen Frust auf die Stilllegung ihres geliebten Museums rauszulassen und meinte zu ihm giftig: „Da müssen Köpfe rollen. Aber gewaltig. Köpfe, sage ich dir! Sonst bin ich nicht zufrieden."

Von einer Sekunde zur anderen wechselte Judith in den Pythia-Modus, der sie charakterlich völlig veränderte. Erneut mutierte sie zur kraftvollen Seherin von Vluyn.

„Blut. Blut", rief sie mit bebenden Lippen. „Viel Blut. Blut ohne Ende, Ströme davon..."

Als würde sie Dreck von sich speien, der ihr unabsichtlich in den Mund gelangt war, rief sie: „Ein einsamer Mann, fruchtbar einsam, sexuell total frustriert. Ein Widerling. Ekelhaft. Bäh! Was für ein Scheusal..."

Boomi versetzte es einen Stich ins Herz. Wen meinte sie bloß? Wie frustriert? Widerling? Was soll...?

Unvermittelt begann Judith so gewaltig und unbeherrscht zu stöhnen, das Boomi zusammenzuckte wie bei einem gezündeten Silvesterknaller in unmittelbarer Nähe. Aber er mochte es - wenn auch mit leisem Entsetzen - wenn sie sich so wie jetzt gebärdete. Wie prickelnd ihr Stöhnen - so völlig außer Rand und Band - in seinen Ohren klang! Es weckte bei ihm die erregendsten Phantasien. Wenn sie solche Töne von sich gab, während man mit ihr

Sex hatte, dann gute Nacht, Marie. Das war so stark, dass sie es niemals in einem Hotel treiben konnten. Nur in ihrem schalldichten Büro tief unter der Erde bestand die Möglichkeit, dass kein Außenstehender etwas davon mitbekam. Der musste ja denken, da praktizierte jemand ausgefallenen Tantra Sex in Verbindung mit geheimsten satanischen Riten. Dann war bei ihm richtig angekommen, was sie eben gesagt hatte.

„Wie war das? Was meinte sie mit sexuell frustriert?“, durchfuhr es Boomi siedend heiß. Er war so irritiert, dass er verblüfft an sich nachschaute, ob er ihr nicht vielleicht den falschen Knopf in die Hand gedrückt hatte. Judith kicherte wie ein Kind, das sich einen derben Scherz erlaubt hatte. Einen Moment lang dachte Boomi, sie würde ihn foppen und hätte bei vollen Bewusstsein zu ihm gesprochen und auch so tierisch gestöhnt. Aber dann sah er, dass die geheimnisvollen Kräfte des Unbewussten voll von ihr Besitz ergriffen hatten. Der Gott der Wahrsagekunst, wie er auch vor Jahrtausenden in die Pythia von Delphi gefahren war, beherrschte jetzt mit aller Macht den zarten Körper von Judith. Sie stöhnte erneut so laut, als hätte sie Sex mit zwei, drei Männern gleichzeitig. Dabei warf sie ihren Oberkörper vor und zurück, kicherte wie irre, verdrehte zugleich die Augen, als ob jeden Moment alle Triebe mit ihr durchgehen würden. Beim ersten Mal hatte Boomi genau das ernsthaft befürchtet und vor Angst, was kommen würde, bzw. was sie mit ihm anstellen könnte, geschwitzt wie ein Stier in der bekannten Kamper „Anmache“-Sauna.

„Er ist voller Hass, Hass, abgrundtiefer Hass“, stieß sie aus. Ihre Stimme klang hart und kalt.

„Er tötet, tötet, weil er seinem Gott ganz nahe sein will."

Ja sicher, freute sich Boomi im Stillen über seinen Erfolg. *Rede nur weiter. Du bist auf der richtigen Spur, Baby. Bitte nicht aufhören. Erzähle mir alles, was du über den Hurensohn herausfinden kannst. Nur so können wir ihn stoppen. Bitte, Judith, was kann dir dieser Knopf über* ihn *mitteilen*, flehte er lautlos?

In ihrem Gesicht arbeitete es wild, was faszinierend anzusehen war. Ein Panoptikum an Gefühlen: Hass, Ekel, Abscheu, Angst, Unglaube, Neugier, Wut, Gier... - eine Palette widersprüchlicher Gefühle wurde sichtbar. Es schien, als ob sie alles, was an Bildern auf sie einstürzte, erst einmal verarbeiten musste. Boomi empfand Mitleid mit seiner ahnungslosen Pythia. Erregt beobachtete er, wie verschiedene Muskeln in ihrem Gesicht zuckten, sich bewegten, wieder zur Ruhe kamen, und von neuem loslegten. Judiths Augen waren Schreck geweitet, ihr Atem wurde schneller, sie stampfte, schrie, tobte, ihr ganzer Körper arbeitete heftig. Die Kontrolle darüber hatte sie längst verloren.

„Blut", stieß sie wieder aus, „Blut", und das mit einer tiefen, fast schon männlichen Stimme, die jeden, der sie dabei erlebte den eigenen Lebenssaft in den Adern hätte gefrieren lassen. Boomi hatte das schon einmal miterlebt, als es um den geheimnisvollen Säbelmörder von Vluyn ging, aber was jetzt geschah, stellte das damalige Erlebnis noch in den Schatten. Judiths ganzer Körper zuckte so heftig, als stünde sie unter Strom. Sie schrie und stöhnte, als fügte ihr jemanden heftigste Schmerzen zu, sie musste mit ihrem inneren Auge grauvolle Bilder mitansehen, denn oftmals blieben ihr die Worte im Halse stecken, „der Gott, der Gott, der Gott trinkt Blut", brach es aus ihr hervor. Boomi nahm an, dass es sich dabei um Mithras selbst handeln musste.

„Wo? Wo ist das alles", fragte er sie hastig?

„Im Keller. Altar, mächtiger Altar, uralt, Stein, voll mit Blut, Tempel, Tempel, Tempel, uralt, er will Rache für alles, was sie ihm angetan haben, will sich vereinen mit Gott, Gott, Gott. Ist selbst größer als alle, stärker, will mächtiger sein..."

Boomi hatte einen, wie er glaubte, genialen Einfall.

„Wie heißt der Mann? Sag mir seinen Namen. Wie heißt er?"

„Kein Name. Tot. Lange tot. Ist verborgen vor allen. Ist tot. Ist gut so. Bleibt verborgen. Bleibt tot für alle..."

Dann brach sie ab. Die Pythia von Vluyn hatte fertig. Sie blieb stumm, war leergebrannt, wirkte wie ausgekotzt. Die wahnsinnige Seance im Kellerbüro des Museumsvereins war beendet. Der Knopf rollte aus ihrer erschlafften Hand heraus...

Boomi saß wie da verdattert. *Wie war das eben? Tot? Wie tot?* Was meinte sie damit? Judith kauerte wie ein Häufchen Elend vor dem überfüllten Tisch. Ihre Augenlider schlossen sich wie in Zeitlupe. Dann sank sie unendlich langsam vorn über und hätte Boomi ihren hübschen Kopf mit dem süßesten Stupsnäschen der Welt nicht aufgefangen, hätte sich Judith mindestens ein paar blaue Flecken durch den Aufprall eingefangen. So aber landete sie sanft auf einem alten Mundartwälzer des verstorbenen Dichters Heinrich Goldberg aus Neukirchen-Vluyn, dessen poetische Zeilen vom Leben am Niederrhein in gedruckter Form vor ihr lagen. Scheinbar war sie ohnmächtig. Doch das, so wusste Boomi vom letzten Mal, würde nicht lange dauern. Danach würde sie sich an nichts erinnern können, was sie im „Pythia-Modus“ getan oder gesagt hatte.

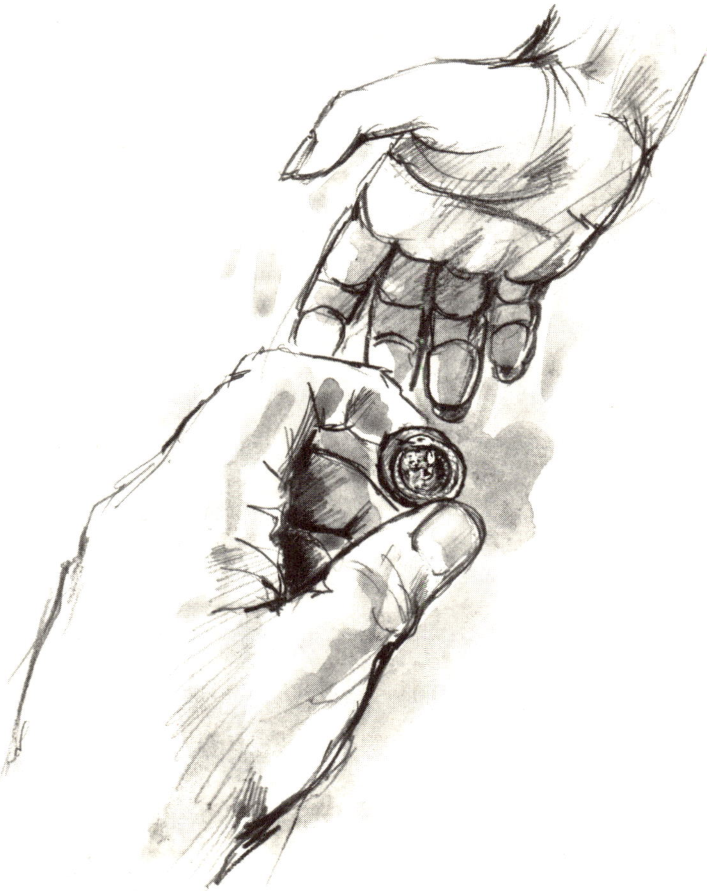

Die Liebe ist wie der Mond:
wenn sie nicht zunimmt, wird sie kleiner.
(aus Lilias Poesiealbum)

Jacquelines seltsames Krakel-Tattoo

Jacqueline Nowak wohnte im Mausegatt. Der Mausegatt ist zum einen der kleinste Stollen in einem Bergwerk, zum anderen war die Straße „Im Mausegatt" ein vor knapp dreizehn Jahren erschlossenes Neubaugebiet im Ortsteil Neukirchen. Rein geschichtlich war hier rein gar nichts zu holen. Vor dem Mausegatt hatte es hier Gärten gegeben, davor war es Ackerland gewesen und noch weiter zurück nichts als Sumpf und Morast - wie fast überall in dieser Region.

Boomi wollte Jacqueline besuchen und erinnerte sich daran, dass Mädchen mit einem solchen Namen von Lehrern häufig als *doof* eingestuft wurden. Patrizia, Maria oder Helene waren dagegen Namen, die laut einer wissenschaftlichen Studie intelligente Kinder aus gutem Hause vermuten ließen. Jedenfalls bei Pädagogen.

Die beste Freundin von Lilia bewohnte eine kleine Souterrainwohnung von vielleicht dreißig Quadratmetern. Jacqueline war Verkäuferin bei Lidl in Vluyn. Sie liebte es, Kunden an der Kasse Geld für ihre Einkäufe abzunehmen. Durchaus begabter und ehrgeiziger als ihre ehemaligen Lehrer dachten, hatte sie jedoch große Pläne. Weg von der Kasse und hin zu mehr Verantwortung. Jacqueline setzte alles dran, es eines Tages bis zur Leiterin eines Supermarktes zu bringen. Dazu besuchte sie die entsprechenden Abendkurse in der Moerser VHS.

Boomi hatte seinen Besuch bei Frau Nowak nicht angekündigt. Gegen 20.00 Uhr betätigte er die Klingel. Entweder war das Mädel zu Hause oder eben nicht. Durch seinen Überfall artigen Besuch hoffte er, bestimmte Informationen aus ihr heraus zu holen. Nachdem er zweimal Sturm geklingelt hatte, öffnete Jacqueline wie in Zeitlupe ihre Wohnungstür. Ihre Blicke drückten absolutes Missfallen aus, als sie den fremden Mann vor sich auf ihrer Fußmatte stehen sah. Sie selbst schien kurz zuvor ein Nickerchen gemacht zu haben. Jedenfalls meinte Boomi diesen Eindruck ihren eindeutig müden Augen und dem zerzausten kurzen Haar entnehmen zu können. Falls er mit seiner Einschätzung richtig lag, war sie allerdings recht schnell wieder fit, denn ihr Kommentar zu seinem unangemeldeten Besuch fiel ziemlich ausgeschlafen aus: „Werter Herr, ich brauche keine neue Versicherung. Ich gehöre bereits seit zwei Jahren den Zeugen Jehovas an. Ich kaufe grundsätzlich nichts an der Haustür und wenn Sie von Bofrost kommen sollten, please read my lips: ich kann die Scheiße nicht ausstehen. Sie schmeckt einfach nicht."

Boomi stand da mit offenem Mund und brachte vor lauter Überraschung keinen Ton heraus. Jacqueline schlug ihm die Tür vor der Nase zu. Er klingelte erneut. Sie öffnete überraschend schnell.

„Wenn Sie nicht augenblicklich sehen, dass Sie Land gewinnen, brülle ich dermaßen laut um Hilfe, dass mein Vermieter Herr Engel, übrigens bei der hiesigen Polizei, sofort zur Stelle sein wird. Dann können Sie was erleben, das glauben Sie nicht."

„Ich bin kein Vertreter, Jacqueline", beeilte sich Boomi hastig ihren Wortschwall zu unterbrechen. „Ich komme geradewegs von Lilias Mutter. Ich muss unbedingt mit Ihnen über Ihre Freundin sprechen. Mein Name ist Leo van den Boom."

In ihren Augen leuchtete Erkennen auf.

„Der Antiquar aus Vluyn?"

Boomi war erneut überrascht. *Sie kennt mich?*

„Ja, der bin ich, aber ich suche für Lilias Arbeitgeberin Frau Kuckelmann nach der vermissten Lilia. Bitte, darf ich reinkommen und Sie einige Dinge zu ihr fragen?"

Jacqueline musterte ihn von Kopf bis Fuß. Dann ließ sie Boomi in ihre Wohnung schlüpfen. Vermutlich waren dafür einmal mehr seine treuen braunen Knopfaugen Ausschlag gebend gewesen.

„Du kannst so herrlich hilflos und traurig gucken wie ein zerzauster Teddybär, der allein im Urwald von Venezuela unterwegs ist", hatte Judith mal zu ihm gemeint. „Da gibt wahrscheinlich jede Frau kurz oder lang nach."

Nur du leider nicht, hatte er damals gedacht.

Die Wohnung von Lilias Freundin sah aus wie von Sarah Kay eingerichtet. Überall an den Wänden, auf Tischen und auf diversen Ablagen sprangen einem die bekannten Püppchenbilder der Künstlerin Kay ins Auge, so niedlich, dass man es nicht glauben mochte. So taff wie Jacqueline noch an der Haustür gewirkt hatte, so kitschig gab sie sich in ihren eigenen vier Wänden. Boomi bereiteten die blauen, gelben und weißen Mädchenbilder mit ihren babyhaften Hüten und Mützchen große Schmerzen. Was für eine grässliche Geschmacksverirrung für ein so junges Mädchen! Er musste sich bemühen nicht hinzusehen.

„Wieso kennen Sie meinen Beruf?", fragte er als erstes, nachdem er fast bis zum Bauchnabel in einen mit einem weißen Häkeldeckchen verzierten Plüschsessel versunken war.

„Ich interessiere mich für Tarot. Lilia hat mir von Ihnen erzählt. Deswegen wollte ich Sie immer mal anrufen, weil Lilia meint, Sie seien dafür der geeignete Fachmann am Ort. Habe mich aber nie getraut", gestand sie leise. Sie zündete sich eine Zigarette an und blies den Rauch in ihr winziges Wohnzimmer hinein.

Wenn wenigstens durch den Qualm diese widerlichen Baby-Püppchen tot von den Wänden fallen würden.

„Na, dann ist ja toll, dass ich heute vorbei gekommen bin", meinte Boomi mit einem vieldeutigen Lächeln. Jacqueline war trotz der falschen Neigung fürs Rauchen, recht nett anzusehen. Kurzes schwarzes Haar, orientalisch wirkende Augen, weil leicht schräg, hohe Wangenknochen und die knackige Figur einer Tänzerin. Später erfuhr er, dass sie tatsächlich Ballettstunden im Tanzstudio *La Balance* im „Dorf" nahm. „Dorf" nannte man den Ortskern von Neukirchen.

„Ihre Mutter hat Lilia bei der Polizei als vermisst gemeldet", begann Boomi und achtete sehr genau, wie Jacqueline auf diese Aussage reagierte. Doch die junge Frau blieb gelassen und winkte ab. „Ja, ihre Mutter macht immer Terz, wenn Sie sich nicht mindestens zweimal die Woche bei ihr meldet. Lilia muss auch an sich selbst denken. Sie ist bei ihrem Freund in Bayern. Mehr nicht. Die Alte soll sich abregen."

Sie überrascht mich schon wieder. Was war denn nur los?

„Wie in Bayern? Wieso meldet sie sich dann nicht wenigstens bei ihrem Arbeitgeber ab? Und auch bei ihrer Mutter? Muss ich das verstehen?"

Jacqueline zuckte die Achseln. „Keine Ahnung. Lilia ist eben ein bisschen verpeilt. Sie hält es für unnötig. Wenn ich nicht da bin, merken es die Leute doch. Sie ist halt so drauf."

Na toll, so lauten also die Ausreden der Youngster, wenn einer von ihnen unzuverlässig ist.

„Es irritiert schon gewaltig, dass sich Lilia seit Anfang des Jahres nicht mehr gemeldet hat. Das ist doch nicht normal zu nennen", mahnte Boomi mit ernstem Gesicht.

Jacqueline blickte ihn überrascht an.

„So lange schon? War mir gar nicht bewusst gewesen?"

Nee. Überhaupt nicht. Relativ gesehen nur ein paar Stunden.

Boomi konnte es nicht fassen. Aber so waren sie nun mal drauf, diese jungen Dinger.

„Hat sie sich denn wenigstens bei Ihnen gemeldet? Wenn Sie sich bei ihrem Lover aufhält, gibt sie doch vielleicht Bescheid, wie es so läuft, oder auch nicht? Wo Sie doch ihre beste Freundin sind."

„Ja, aber wir haben ausgemacht, dass sie sich eben nicht meldet. Sie will mit Ferdinand alleine sein, eben ungestört und hat bewusst alle Brücken in die Heimat fürs erste abgebrochen."

„Das haben Sie vorab miteinander so ausgemacht?"

Jacqueline nickte. „Ja sicher. Aber jetzt erkenne ich auch, dass es verdammt lang her ist, seit ich Lilia zuletzt gesprochen habe."

„Haben Sie Ihre Handynummer?

Jacqueline nickte. „Natürlich!"

„Ich auch. Lassen Sie uns vergleichen, ob jeder dieselbe Nummer besitzt.

„Kein Problem, Herr van den Boom."

Sie riefen beide fast synchron ihre Kontakte im Menu auf und siehe da. Die Nummer, die Judith ihm gegeben hatte, war identisch mit jener, die auch Jacqueline besaß.

„Hm. Und die von ihrem bayrischen Ferdinand. Haben Sie dessen Nummer vielleicht auch zur Hand?"

Die junge Frau schüttelte den Kopf. „Nein. Wieso auch? Und falls Sie danach fragen. Ich kenne auch seinen Hausnamen nicht. Lilia hat den Seppel-Buben im Internet kennen gelernt. Er wohnt in Bayern, irgendwo in der Nähe von Ingolstadt. Mehr weiß ich auch nicht."

Das war schon heftig, durchfuhr es Boomi. Moderne Zeiten bedingten, dass man sich im Netz verliebte, letztlich so gut wie nichts vom anderen wusste und manchmal leider Gottes, wenn man jemanden in echt treffen wollte, einfach verschwand. Gar nicht mal so selten fielen dabei Mädchen einem Verbrecher in die Hände, aber es kam auch vor, dass man meinte, irgendwo anders ein neues

Leben anfangen zu müssen und das alte einfach kurzerhand beiseite zu schieben. Was von diesen Möglichkeiten würde wohl bei Lilia der Fall sein?

Als er Jacqueline wieder anblickte, hatte diese sich ihres Sweatshirt entledigt. Offenbar war es ihr zu warm. Darunter trug sie ein hellblaues T-Shirt, unter dem sich ihre beiden faustgroßen Brüste wunderbar abzeichneten. Fasziniert starrte Boomi auf den recht gewagten V-Ausschnitt, allerdings auch, weil es dort noch etwas anderes zu entdecken gab. Es war ein Tattoo, aber so schlecht gestochen, dass man sich schon fragen musste, ob es von einem Kind gefertigt worden war. Von Gero hatte er vor kurzem erfahren, dass man stümperhaft gestochene Tattoos Krakel-Tattoos nannte. Sie waren seit neuestem der letzte Schrei. Urheber von Krakel-Tattoos hatten ganz bewusst keinerlei Ausbildung in einem Tattoo-Shop gemacht.

Gebannt starrte Boomi auf die seltsame Krakelzeichnung. Viel davon war nicht zu erkennen. Dennoch machte ihn das Wenige neugierig. Auf dem ersten Blick sah es aus, als ob jemand mit einem dünnen Filzer eine stilisierte Hemdtasche auf die nackte Haut gemalt hätte. Gerade, rechteckige Linien und im „Innenfeld" noch mal Linien rechts und links. Am oberen Ende des Ganzen sah man ein winziges Rechteck. Mehr konnte er nicht erkennen. Was sollte es darstellen? Jacqueline bekam durchaus mit, wohin seine Blicke abschweiften, sagte aber nichts dazu.

„Kann ich Ihnen einen Kaffee oder ein Wasser anbieten?"

Ohnehin hatte Boomi nicht vorgehabt, schnell wieder zu gehen, weil er sie unbedingt noch nach Lilias verstorbenen Bruder fragen wollte. Jetzt bot sich für ihn die günstige Gelegenheit noch etwas länger zu verweilen.

„Aber gerne", sagte er freudig. „Ein trockener Hals tut nie gut. Bitte ein großes Glas Wasser mit etwas Kohlensäure. Wenn Sie das haben."

Die junge Frau nickte bestätigend, und verschwand in ihrer kleinen Küche. Beim Aufstehen beugte sich Jacqueline ziemlich weit vor. Das ohnehin aufregend geschnittene Shirt rutschte so tief, dass Boomi einen unfreiwilligen Blick auf ihre tollen nackten Brüste erhaschte.

Ach wie liebe ich solche Augenblicke.

Bei aller Begeisterung hätte er fast verpasst auch einen verstohlenen Blick auf das seltsame Krakel-Tattoo zu werfen. Jetzt war es für ihn fast in seiner Gesamtheit zu sehen.

Es sieht aus wie ein Grundriss. Hä? Was soll das? *Vollkommen abgedreht, sich so etwas Unästhetisches auf die nackte Haut stechen zu lassen,* dachte er verblüfft.

Vergiss nicht den heutigen Tag:
es ist der Anfang der Ewigkeit
(Dante zugeschrieben)

Schaller unternimmt einen Alleingang

Kleinlützum hatte mal vor längerer Zeit etwas sehr Wahres gesprochen, erinnerte sich Schaller. Er saß im Krefelder Cinemaxx und schaute sich mit einer guten Freundin den neuesten Tarantino an. Schaller mochte vor allem den Schauspieler und Oscarpreisträger Christoph Waltz, weil der so unglaublich cool und abgebrüht seine Rollen spielte. Susi, seine „Hin-und-wieder-Ausgeh-Freundin", die nur manchmal, wenn sie gut drauf war, mit ihm ins Bett hüpfte, also höchstens dreimal im Jahr, schien allerdings eher gelangweilt zu sein.

Etwa in der Mitte des Films *Django unchained* gestand sie ihm, dass sie sehr müde sei und danach sofort nach Schaephuysen gebracht werden wolle. In Schaephuysen in der Nähe der Mühle wohnte Susi zusammen mit ihrem sechzehnjährigen Sohn Mark. Seit drei Jahren war sie von ihrem Mann Peter geschieden, auch weil der unbedingt angeregt durch eine Fernsehsendung nach Malle auswandern wollte.

Während Schaller also überlegte, wie er den Rest des Abends verbringen sollte, ob allein oder doch in einer geselligen Krefelder Kneipe, kam ihm mit einem Mal der hochintelligente Spruch von Kleinlützum in den Sinn: *Ein Feinschmecker ist jemand, der ein Rebhuhn verzehrt und genau sagen kann, auf welchem Bein der Vogel meistens eingeschlafen ist.*

Eines war so klar wie die sumpfigen Neufelder Kullen: Kleinlützum war alles andere als ein Feinschmecker. Der Spruch passte zu ihm ungefähr so gut wie eine frisch gebügelte Serviette zu einem verfressenen Krokodil. Schaller konnte sich nicht mehr genau daran erinnern, warum und wo Kleinlützum dieses Bonmot angebracht hatte. Vermutlich war es in der Kantine gewesen. Vermutlich hatte er damit irgendeinen Kollegen beleidigen wollen. Vermutlich war ihm gar nicht aufgegangen, dass dieser Spruch eher ein Lob darstellte. Für Kleinlützum machte sich jeder verdächtig, wenn er keine Pommes mit Mayo, Harzer Roller, Knoblauch, Schnitzel oder Steaks mit Ketchup verzehrte.

Aber der Spruch war auch deshalb Klasse, fand Schaller, weil er rein bildlich gesprochen die Arbeit eines wirklich guten Kommissars beschrieb. So einer wie einst Inspektor Colombo. Der nahm scheinbar unwichtige Dinge eher am Rande auf und löste durch sie den ganzen schwierigen Fall. Klasse! Das war ein Vorbild. Wie auch Kleinlützums Spruch für ihn eine gute Anregung war. Schaller hatte vor, sich aus dem allmächtigen Schatten des Hauptkommissars zu lösen. Es mussten endlich in dieser haarsträubenden Mordserie brauchbare Ergebnisse her. Zwar belastete ihn dieser wahnsinnige Täter psychisch ein wenig, aber Schaller wollte sich selbst und auch dem Staatsanwalt beweisen, dass er eigenständig denken konnte. Dass er ein guter

Kommissar war. Das er was auf dem Kasten hatte. Was also, wenn es doch ein intimes Interesse des Täters an seinem Opfer gab? Was wenn dieser Boomi mit seiner Vermutung Recht hatte? Jetzt, wo vielleicht nach Aussage des Gerichtsmediziners auch eine Frau als Täterin in Frage kam. Da zähle ich doch mal schnell eins und eins zusammen, sagte sich Schaller. Konnte es denn nicht sein, schlussfolgerte er, während Django um sich ballerte wie ein ganzes Südstaatenkorps, dass die ermordete Frau aus Vennikel ein „dunkles“ Geheimnis gehabt hatte? Ein unangenehmes tiefdunkles Geheimnis. Sozusagen ein sexuelles?

Während Schaller mit einem Auge weiterhin gebannt den Film auf der Leinwand verfolgte, wo Django für Klarheit sorgte, sah sein anderes Auge den Ablauf des restlichen Abends im Geiste bereits vor sich. Er, Schaller, würde jemanden noch zu später Stunde überraschend einen Besuch abstatten und ihm ziemlich unbequeme Fragen stellen. Von diesem Alleingang, zudem an seinem freien Tag, brauchte niemand im Präsidium etwas zu wissen.

Doch wer weiß? Vielleicht verzeichne ich heute Abend noch einen sensationellen Erfolg?

Susi sagte der Film nichts, außer dass er ihr zu viel rohe Männerkost böte und Gewalt allzu sehr verherrliche. Schaller war nicht unfroh, die „Null-Bock-Dame“ nach Hause bringen zu können. Das war eben heute kein Tag für den Austausch von Zärtlichkeiten oder hm ja Körperflüssigkeiten. Als sie sich vor einigen Monaten in einem Programmkino gemeinsam den alten Schinken

„Die Brücken am Fluss" angeschaut hatten, war Susi anschließend zum gierigen Sexmonster mutiert. *Das war ein toller Abend gewesen.* Aber heute waren seine, wie ihre Gedanken, ohnehin ganz woanders. Er bei einer noch anstehenden Superleistung als Ermittler und sie Gott-weiß-wo Frauen an solchen Abenden hindenken. Wenn überhaupt?

So fuhren sie eher schweigend durch die niederrheinische Landschaft Richtung Schaephuysen. Susis Heim stand in der Nähe des Michaelturms, der schon Pfadfindergruppen vor fünfzig Jahren als Herberge gedient hatte. In der Ferne – Richtung Kerken – sah man die großen Windräder stehen, deren gewaltige Flügel im Jahr zwar einige Tausend Vögel schredderten, aber ansonsten liebevoll als „Engel der Energiewende" bezeichnet wurden. Schaller brachte Susi bis zu ihrer Haustür, wo sein Scheinwerferlicht ihren Sohn dabei überraschte, wie er heftig mit einem Mädchen knutschte.

„Das fehlt mir noch. Da bin ich ja noch eben rechtzeitig…", fiel Susi ungehemmt aus ihrer Lethargie, sprang aus dem Wagen mit einem gepressten „Tschüß auch" und „Bis dann mal", während Schaller davon brauste.

Manche Abende sind so gesehen, also rein zwischenmenschlich, eher für die Katz.'

Seinen Golf steuerte er zunächst nach Vluyn, wo er anschließend im Kreisel am Tannenhof vorbei nach Kapellen weiterfuhr. Wenn er so flott wie jetzt vorwärts kam, würde er gegen 21.30 Uhr am Zielort sein.

Georg August Linde traute seinen Augen nicht, als er den Kommissar, der sich manchmal benahm, als hätte er nicht alle Tassen im Schrank, vor seiner Tür stehen sah. *Um diese Zeit? Ohne vorherige Anmeldung. Hatte man gar den Täter gefasst?*

Etwas widerwillig ließ der Witwer, der im Rollstuhl saß und ungläubig zu ihm nach oben schaute, den Beamten in sein Haus. Linde trug einen rot-weiß längsgestreiften Frotteebademantel, der nur notdürftig seinen leicht aufgeschwemmten Körper bedeckte. Der Mann wirkte auf Schaller, als habe er noch kurz zuvor Rotz und Wasser geheult.

„Wenn es der Wahrheitsfindung dient, dürfen Sie mich auch Nachts aus dem Bett klingeln", brummte er mürrisch, nachdem sich Schaller für seinen späten Besuch bei ihm entschuldigt hatte. „Hoffe nur, Sie haben wirklich einen guten Grund so spät noch bei mir reinzuschneien."

Er bat den Beamten ins Wohnzimmer, wo sich Schaller einen Platz auf der Couch suchte. Bislang hatte er auf die Fragen des Witwers nicht geantwortet.

„Gibt es also endlich Neuigkeiten, wer der Kerl gewesen ist, der das meiner Rosa angetan hat?"

Er konnte ein heftiges Aufschluchzen nicht verhindern. Einen Moment lang kamen Schaller Zweifel, ob es richtig gewesen war her zu kommen. Denn er würde den Mann arg zerzausen müssen. Georg August Linde saß ihm in seinem Rollstuhl genau gegenüber. Dazwischen gab es einen Tisch, der irgendwie versifft wirkte.

Dieser fleckige Bademantel ist echt eklig.

Vor Linde auf dem Tisch stand ein halb gefülltes Glas

Bier ohne Schaum. Daneben eine leere Flasche. Dann lag da noch eine Art Buch...

Ob er trinkt? Wie würde ich mich wohl an seiner Stelle verhalten?

„Also, hören Sie, Herr Linde", begann Schaller ohne Umschweife. Es besteht die nicht geringe Wahrscheinlichkeit, dass der Mörder eine Frau ist. Das ergeben neueste Erkenntnisse unserer Gerichtsmedizin. Wenn man dazu noch in Betracht zieht, dass es sich um eine Beziehungstat handelt, was wirklich hundertprozentig der Fall ist, kann es sein..."

Er stockte kurz und fixierte Lindes aschfahles Gesicht, der mit offenem Mund dasaß. Man konnte förmlich mitansehen, wie es im Kopf des Mannes arbeitete.

„Ja, bitte, fahren Sie nur fort", krächzte er.

„Was ich fragen will ist: Kann es nicht sein, dass Ihre Frau eine Beziehung zu einer anderen Frau gehabt hat?" Georg August Linde starrte sein Gegenüber an wie einen Geist, der statt des Gerstensaftes aus der neuen Pulle entschlüpft ist.

„Meine geliebte Rosa soll... Waaas?"

Er brachte den ganzen Satz nicht mehr heraus, sondern bekam einen Hustenanfall, der sich bereits nach wenigen Sekunden gefährlich in Richtung Erstickungsanfall ausweitete. Dabei lief er rot bis dunkelrot an. Offenbar hatte ihn Schallers Bemerkung über ein mögliches lesbisches Liebesleben seiner Frau völlig vom Hocker gehauen.

Manchmal erfährt man erst nach dem Tode wie jemand wirklich gewesen ist. Hat der wirklich nichts geahnt oder will er mit mir spielen?

Schaller war sich absolut sicher, auf der richtigen Spur zu sein. Es war polizeiaufklärerisch gesehen überhaupt nicht nützlich, Menschen, die irgendwie in eine Mordsache verwickelt waren, wenn auch nur als Witwer, mit Samthandschuhen anzufassen.

Schließlich geht es um die Wahrheit und die ist nun mal nicht mit Leckereien herauszufinden.

Schaller rechnete jeden Moment damit, dass Nowak endlich mit der Sprache herausrückte. Falls er nicht vorher daran erstickt war.

„Vielleicht sollten sie zur Beruhigung ein Glas Wasser trinken", schlug er mitleidig vor, als das Husten und Würgen kein Ende nahm.

Wenn er wieder so weit ist, wird ihn die Wahrheit befreien. Er wird sich aussprechen wollen, mir alles beichten. Wie es gewesen ist mit einer Frau, die gar nicht ihn liebte, sondern andere Frauen.

All diese Gedanken schossen Schaller durch den Kopf, während er nun auch mit eindeutigen Gesten dem armen Hustenbolt andeutete, sich endlich in die Küche zum Wassertrinken zu begeben.

„Das hilft, glauben Sie mir. Das spült das Faule, Schlechte in einem runter."

Nowak war so aufgeregt, dass er von da an keinen zusammenhängenden Satz mehr über die Lippen bekam. Hecktisch löste er die Bremse seines Stuhls und rollte damit in die Küche. Schaller wartete geduldig ab, bis er wieder zurückkommen würde.

Wer rausgeht, muss auch wieder reinkommen, sagte schon Herbert Wehner einst im deutschen Bundestag.

Dann endlich sollte reiner Tisch gemacht werden. *Was dem echten vor mir auch mal gut täte.*

Aber Nowak ließ auf sich warten. Aus der Küche kamen jetzt röchelnde Geräusche. Offenbar dauerte der Anfall etwas länger. Schallers Blick fiel auf das komische Buch, das auf dem Tisch neben der Bierflasche lag. *Was war das eigentlich? Ein Tagebuch? Sieht alt, benutzt und seltsam aus.*

Neugierig griff er danach und schlug es auf. Kein Tagebuch, sondern ein Poesiealbum, wie Mädchen es früher gerne benutzten. Alle, die das Mädchen für wichtig hielt, durften darin ihre gefühlvollen Gedanken ausdrücken. So was wie Facebook für Arme.

Du bist so süß wie Apfelmus, auch wenn du
nicht so schmecken tust. Hihi. Deine allerbeste
Freundin Angela Mohnhaupt. Ob sie danach
wirklich Freundinnen geblieben waren?

Andere Texte waren erheblich netter formuliert. *Warum hatte Nowak sich das alte Poesiealbum seiner Frau überhaupt angeschaut? War er sentimental? Schaute man sich nicht eher gemeinsame Urlaubsfotos an?*

Schaller begriff nicht, warum das alte Buch überhaupt auf dem Tisch lag.

So was verstaute man doch im Keller, oder nicht?

Eilig blätterte er von vorne bis hinten durch. Gott hatten da viele ihre heiter bis dummen Sprüche reingeschrieben. Alle Autoren und Autoreninnen waren ehemalige Mitschüler von Rosa Leonie in der Grundschule gewesen. Er wollte es eben wieder auf den Tisch zurücklegen – offenbar hatte sich auch der Hustenanfall des Witwers wieder beruhigen lassen, – als ihm eine bestimmte Seite in dem Poesiealbum auffiel. Hier hatte jemand versucht, den Text im Nachhinein auszuradieren.

Dass kann nur die Albumbesitzerin selbst gewesen sein.

Jedenfalls war der Versuch, den Text auszulöschen, völlig danebengegangen. Im Gegenteil. Er sprang einem geradezu ins Auge:

Ach Rosalie, irgendwann bist du hie
und liebtest du mich nie ich fühlte mich wie Vieh.
Dein Freund Zweitausend

Offenbar hatte Rosa Leonie, aus der der unbekannte Schreiber *Rosalie* gemacht hatte, den Text erst kräftig durchgestrichen und sich danach vergeblich bemüht, das Geschriebene völlig unkenntlich zu machen. Warum? Und vor allem, wer war „Zweitausend"? Wer in ihrer Grundschule nannte sich so bescheuert? *Hallo, ich heiße Zweitausend, Rosalie.*

„Das wird konfisziert", sagte Schaller ernst, als Linde wieder hereinkam.

Beruhigt hat der sich immer noch nicht.

„Hauen Sie ab, Schaller! Ich werde mich über Sie beschweren", schrie er. „Wie können Sie es wagen, den Ruf meiner Frau derart in den Dreck zu ziehen? Wir waren ein Paar, hören Sie. Da hat alles gestimmt. Vorne wie hinten."

„Wie bitte?"

„Ach, hauen Sie doch ab. Raus aus meinem Haus. Sie sind ein elender Drecksack."

Aufgebracht rollte Linde zur Haustür und riss sie auf.

Mit einer energischen und demonstrativen Geste wies er seinen ungebetenen Gast an sofort zu gehen. Schaller hatte für heute genug gehört. Außerdem gab es einen Namen zu klären: Zweitausend. Dieser „Zweitausend“ hatte als Kind ein bedenkliches Gedicht verfasst. Lag zwar schon lange zurück, aber immerhin. Verdächtige konnte es bei diesen Morden gar nicht genug geben. Irgendwann würde der richtige schon dabei sein.

Schaller hielt das Buch fest umklammert. Mit versteinerter Miene stürmte er hinaus auf die Straße.

„Sie werden von mir hören, Sie unverschämter Flegel“, rief ihm der nervlich sehr angespannte, aber jetzt immerhin Husten freie Linde nach.

Ich bin ein ganz toller Magier, meine Dame.
Ich kann Teile von mir in Ihnen verschwinden lassen.
(aus Boomis unveröffentlichter Phantasie)

Ein schrecklicher Unfalltod

Jacqueline ist einfach zum Anknabbern, fand Boomi, je länger er mit dem Mädel plauderte und dabei sein stilles Wasser schlürfen durfte. *Sie hat eindeutig was Orientalisches. Ihre Augen. Dieses Gesicht.* Auch scheint sie keinen festen Freund zu haben. *Aber halt! Letztlich ist sie zu jung,* musste er sich mehrmals ermahnen. *Finger weg!* Außerdem gab es da die aufregendste Frau von allen. Nie im Leben würde er diese Herrliche so mir nichts dir nichts bei Seite schieben, geschweige denn betrügen können. Allerdings musste sich Boomi eingestehen, dass er mit Jacqueline erheblich lockerer reden konnte als mit seiner unübertroffenen Herzensdame. Jackie besaß Witz, Charme und, er fand es so aufregend wie nie, schien auch ihn irgendwie zu mögen. Ihn heftig anzuflirten.

„Wenn ich mir irgendwann mal Ihre tolle Tarotkartensammlung ansehen dürfte, glauben Sie mir, ich würde mir vor Freude fast ins Höschen machen“, flötete das Mädel. Boomis Phantasie schuf dazu aus dem Stand unbeschreibliche Bilder, die ihn anmachten.

Na, so konnte es weitergehen, oder? So viel ungehemmte Begeisterung für sein Hobby hatte er ja noch nie bei einem Weib erlebt. Aber es galt Ruhe zu bewahren, rief sich Boomi ins Gewissen. *So schnell schießen die Preußen nicht. Selbst nicht, wenn das Ziel noch so verlockend und süß ausschaut.*

„Sehr gerne, ich freue mich, wenn Sie mal bei mir vorbei kämen."

„Jacqueline", sagte sie leise.

„Was?"

„Nenn mich Jacqueline, Boomi. Aber nur wenn du magst. Ich will mich ja nicht aufdrängen."

Ihr Lächeln war zum Dahinschmelzen. Ihre Figur ein Männertraum. Ihr Gesicht wie gesagt nicht europäisch, eher als stammte sie insgesamt aus einem Märchen von *Tausend und einer Nacht*. Das gab ihr was Geheimnis - volles. Boomi stöhnte innerlich: *Warum beugt sie sich bloß in diesem viel zu locker sitzenden T-Shirt wieder so weit vor?*

„Aber gerne, Jacqueline. Siezen ist was für Banker und alte Knaben."

Boomi begann wie ein Pennäler aus allen Poren zu schwitzen – für ihn ein Zeichen, seine detektivischen Themen endlich abzuarbeiten. Das würde ihn von dieser verführerischen Eva ablenken. Er räusperte sich, bevor er wie ein Gesamtschullehrer fragte: „Was genau ist eigentlich damals mit dem Bruder von Lilia passiert?"

Diese doch eher harmlose Frage schien für Jacqueline überraschend zu kommen. Verwundert stellte Boomi fest, dass sich die junge Frau für einen kurzen Moment lang ans Herz fasste und ihr T-Shirt dabei kräuselnd nach oben zog. Dann verengten sich ihre Augen wie bei einer Tigerin im Angriff.

„Markus war ein Arsch", kam es ungewohnt hart aus ihrem Mund. Ihr Gesicht war jetzt so ernst wie bei einer Studienrätin, die kurz vorm Abi schlechte Noten verteilt. Boomi hatte das Gefühl, dass ihr das Thema unangenehm war. Schließlich kam es leise: „Lilia hat ihren Bruder geliebt wie keinen anderen, obwohl er nicht immer gut mit ihr umging. Er war fast sechs Jahre älter als sie. Der große Bruder eben."

Sie hielt kurz inne, als müsste sie erst sorgfältig überlegen, was sie sagen wollte. Dann wurde ihre Stimme fester: „Markus hatte unter seinem strengen Vater schrecklich zu leiden gehabt. Der alte Martis war grausam wie Kaiser Nero. Einen schlimmeren Vater als den kann man sich nicht vorstellen. Immer nur übel gelaunt, brutal, ein Schläger vor dem Herrn, Frau wie Sohn waren für ihn Dreck. Als Markus sieben war, wollte der Alte ihm eines Tages im Hof beibringen, wie man Holz hackt. Offenbar stellte sich Markus zu ungeschickt dabei an. Jedenfalls forderte sein Vater ihn auf, das schmale Holzscheit mit einer Hand festzuhalten. Dann schwang er selbst das Beil und haute kräftig zu. Markus schrie auf und raste laut schreiend zurück ins Haus. Sein Vater hatte in seiner Wut über das angebliche Versagen des Sohnes nicht richtig gezielt. Dabei hatte das Beil einen Finger voll getroffen."

„Und der Finger war ab", stieß Boomi entsetzt aus.

Jacqueline nickte.

„Fast. Er hatte zum Glück nur das oberste Fingerglied getroffen und mit einem Schlag durchtrennt."

„Mein Gott. Das ist unmenschlich."

„Ja. Aber noch schlimmer war, dass sich sein Vater nicht

einmal bei ihm dafür entschuldigt hat. *Hast ja noch neun gesunde, mein Kind, ist doch halb so schlimm,* soll er zu Markus gesagt haben."

Boomi schüttelte fassungslos den Kopf. *Um Himmels willen.*

„Was für ein Mensch war der denn?"

„Ein ganz böser. Da kann seine Frau ein Lied von singen. Die war froh, als der Alte eines Tages überraschend den Löffel abgab."

„Und Markus?"

„Der hat seinen Vater gehasst wie Hölle, aber auch irgendwie bewundert. Ich kann das nicht begreifen. Sein Vater war für ihn immer stark und unverwundbar. Ein Held, nehme ich an. Markus hat für ihn so was wie Hassliebe empfunden."

„Und wie ist Markus ums Leben gekommen?"

Sie dachte kurz nach.

„Vor ungefähr drei oder vier Jahren. Bei einem Verkehrsunfall in Schwafheim. Man hat nie wirklich herausgefunden, was genau vorgefallen ist. Jedenfalls ist sein Fahrzeug mit hohem Tempo gegen einen Baum gerast, war danach schrottreif und völlig ausgebrannt. Von Markus fand man nur dessen verkohlte Leiche. Es muss ausgesehen haben, als wäre eine Bombe explodiert. Man hat ihn anhand seiner Papiere und seines Kennzeichens identifiziert. Schrecklich."

Boomi schwieg. *Ob Jacqueline diesen Markus näher gekannt hatte?* Immerhin war er der Bruder ihrer besten Freundin gewesen. Aber das traute er sich nicht, zu fragen.

Jacqueline schüttelte sich, als ob sie sich dadurch ihrer unschönen Erinnerungen entledigen könnte.

„Jetzt vielleicht ein Likörchen?“

Dabei blickte ihn das Mädchen so keck an, als ob sie noch Großes mit ihm vorhatte.

„Danke, nein“, lehnte Boomi ab.

„Mein Gott, was für ein grausames Ende für Lilias Bruder“, kam er noch mal auf den Unfall zurück.

„Sicherlich. Aber Markus war auch alles andere als ein Heiliger gewesen. Der konnte richtig böse sein. Lilia allerdings hatte noch wochenlang um ihn getrauert. Aber ich fand immer, dass Markus charakterlich durch seinen üblen Vater geprägt worden war. Er war unberechenbar, an einem Tag nett, ein andermal aggressiv und gemeingefährlich. Markus konnte ziemlich übel ausrasten, wenn ihm was nicht passte. Dann war es besser, nicht in seiner Nähe zu sein. Das habe ich auch ein paar Mal erfahren dürfen.“

„Wie denn?“

Sie winkte ab. „Ist egal. Ist lange vorbei und Schwamm drüber.“

Sie lachte kurz auf. „Schließlich lebe ich ja noch.“

Das klang bitter. *Was hatte dieser Markus wohl mit ihr angestellt?*

„Okay!“, meinte Boomi. „Ich breche jetzt mal wieder auf. Danke für die nette Unterhaltung. Bin gerne hier gewesen.“

„Dann schau einfach mal wieder vorbei“, säuselte Jacqueline wie eine griechische Sirene. Dabei strahlten ihre Augen wie die Sonne an einem azurblauen Himmel. Er selbst strahlte nicht weniger zurück.

„Ich rufe dich vorher an, bevor ich zu dir ins Haus hereinschneie. Schließlich will ich unbedingt deine tollen Tarotkarten sehen."

Du könntest alles sehen, wenn ich nicht schon gebunden wäre.

„Klar. Jederzeit, Jacqueline. Ich freue mich jetzt schon."

Sie erhoben sich und Lilias Freundin verabschiedete sich von ihm mit einem zart gehauchten Kuss auf seine Wange.

„Hat mich richtig gefreut, Boomi, dich mal persönlich kennen zu lernen. Und was Lilia betrifft, die meldet sich bestimmt bald wieder. Das Girlie musste vielleicht mal raus aus allem, was es so Mieses erlebt hat. Da kommt ihr der neue Lover gerade recht. Sie meldet sich deshalb nicht, weil sie Abstand nehmen will. Das ist der wahre Grund für ihr Verschwinden, denke ich. Aber das wird nicht mehr lange andauern, dann will sie mir bestimmt mitteilen, was läuft. Lilia ist ein totales Plappermaul. Ist sie verliebt und ihr Lover das Geilste, was ihr je im Leben passiert ist, will sie unbedingt reden. So kenne ich sie."

„Vielleicht liegst du damit gar nicht so falsch", schloss sich Boomi vorsichtig ihrer Meinung an. „Bitte melde dich sofort bei mir, sobald du was von ihr hörst."

Jacqueline stand stramm und salutierte wie ein Soldat.

„Aber klar, Herr Kommissar. Habe verstanden. Mache umgehend Meldung, sobald ich was von der Desertierten höre."

Sie grinste amüsiert und schloss danach die Tür hinter ihm. Boomi atmete tief durch. *Was für ein tolles Mädel!* Warum kann *Judith-Mäuschen nicht so sein?*

Ausseweehlt? Wassafsein? Issenichscharf Duttemeckt?

(Beim Chinesen in Moers und anderswo)

Schaller hat einen lichten Moment und Boomi 'ne Einladung

In seiner halbstündigen Mittagspause hatte Schaller mal keinen Bock auf den erneuten Anblick seines, dick mit Iih und Bäh belegten Stullen fressenden Kollegen Kleinlützum. Folglich war er zum Italiener um die Ecke aufgebrochen. Der Kellner Amando hatte dem „Schmalspurkommissar", wie man ihn in Duisburg hinter vorgehaltener Hand nannte, eine preisgünstige Mittagskarte mit einer Auswahl an leckerer Pasta vorgelegt. Ohne groß zu überlegen tippte Schaller auf sein Leib- und Magengericht Spaghetti aglio e olio. Danach würde er noch auf seinem Sterbebett verlangen - so umwerfend gut empfand er dieses Gericht, bei dem deutschlandweit jedes italienische Restaurant im Einkauf auf knapp 90 Cent Wareneinsatz kam. Aber Schaller liebte nun mal Spaghetti aglio e olio wie andere Hamburger oder Döner und erinnerte sich, während er auf sein Essen wartete an ein Erlebnis der besonderen Art.

Vor Jahren hatte er sich im Urlaub in Meran mal beim Edelitaliener seine Spaghetti aglio e olio auf drei Tellern servieren lassen. Einmal, weil er ein Mädel dabei gehabt hatte, dem er mal so richtig zeigen wollte, wer er eigentlich war. Er hatte sich seiner Urlaubbekanntschaft nämlich als Restauranttester vorgestellt. Motto: ich fresse nicht, ich genieße.

Deshalb sollte „der große Haufen“ aufgeteilt und dadurch für seine Augen lieblicher werden. Und dann wollte er ja schon lange, wie er seiner Tischdame wortreich erklärte, experimentell herausfinden, ob Spaghetti aglio e olio auf Porzellan, Steingut oder Glas geschmackliche Unterschiede aufweist. Aber vor allem auch, weil es geil war mitzubekommen, wie die anderen, vor allem betuchten Gäste an ihren Tischen große Augen bekamen und anfingen zu tuscheln, was er denn wohl für ein ganz besonderer Snob sei. Der Edelitaliener hatte damals alles mitgemacht. Die tolle Urlaubsbekanntschaft war allerdings auf ihrem Toilettengang seltsamerweise verloren gegangen und blieb trotz Suche für ihn unauffindbar.

Schade!

Schaller grinste sich einen, als sein alkoholfreies Bier kam. Die Sache mit den Spaghetti auf drei Tellern serviert, fand er immer noch allererste Sahne. Prost, sagte er halblaut zu sich selbst und nahm einen langen, erfrischenden Schluck. Dabei kam ihm eine neue Idee. Ohne groß nachzudenken, wie es so seine Art war, zückte Schaller sein Handy und rief Herrn Linde an. Während es beim Angerufenen ausdauernd klingelte, bastelte sich der Kommissar eine noch überfällige Entschuldigung zurecht.

„Linde. Wer ist da?“

„Schaller. Hören Sie, bevor Sie mich wegdrücken, will ich mich bei Ihnen entschuldigen.“

Stille.

„Ich bin zu weit gegangen. Ich weiß. Aber Sie müssen uns auch verstehen. Wir Kriminalfallbearbeiter haben tagein tagaus nur mit schlimmen Sachen zu tun. Mit eklig schlimmen Sachen sage ich Ihnen. Dabei verroht man mit der Zeit. Erst als ich an dem Abend fast bei mir zu Hause war, habe ich im Auto beide Hände entsetzt übern Kopf zusammengeschlagen. Mein Gott! Was hast du denn da bloß angerichtet? Der arme Herr Linde. Wie kannst du das nur wieder gut machen?"

Stille.

„Hören Sie mich? Es tut mir leid! Ehrlich."

„Was wollen Sie? Warum rufen Sie ausgerechnet jetzt an?"

„Nur eine kleine Frage, Herr Linde. Wo ist Ihre Frau zur Grundschule gegangen?"

„Wie? Zur Schule? Das weiß ich nicht, wie die heißt."

„Nein, wo meine ich. Wo? Kommt sie überhaupt aus Moers?"

„Ja, sicher. Sie stammt aus Asberg. Dort ist sie aufgewachsen."

„Sehr gut, Herr Linde. Sehr gut. Das hilft uns vielleicht weiter. Noch eine allerletzte Frage."

„Ja, bitte, aber nicht zu lang, mein Nudelwasser kocht gleich und ich darf den Moment nicht verpassen. Wissen Sie, ich mache mir noch nicht so lange mein Essen. Erst seit..."

Er schluchzte auf und wurde kurz danach wieder stumm.

„Allerletzte Frage und ganz kurz, versprochen. Wer ist dieser *Zweitausend* aus dem Poesiealbum?"

„Zweitausend?"

„Ja, Zweitausend. Hat Ihrer Frau in der Grundschule ein Gedicht geschrieben, ein ganz Blödes mit Tod und so. Klingt aber dennoch, als sei er in sie verliebt gewesen. Wer kann das sein? Hat Ihre Frau den mal erwähnt?"

„Kenne ich nicht. Habe ich nie was von gehört."

Schallers Stimme wurde lauter.

„Hat der Ihre Frau vielleicht mal bedroht?"

„Wer?"

„Zweitausend, verdammt. Wollte der was von ihrer Frau?"

„Warum schreien Sie mich jetzt an?"

„Tue ich doch gar nicht", brüllte Schaller in den Hörer. Der Typ war doch bekloppt.

„Ich will doch bloß wissen, ob der Ihrer Frau mal an die Wäsche gegangen ist oder Schlimmeres...

Tuttuttut. Herr Linde hatte das Gespräch urplötzlich beendet.

Der hat doch einen an der Waffel. Und wie!

Zum Glück kamen in diesen Moment die heiß ersehnten Spaghetti aglio e olio. Noch ein weiterer Schluck Bier vorab und sein kurzer Ärger war fast schon verflogen.

* * *

Kleinlützum saß gerade wie ein meditierender Mönch vor seinem Schreibtisch. Dabei kaute er so gemächlich wie eine Kuh in der Milchvorbereitungsphase. Bereits seit Minuten starrte der Kommissar auf den großen Dreimonats-Kalender an der Wand gegenüber. Was er dabei kaute, war sein Dubbel, wobei er mit seinen Backenzähnen (Kunststoffkronen) ganz langsam ein Bröckelchen Knoblauchzehe vermischt mit einem Harzer Käsestückchen klein malmte. In seinem Kopf herrschte Aufruhr, den er mit einem einfachen Mediationstrick zu beruhigen versuchte: *in knapp vier Monaten ist Juli und ich habe drei Wochen Urlaub. In knapp drei Jahren bin ich Rentner. Erlösung. Freiheit. Frei sein. Endlich!*

Kleinlützum hatte schon lange den Papp auf, aber heute mal wieder richtig. Kurz nachdem sich Schaller überraschend in die Mittagspause verabschiedet hatte – und zwar außerhalb des Präsidiums, was sollte das denn? – war der Staatsanwalt hereingestürzt und hatte ohne Vorwarnung allerlei blöde Bemerkungen von sich gegeben. *Sie träten auf der Stelle. Es gäbe kaum Ergebnisse. So was habe er bis dato noch nie erlebt.*

Die Vorwürfe gipfelten in dem unverhohlenen Aussage, er und sein Kollege S. seien so unfähig wie ein Maulwurf, der versucht, seine Gänge in den Wolken am Himmel zu graben. Toller Vergleich fiel Kleinlützum dazu ein. Wo holte dieser studierte Schreihals bloß seine überbordende Phantasie her? Und es ging noch weiter. Sie beide seien kreativlos und ausgebrannt. Der Mörder besäße mehr Vorstellungsvermögen als sie selbst, was dazu führte, dass sie ihn nicht einmal denken könnten. Das allerdings hätte zu dem jetzigen Ergebnis geführt: nämlich zu rein gar nichts! Peng. Tür hinter sich zugeworfen. Abgang!

Kleinlützum kaute und kaute, während seine Finger anfingen auf der Tischplatte rhythmisch zu trommeln.

Bin doch kreativ. Merkt nur keiner.

Er hatte sich aus dem Nichts ein Lied ausgedacht mit einer Melodie und einem preiswürdigen Text: *Meine Moti-*

vation kam heute Morgen winkend an mir vorbei gelaufen. Pam. Pam. Bin ich erst pensioniert, geh' ich stundenlang einkaufen. Pam pam. Pam Pam. Oder mich besaufen. Pam!

Das Telefon klingelte und störte. Kleinlützum nahm widerwillig ab. Ein aufgeregter Anrufer beschwerte sich wortreich über Schaller, der ihn ständig mit beleidigenden Fragen terrorisierte.

„Hören Sie, Herr Kleinlützum. Er dringt nachts in mein Haus ein und beschimpft mich und meine tote Frau."

„Nachts?" Kleinlützum runzelte die Stirn.

„Zumindest sehr spät abends."

„Wann?"

„Beispielsweise letzten Samstag."

„Samstag? Sind Sie sich da absolut sicher?"

„Hundertprozent sogar. Das kann ich beeiden."

„Ich kümmere mich darum", erklärte Kleinlützum fast schon kleinlaut und legte auf. Der Staatsanwalt hatte Recht. Es gingen bei diesem Fall unglaubliche Dinge vor, von denen er absolut keine Ahnung hatte. Das musste sich ändern.

* * *

Boomi kniete unruhig vor seinem Telefon auf dem Boden. Immer wieder griff er danach und wählte bis kurz vor der letzten Ziffer die Telefonnummer von Jackie, wie er das Mädel im Geiste getauft hatte. Boomi hatte sich informiert und herausgefunden, dass sich Jacqueline oder *Jacobine* von *Jacob* ableitete. Jacob aber war seinem Namen nach *der von Gott Geschützte.*

Was kann einem Besseres zustoßen, dachte Boomi beruhigt. Er wollte das Mädchen unbedingt sprechen, weil ihn ihr seltsames Krakel-Tattoo keine Ruhe mehr lies. *Wieso gab es das? Wer hatte es gemacht? Was stellte es da? Nichts? Dafür war es zu auffällig.*

Boomi hatte so eine dunkle Ahnung. Deshalb musste er Jackie unbedingt danach fragen. Boomi wählte erneut die Nummer, die er mittlerweile auswendig kannte und stoppte dann wie zuvor bei der letzten Zahl. Er musste sich eingestehen, dass es ihm nicht nur um das Tattoo ging. Er fand Jackie toll. *Anziehend. Sexy. Wenn es J. nicht gäbe, dann... aber...*

Er wählte endlich durch und war erstaunt, als er kurz darauf...

Ihre leicht rauchige Stimme hörte.

„Hallo, Boomi."

Das klang freudig.

Woher weiß sie, dass ich es bin?

Als hätte sie seine Gedanken gelesen, kam prompt die Antwort.

„Ich wollte dich eben anrufen. Da erkannte ich deine Nummer auf dem Display. Warst mir also einen Schritt voraus."

Das war ja unglaublich super. Boomi spürte sein Herz schneller schlagen. Für ihn, den Esoteriker, gab es keine Zufälle.

„Was wolltest du denn von mir?"

„Nein. Erst du", beharrte sie.

Er räusperte sich und wusste einen Moment lang nicht, wie er anfangen sollte. War es blöd, sie ganz direkt nach dem Tattoo zu fragen?

„Ich bin ein furchtbar neugieriger Mensch, weißt du."

„Ist mir allemal lieber als n'en Typen, der keinen Ton heraus kriegt. Höchstens mal was Unwichtiges über Fußball oder einen versauten Witz. Also, Boomilein, du hast mich ganz auf deiner Seite. Leg endlich los."

Sie ist ein Wunder. Ein Gedicht. So wie ich mir eine Frau wünsche.

Aber er war sich nach wie vor zu unsicher.

„Okay, Jacqueline. Aber du darfst mir deswegen nicht böse sein. Versprochen?"

„Was willst du denn von mir hören? Welche Körbchengröße ich habe? Welche speziellen Vorlieben?

Sie kicherte wie ein kleines Mädchen und Boomi wurde rot wie ein Sonnenuntergang auf den Philippinen. Gut, dass sie ihn jetzt nicht sehen konnte.

„Nein, so was nicht", beeilte er sich zu antworten. „Es ist nur, es geht nur, ich wollte dich nur fragen, ob du mir erzählst..."

„Ja? Sag schon."

„Ob du mir wohl anvertraust, was es mit deinem Tattoo auf sich hat."

Stille.

Stille.

Schon fast etwas zu lang.

Sie atmete tief ein und sehr langsam wieder aus.

„Siehst du, du nimmst es mir übel. Vergiss es, Jacqueline. Ich bereue bereits, dich überhaupt gefragt zu haben."

„Nein, nein", erklärte sie zögernd. „Das ist es nicht, du musst nur wissen, dass ich darüber nur sehr ungern..."

Sie unterbrach sich kurz, räusperte sich und fügte dann überraschend an: „Sag mal, zappelst du gerne ab, Boomi?"

„Wie meinst du das?“

„Na, tanzt du gerne?“

Er fühlte sich nach wie vor in ihrer Schuld und antwortete schneller, als er es jemals selbst von sich erwartet hätte: „Und wie! Ich bin ein großer Abzappler.“

Das war so gelogen wie einstmals bei Clinton und seiner berühmten Sex-Aussage zu Monika Lewinsky.

„Toll. Klingt gut. Dann treffen wir uns heute Abend am *pm* in Moers. Ich komme gegen zehn Uhr dorthin. Warte am Eingang auf mich oder besser geh schon mal rein, falls du früher da sein solltest. Ich werde dich in einem der Räume schon finden. Okay?“

„In diese abgefahrene Disco willst du mit mir?“ Boomi war ehrlich überrascht. Das Mädel wollte mit ihm alten Sack in den bekanntesten Moerser Tanzschuppen gehen? Unweit der Römerstraße?

„Genau. Du willst doch unbedingt was aus mir herauskriegen, oder?“

Ihre Stimme ist zum Dahinschmelzen.

„Ja, ja, will ich, unbedingt.“

Er klang so entschlossen wie ein Fernsehdetektiv der härtesten Sorte.

„Dann sei auch bitte dort. Ich werde es dir beim Tanzen ins Öhrchen flüstern.“

Das Gespräch war beendet. Boomi hatte das ganze Gespräch lang am Boden gekniet. Nun sprang er auf und wurde von Minute zu Minute aufgeregter als ein pickeliger Zehnklässler kurz vorm Abschlussball in der Moerser Tanzschule Helfer.

Das Schicksal will schließlich auch was zum Lachen haben.

(Schaller)

Pm oder ich tanze meinen Namen zu deinen heißen Beats.

Das weithin bekannte pm in Moers ist so angesagt und hip wie ein geiles Funkenmariechen im Kölner Karneval oder wie der Kick durch eine zu feurige *Bloody Mary*. Soll heißen, das pm ist einfach unbeschreiblich tanzbar. Wer in Moers die Sau mit allen Sinnen und Gliedmaßen rauslassen will, der geht in genau diese eine Disco, weil es ohnehin keine zweite brauchbare in der Grafenstadt gibt.
Das pm besteht aus verschiedenen Räumen mit unterschiedlicher Musik: Party, People, Pure Sound, also Dance- und House Music lässt die verschwitzten Leiber im *Triple-P*-Saal vibrieren. *Lüstern* nennt sich die bombastisch aufgemachte „Area der Leidenschaften", die sich aus den getanzten Beats der Black Music speisen. *Atelier* bietet Partymusic und die Ohrwürmer der letzten drei Jahrzehnte, während man sich im *Club* zu den Sounds von Vocal House und Electro Music hinreißen lässt.

Abgetanzt wird in allen angesagten Schwof-Schuppen auf der Welt, aber nur im Moerser pm gab es den einmaligen und vier-geteilten Rhythmus-Abzappel-Himmel, der völliges Glück und totale Ausgelassenheit für jeden versprach. Doch vor dem Einlass steht die fleischgewordene Schranke. Der bullennackige Türsteher musterte Boomi kalt vom Scheitel bis zur Sohle. *Was mache ich denn nur, wenn der mich jetzt nicht reinlässt? Oh Gott würde das peinlich – vor allem wegen Jackie.*

Aber dann vernahm er die erlösenden Worte: „Boah äh. Watt für'n brutalen Retro Look. Damit darfste rein, Kleiner."

Kaum war er über die Schwelle getreten, wurde Boomi sofort in den mit pulsierenden Beats und wilden Lasereffekten durchstylten Tanz-Zirkus hineingespült und war irritiert. Irritiert, weil er so viel „Ich-lass-mich-mal-gehen-Atmosphäre" in seiner Buschvilla am Rande von Vluyn und auch darüber hinaus noch nie erlebt hatte. Noch nie in seinem Leben war er im pm gewesen, aber das wollte er der Süßen aus dem Mausegatt nicht gleich zu verstehen geben. Er kam sich ohnehin schon wie ihr Opa vor. In der *Röhre* – ein bekannter Moerser Raucher-Pub – wäre er jetzt viel lieber, aber den Schuppen kannten junge Leute wie Jackie nicht. Und kaum hatte er sich mit dem Strom der Partygänger in den von zahllosen Lichtern bunt blinkenden Bauch des pm hineinziehen lassen, gab es für ihn den nächsten brutalen Schock. Erst dachte Boomi, er traute seinen Augen nicht, denn da stand eindeutig Judith auf der Tanzfläche des *Lüstern*. Das wäre ja noch einigermaßen zu verkraften gewesen, hätte nicht der Typ an ihrer Seite so ein markantes, widerwärtiges Gesicht gehabt. Ein Gesicht, das Boomi nur allzu vertraut war, nämlich das des aalglatten Staatsanwalts. *Was zum Teufel hatte Judith, diese feine, schöne himmlische Fee, mit diesem Ekel zu schaffen?* Boomi wollte es nicht glauben. Aber auch wenn er seine Augen rieb und nochmals rieb, die Erscheinung, knapp zehn Schritte von ihm entfernt, blieb hart und unerbittlich bestehen. Judith, in einem tollen engen Kleid, tanzte tatsächlich wie ausgelassen mit diesem Karriere geilen Dr. Müller-Molderings und wie es schien, schienen sie sich bereits gut zu kennen. Der Doofmann schob sogar zeitweise seine behaarten Hände auf ihren kleinen, hübschen Po hin und her. Das gab es doch nicht! Boomi wäre am liebsten rausgerannt und war auch schon fest entschlossen, sich dieser Situation nicht länger auszusetzen, als ihm jemand von hinten beide Augen zuhielt. Es war Jackie, die ihn ohne große Probleme gerade wegen seines Outfits in diesem Gewühl aufgestöbert hatte und ihn nun freudestrahlend umarmte.

„Na, *Lüstern*, habe ich mir's doch gedacht, dass ich dich hier antreffe", meinte sie grinsend. Aber Boomi, der Angst hatte, dass ihn Judith zu guter Letzt doch noch bemerken würde, zog sie schnell weg aus dieser verruchten Tanz-Area.

„Lass uns lieber rasch ins *Atelier* gehen. Dort läuft für mich die bessere Musik."

„Ich steh mehr auf *Triple-P* und mache dir daher den Vorschlag, dass wir zuerst deinen Retro-Tanzbereich aufsuchen und danach..."

Sie machte eine kunstvolle Pause und blickte ihn dabei erwartungsvoll mit ihren orientalischen Augen an. Jackie sah auch zum Anknabbern aus und trug den mit Abstand kürzesten Rock im ganzen pm, wie Boomi jetzt erst mit großen Stielaugen feststellte.

„Abgemacht!", beeilte er sich zu antworten. *Bloß weg von Lüstern, wo der Doktor meine Angebetete mit eindeutigen Verrenkungen quasi hypnotisierte. So ein Widerling!*

Und was für eine herbe Enttäuschung für mich.

Jackie bemerkte schnell, dass ihr ältlich wirkender Tanzpartner nicht wirklich bei der Sache war. Anscheinend schien ihn irgendetwas zu quälen. In ihrer frischen Art versuchte das Mädel Boomi aufzumuntern.

„Was ist los? Du hast mir heute Abend noch kein einziges Mal ins Dekolleté geblinzelt", wisperte sie.

„Was? Wie bitte?" Mit dieser Bemerkung, die ihm die Röte ins Gesicht trieb, holte sie ihn endlich aus seiner stummen Versenkung heraus.

„Jaaa! Wohl schon an mir satt gesehen, mein Lieber, was? Und wie gefällt dir da mein knappes Stöffchen? Habe ich extra für heute Abend erstanden."

Sie drehte sich wie eine Tänzerin grazil einmal um ihre Achse.

„Guck genau hin. Endet kurz unterm Arsch", stellte sie trocken fest. „Ist nen bisschen arg knapp, oder?"

Klang wie bei einem kleinen Mädchen. Boomi schluckte. Solche Direktheit war er einfach nicht gewöhnt. Aber aus Jackies Mund klang es überhaupt nicht ordinär. Im Gegenteil. Es klang sexy und genau das gefiel ihm. Sie spielte mit ihren Reizen, so als wollte sie ihn bewusst von seinen trüben Gedanken ablenken.

Das wiederum klappte, je länger sie beisammen waren.

Sie tranken Sekt, den Boomi großzügig bezahlte. Jackie strahlte und schmiegte sich eng an ihn. Er ließ sich hinreißen und so schwoften sie zu den sanften Klängen von *Nights in white Satin* eine Zeitlang schweigend wie ein altes Paar.

Wenn das niemals enden würde, würde ich Gott bitten, den Himmel anderen zu überlassen.

In diese stille Glückseligkeit hinein hauchte Jackie, ihre Erdbeerrot gefärbten Lippen knabberten dabei fast an seinem linken Ohrläppchen: „Wenn du magst, darfst du meinen Shirt-Ausschnitt ein wenig zur Seite ziehen."

Es war, als träfe ihn ein Stromschlag. Zugleich merkte Boomi, dass seine Mundhöhle schneller austrocknete als ein Wadi in der algerischen Wüste.

„Was?", krächzte er, „hast du gesagt?"

Sie lehnte sich in seinen Armen etwas zurück und blickte ihn dabei mit ihren dunklen Augen verführerisch an.

„Willst du nun was wissen über mein Tattoo oder nicht? Guckst dir's erst einmal gründlich an. Danach kommt die grausame Geschichte dazu."

„Ich darf also wirklich", stammelte er und merkte, wie er einmal mehr rot wurde.

„Mich ganz ausziehen? Nein. Aber ein bisschen am Ausschnitt fummeln."

Boomis Mundhöhle war jetzt trockener als die Wüste Gobi. Er merkte, dass seine Hand zitterte, als er zur Bluesmusik ganz langsam mit zwei Fingern ihren V-Ausschnitt über ihrer rechten Brust etwas erweiterte. Dabei berührten seine Fingerspitzen ihre samtweiche Haut. Boomis Puls begann zu rasen. Ihm wurde schwindelig. Nach wie vor drehten sie sich beide miteinander zum sanften Takt der Musik. Er versuchte sich zusammen zu reißen. Endlich hatte er das Krakeltattoo vollständig „freigelegt". Es war wirklich eine Art Grundriss, stellte er verblüfft fest. Und auf einmal durchzuckte ihn ein Gedanke. Ja, eine ähnliche Zeichnung hatte er schon mal irgendwo gesehen. Es war ein bestimmtes Gebäude. Aber welches? Unbewusst malte seine Fingerspitze den Grundriss auf ihrer weichen Haut nach.

„Hm", machte es dicht an seinem Ohr. Da dämmerte es ihm, was er da eigentlich betrieb. Hastig zuckte seine Hand zurück.

„Tschuldigung. Ich hab' mich gehen lassen", entschuldigte er sich.

„Lasse ich mir gern gefallen", säuselte Jackie. Aber dann wurde ihre Stimme mit einem Mal erschreckend ernst.

„Jetzt erzähle ich dir die nicht so nette Geschichte dazu", begann sie. „Das Ding sieht nicht nur scheiße aus, es ist auch scheiße."

Ihr Ton erschreckte ihn.

„Aber warum hast du es dir dann stechen lassen?"

„Weil ich besoffen war und jung wie ein Küken."

Ihre Augen blitzten böse. Boomi spürte, dass sie immer noch mächtig Wut im Bauch haben musste.

„Wo ist es denn passiert?"

„Bei Lilia zuhause vor einer Ewigkeit. Wir hatten Wodka getrunken, zu viel Wodka und dann kam Markus, hackevoll, auf die Schnapsidee mir ein geheimnisvolles Zeichen zu schenken."

„Ein Zeichen?"

„Sagte er damals. War natürlich völliger Blödsinn. Leider stimmte ich zu, ohne nachzudenken. Markus packte mich und ritzte mir zack zack, ehe ich noch pieps sagen konnte, das hässliche Ding in die Brust. Tat höllisch weh, sag' ich dir, und sah schon damals so scheiße aus wie heute. Und weg bekomme ich es nie mehr. Als ich später heulte, hat er mich nur ausgelacht."

„So ein Idiot", schimpfte Boomi entsetzt. „Du hättest ihn anzeigen sollen."

„Wollte ich auch, aber Lilia hat mich überredet, es sein zu lassen. Ihr Bruder hätte doch schon unter dem Vater zu leiden. Das würde ihn vollständig ruinieren, wenn ich jetzt damit zu den Bullen ginge."

„Was für ein dämliches Argument. Du hast es also nicht gemacht?"

„Nee, hab ich nicht. Schließlich ist sie meine beste Freundin."

„Und was hat sich Markus dabei gedacht? Was soll sein geheimes Zeichen darstellen?"

„Einen Tempel."

Boomi glaubte nicht richtig gehört zu haben. *Einen Tempel. Dann lüftete sich endlich der Schleier vor seinen Augen.* Klar. Der Grundriss könnte dem eines römischen Mithrasheiligtums entsprechen. Er hatte es die ganze Zeit über geahnt, es sich aber nicht wirklich eingestehen wollen.

„Ein Mithrastempel", stieß er überrascht aus. Jackie nickte.

„Genau. Das sagte der Blödmann damals auch zu mir."

Doch Markus war Vergangenheit. Nur noch Knochen. Jackie seufzte laut und schmiegte sich dann wieder an ihn. Der DJ hatte eben Samba Pa Ti von Carlos Santana aus dem Jahre 1970 aufgelegt. Ein Schmuse- und Anmach-Lied wie es im Buche steht.

„Komm, lass uns die Vergangenheit begraben, sie ist ohnehin nicht mehr zu ändern. Jetzt wird nur noch abgetanzt. Nach diesem Song will ich aber endlich ins *Triple-P*."

„Machen wir", stimmte Boomi nachdenklich zu und schmiegte sich an den warmen schlanken Körper seiner jungen Discopartnerin. Obwohl ihm unzählige Gedanken durch den Kopf schossen, konnte er durchaus das für ihn großartige zwischenmenschliche Erlebnis dieses Abends voll und ganz genießen.

Viel, viel später schlurften sie beide ganz selig Richtung Ausgang. Das war gegen zwei Uhr dreißig nachts. Den gemeinsam verbrachten Abend empfand Boomi als erholsam und einfach nur schön. Beim Rausgehen beobachtete er etwas Bemerkenswertes. Judith – er hatte wirklich fast vergessen, dass sie auch hier war – verließ das pm ohne ihren Staatsanwalt. Der allerdings unterhielt sich angeregt im Gang mit einer Frau, die ein wenig aussah wie Heidi Klum. War das nun eine ehemalige heiße Angeklagte oder hatte der smarte Doktor etwa im Beisein von Judith eine neue aufgerissen? Ein wenig Schadenfreude wollte sich Boomi gerne mal gönnen.

Meine Motivation kam heute Morgen winkend an mir vorbei gelaufen.
(alte Erzieherinnenweisheit)

Der doppelte Staatsanwalt

Tage später hockte Boomi in der Thompskate vor dem Computer und checkte seine neuen Emails. Gottlob befand sich keine weitere des Täters darunter. Der Hobbydetektiv dachte an das auffällige Krakeltattoo auf der ansonst so makellos geformten Brust und gab sich eine Weile seinen angenehmen Erinnerungen hin. Aber dann siegte seine Professionalität. Markus hatte ihr das damals angetan und in ihre Haut einen Mithrastempel in seinen Umrissen gestochen. Welcher böse Geist mochte ihn denn dabei geritten haben? Und warum ausgerechnet dieses Objekt? Während Boomi noch grübelte, was er davon halten sollte, klingelte es an seiner Tür. *Vermutlich ein Kunde,* schoss es ihm durch den Kopf. Als er öffnete, stand der geleckte Staatsanwalt vor ihm. Boomi starrte den Mann an, als sähe er ein Phantom.

„Na, van den Boom, was gucken Sie denn so entsetzt? Nein, ich habe keinen Haftbefehl mitgebracht", meinte er grinsend und schob sich danach ungefragt an dem wie geschockt dastehenden Boomi vorbei ins Haus hinein.

„Nun machen sie endlich die Tür hinter sich zu", forderte Dr. Müller-Molderings ihn mit leicht aggressiven Unterton auf. „Es zieht hier ja wie Hechtsuppe."

Boomi folgte wie in Trance, schob die Tür brav ins Schloss und nahm endlich auf seinem Sofa neben dem staatlichen Vertreter der Anklage Platz.

„Wie komme ich zu der ungewöhnlichen Ehre? Sie bei mir?“, stieß er aus.

„War halt in der Gegend.“

Klar. Vermutlich bei Judith im Museum?

Dass die ihr Büro seit einiger Zeit nicht mehr in Vluyn, sondern in einer ehemaligen Hausmeisterwohnung der Neukirchener Hundertwasser-Schule bezogen hatte, kam ihm nicht in den Sinn.

Dr. Müller-Molderings räusperte sich. Nach einem kritischen Blick im recht alternativ eingerichteten Wohnraum, der vor allem auch Boomis erlesene esoterische Bücherwand betraf, sagte er: „Wir haben Sie in letzter Zeit nicht mehr über alles informiert, was mit den Mordfällen zu tun hat. Das hat seine Gründe, worüber ich jetzt aber nicht sprechen will. Im Grunde habe ich zwei Fragen an Sie. Kollege Schaller wies mich darauf hin, dass die Zeugin den mutmaßlichen Täter im Schlosspark mit Handschuhen beobachtet haben will. Können Sie das auch bestätigen?“

„Handschuhe?“

„Ja, hellbraune Lederhandschuhe.“

Boomi überlegte kurz und holte sich dabei die Bilder in die Erinnerung zurück, die er vom Nelkensamstagsumzug besaß. Hier hatte er den Täter zum ersten Mal gesehen. Dann nickte er. „Ja, kann ich auch bestätigen. Der Mann trug hellbraune Handschuhe. Ob aus Leder weiß ich nicht mehr. Doch ich erinnere mich wieder daran.

„Sehr gut. Weitere Frage: welcher Mord steht uns als nächstes ins Haus? Wenn wir Ihre Theorie von der Mithraseinweihung zugrunde legen."

„Perses, der Perser, lautet der fünfte Grad der insgesamt sieben Einweihungsstufen."

„Hm, also könnte man davon sprechen, dass es als nächstes Opfer einem Ausländer an den Kragen geht?"

Boomi zuckte hilflos mit den Schultern.

„Ich weiß es nicht. Vielleicht?"

„Was für eine verdammte Kacke", sagte der Staatsanwalt frustriert und stand eilig auf. Dann schritt er zu Boomis Bücherecke und hielt sich eine Weile ratlos davor auf. Anschienend irritierten ihn die merkwürdigen Titel. Boomi kam erneut Markus in den Sinn - und ein plötzlicher Einfall.

„Es gab da vor Jahren einen Toten bei einem Verkehrsunfall in Scherpenberg. Der Getötete hieß Markus Martis. Könnten Sie mir den Polizeibericht einmal zukommen lassen?"

Es war schon ziemlich dreist, ihn darum zu bitten.

Der Staatsanwalt fuhr herum und fixierte Boomi streng.

„Betrifft das unsere jetzigen Ermittlungen?"

„Vielleicht? Ich habe da so eine vage Idee."

„Hm. Hm. Okay. Sollen Sie bekommen. Schicke ich Ihnen heute noch per email. Aber nur wenn Sie mir später Ihre Ergebnisse mitteilen. Verstanden?"

Boomi nickte ergeben.

„Mache ich. Danke."

Schweigen.

Dann ohne sich dem Hausherrn wieder zuzuwenden, sagte Dr. Müller-Molderings mit halblauter Stimme: „Wir drehen uns im Kreis, kommen einfach nicht weiter. Wir kämpfen gegen ein Phantom. Manchmal denke ich, es wäre besser, man stünde auf der anderen..."

Er unterbrach sich hastig.

„Wissen Sie, van den Boom, auch in mir steckt ein Serien - täter. Ja, ich gebe es offen zu. Aber im Gegensatz zu wirklichen Verbrechern schaffe ich es, ihn mit einer guten Flasche Wein, Joggen, ausgefallenen one-night-stands und Rendite reichen Geldanlagen bei bester Laune zu halten. Capito?"

„Und mit nächtlichen Discobesuchen", platzte es aus Boomi heraus.

Der Staatsanwalt wirbelte herum und blickte Boomi überrascht an.

„Wie kommen Sie denn darauf? Ich war schon seit Jahren nicht mehr tanzen."

„Nein? Habe ich Sie etwa nicht letzte Tage im Moerser pm mit Judith gesehen?"

„Judith? Was für eine Judith? Und im pm bin ich noch nie in meinem Leben gewesen. Was behaupten Sie da frech?"

Boomi konnte es nicht fassen, was er aus dem Munde des Doktors der Rechte hörte. Warum belog dieser Mann ihn derart schlecht?

„Na, dann habe ich mich wohl getäuscht", zischte Boomi und es klang ziemlich verbittert.

„Sehe ich auch so, van den Boom. Vorsicht bei Unterstellungen und falschen Anschuldigungen. Kann mächtig ins Auge gehen. Tja, das war's dann auch schon."

Gab Boomi mit starrem Blick die Hand und verließ die Thompskate ohne noch ein weiteres Wort mit dem grübelnden Hausherrn gewechselt zu haben.

Merkwürdiger Typ.

Boomi ärgerte sich darüber, dass der Staatsanwalt so unverschämt versucht hatte, ihn hinters Licht zu führen. *Was ich gesehen habe, habe ich gesehen,* dachte er grimmig. Und Judith? Er würde sie fragen, bestimmt. Aber später. Irgendwann. Zum Glück kam ihm gerade jetzt Jackie in den Sinn, die ihm einen wunderschönen Abend beschert hatte. Jackie duftete nach heißem Kaffee und Schokolade. *Klang das übertrieben?* Ganz im Gegenteil. Jackie duftete nach heißem Bohnenkaffee und Schokolade. So jedenfalls empfand er es. Dann fielen ihm wieder die Lederhandschuhe ein, nach denen ihn Müller-Molderings gefragt hatte. Ein Römer mit Handschuhen? Das war mehr als ungewöhnlich. Ein Anachronismus. Warum hatte der Täter sie übergestreift? Kalt war es an jenem Tag nicht wirklich gewesen. Und wie gesagt: unpassend zum restlichen Outfit. Auf die er doch so viel Sorgfalt gelegt hatte...
Rätselhaft.

Am Abend, kurz nach den Tagesthemen, erreichte ihn die Mail des schlecht lügenden Staatsanwalts. Boomi konnte und wollte ihm das einfach nicht verzeihen. Immerhin hatte der Mann Wort gehalten und ihm den Unfallbericht mit Todesfolge geschickt. Der war nicht wirklich spektakulär. Markus Martis hatte an einem Samstagabend im Mai vor vier Jahren seinen hoch getunten Golf mit Vollgas im Moerser Stadtteil Schwafheim gegen einen Baum gesetzt.

Vermutlich unter Alkoholeinfluss. Er war allein im Fahrzeug gewesen und nicht angeschnallt. Der Wagen ging sofort in Flammen auf, so dass der vermutlich ohnmächtige Insasse fast zur Unkenntlichkeit verbrannte, bevor Einsatzkräfte und Löschfahrzeuge vor Ort waren. Die Leiche war schwarz wie Holzkohle, wurde aber aufgrund verschiedener Indizien, darunter auch der Personalausweis, als Markus Martis identifiziert. Der Ausweis hatte im Portemonnaie gesteckt, welches wiederum in der Innenseite des Blazers steckte, der im Kofferraum des Fahrzeugs gelegen hatte. Das Heck des Wagens war mehr oder weniger unbeschädigt geblieben. Dass das Auto so schnell in Flammen hatte aufgehen können, war allerdings im Bericht mit einem Fragezeichen versehen worden. Vermutlich hatte ein Defekt an der Benzinleitung vorgelegen, lautete die Erklärung des Sachverständigen. Weil kein Fremdverschulden ersichtlich gewesen war, hatte man die Akte rasch wieder geschlossen. Markus Martis wurde für tot erklärt.

Sorgfältig studierte Boomi den Unfallbericht. Er fand nichts Auffälliges und auch die beigefügten Fotos des Verstorbenen ergaben keinerlei Anhaltspunkte, dass etwas daran nicht stimmen konnte. Er hatte auch keinen Zweifel, dass Markus seinerzeit nicht in den Flammen umgekommen war. Er wollte sich nur vergewissern, wie alles abgelaufen war. Kleidung, Größe, Kopfform entsprachen dem als Markus Martis identifizierten Toten. Auch seine Mutter hatte im Leichenschauhaus bestätigt, dass der Tote ihr Sohn sei. Schließlich war es sein Fahrzeug, sein Perso, folglich auch sein Leichnam gewesen, den man vorgefunden hatte.

Boomi betrachtete die schrecklich zugerichtete Leiche, die fast bis auf die Knochen verbrannt war. Irgendetwas störte ihn dennoch daran. Aber was? Er rieb sich die Augen. *Ich sehe mal wieder Gespenster*. Trotzdem! Er hatte so ein Gefühl, etwas Wichtiges zu übersehen. Sein Handy brummte. Es war Jackie. Sie hatte eine SMS von Lilia erhalten.

Es geht mir gut, schrieb Judiths Praktikantin flockig locker. Als wenn nichts gewesen wäre. *Bin in Bayern. Der Typ ist grausam gut zu mir.*

Und das nach so vielen Wochen!

Was für interessante Neuigkeiten!

Du siehst, es ist alles okay mit dem Mädel", freute sich Jackie.

„Hm. Anscheinend", bestätigte Boomi. Das war mal so wieder ein typisches Beispiel für die heutige Jugend. Frei nach dem Motto: *ist mir doch scheißegal, wenn du denkst, ich hätte mich abmelden müssen.*

Sie plauderten noch eine Weile über dies und das. Jackie war so nett zu ihm wie zu lange keine andere mehr.

Aber sie ist doch viel zu jung für mich.

„Ich hätte mal wieder Bock auf ein leckeres Eis", säuselte die Zwanzigjährige.

„Hm. Wo?"

„Beim Italiener in Neukirchen. Wo ein Bauwagen als Gästezimmer bereit steht. In der Nähe von berühmten Märchenschloss."

Märchenschloss? Wollte sie ihn verkackeiern? Boomi stieß ein irritiertes „Hä?" aus.

„Du lebst wirklich hinterm Mond, Vluyner", tadelte sie.

„*Ab in die Mitte* heißt es doch seit neuestem für unser verschlafenes Nest. Jedenfalls was die Hochstraße betrifft. Liest du denn keine Zeitung? Selbst die New York Times hat gestern mit einem Artikel über das *Märchenschloss* aufgemacht."

„Ehrlich?"

„Nee, ist völliger Quatsch, aber weißt du wirklich nicht, worum es hier geht?"

„Ich verstehe nichts als Bahnhof. Was denn für'n Märchenschloss?"

Sie kicherte.

„Komm einfach morgen gegen fünfzehn Uhr zum Eingang der Hochstraße gegenüber vom Erziehungsverein. Oder genauer: gegenüber von diesem Fotoladen auf der Ecke bei den Arkaden. Dann siehst du auch das Neukirchener *Märchenschloss*, mein verschlafener Detektiv vom Waldesrand."

Ich bin wirklich down to earth. Ganz ehrlich.
Aber eben nicht von dieser Welt.
(Karl Lagerfeld)

Wo Dornröchen unausgeschlafen... und der Tod in echt auftritt

Am anderen Morgen erhielt Boomi von Gero die traurige Mitteilung, dass sie beide einen alten Freund verloren hatten. Herbert Eichhorn war überraschend in seinem Haus im französischen Gardie gestorben. Herbert, von der geschäftigen Homberger in Moers, war ein umtriebiger, humorvoller, lebenslustiger Mensch gewesen, immer ein wenig liebevoll verrückt, zudem ein ausgewiesener Kunst - und Kulturfreund. Herbert selbst, alleinstehend, kinderlos, liebte Frankreich und vor allem den Süden des Landes nahe den schneebedeckten Gipfeln der Pyrenäen. Mindestens dreimal im Jahr reiste er in seinem alten Toyota dorthin, vor allem dann, wenn Gäste in seinem umgebauten Schafsstall Urlaub machten. Herbert, so vermutete Boomi, musste einst seinen Schöpfer um die Erfüllung eines speziellen Wunsches gebeten haben: sollte es denn, Herr, eines Tages soweit für mich sein, dass ich alles für immer hinter mich lassen muss, dann bitte ich dich darum, lass es nur in meinem, in vielen Jahren von mir liebevoll restaurierten Haus in Südfrankreich geschehen, am besten am Ende von vier langen Wochen, am allerbesten noch im Frühjahr, wenn es in meinem Garten wieder allenthalben blüht, sprießt und hervorbricht, lass es bitte geschehen, wenn keine Gäste gebucht haben und nachdem ich vorher noch alle neuen Weine der Saison mit und bei meinen vor Ort lebenden Freunden verkostet habe, lass es ohne Blaulicht geschehen und ohne versuchte Wiederbelebung, also am besten von jetzt auf gleich und Herr, lass mich nicht an jenem Tag schon so alt und krank sein, dass ich es geradezu ersehne, für immer fort zu gehen.

„Tja", dachte Boomi laut, was soll man da sagen? Der Herr über Leben und Tod hat ihm jeden einzelnen Punkt seines Wunsches haargenau erfüllt. Chapeau, Herbert und Prost!

Am Nachmittag fuhr er nach Neukirchen. Als er seinen Volvo auf der Andreas-Bräm-Straße vor dem Denkmal parkte, sah er bereits im Rückspiegel die Sensation. Sie war bunt, sie war haushoch und sie bestand aus purer Wolle. Ungläubig blickend verließ Boomi seinen Wagen und schritt auf die völlig veränderte Hausfassade zu, die seit einiger Zeit den Eingang bzw. das Tor zur Hochstraße markierte. Ein altes Haus, abbruchreif, unbewohnt und hässlich wie eine Schüppe kranker Kakerlaken, war durch die Arbeit flinker Hausfrauenhände in ein ansehnliches Märchenschloss verwandelt worden. Es war bestrickend, es war betörend, es war unbeschreiblich, es war Neukirchen-like. Man nehme zwanzig alte Damen, also vierzig runzelige Hände und schenke ihnen farbige Wollknäule en masse. Und Zeit! Das Ergebnis war ein poolgroßes Gemeinschaftsstrickwerk, das eine ehemals verrottete Hauswand eines vom Einsturz gefährdeten Gebäudes in ein künstlerisch wertvolles Wandgemälde transformiert hatte. Davor kauerte ein haarloser Obdachloser am Boden und bettelte.

„Haste mal nen Euro für mich? Nur nen Euro, ich bitte dich. Hab' nichts zu beißen. Bitte gib mir nen kleenen Euro."

Aber Boomi war viel zu sehr in dem aufregenden Farbwunder von Neukirchen beschäftigt. Da wurde der Bettler heftiger.

„He, du Glotzer vor dem Herrn, gibst du mir einen Euro, erzähle ich dir den besten Witz von allen."

Jetzt erst wurde Boomi auf den Penner aufmerksam.

„Was sagst du?"

„Gib mir nen Euro und du wirst einen tollen Witz hören."

Boomi war noch immer so irritiert von dem Gesehenen, das er wirklich einen Euro aus seiner Hosentasche hervorkramte. Er warf die Münze dem Mann zu.

„Dann pass auf. Es klingelt an der Tür und als der Mann seine Haustür öffnet, steht der Tod vor ihm, aber in ganz klein, also wirklich ganz winzig wie ein sehr kleiner Osel. Und dieser sehr kleine Tod sagt: Äh, Verzeihung, aber ich komme wegen des Kaninchens."

Der Typ kicherte, als wenn er irre wäre. Boomi verzog seine Mundwinkel zu einem schmalen Lächeln.

„Jau! Nicht schlecht. Ein Euro dafür ist mehr als ausreichend."

Der Bettler machte eine wegwerfende Handbewegung. Boomi schlenderte zum Fotoladen gegenüber und checkte nachdenklich seine Taschenuhr. Jackiemäuschen war überfällig. *Dass diese jungen Dinger niemals auf die Minute pünktlich sein konnten.* Nun gut. Er würde warten und dabei hoffen, dass sie jeden Augenblick um irgendeine Ecke bog. *Sie will doch Eis essen, oder?* Ein wenig Ärger empfand er schon. Dieser verstärkte sich, als er an die seiner Ansicht nach unverschämte SMS von Lilia dachte. *Was bildet die sich eigentlich ein? Und wenn sie sich nach Wochen schon bequemt, ihrer besten Freundin eine Nachricht über ihren Verbleib zukommen zu lassen, warum nicht auch vor allem Judith? Schließlich bezahlte sie der Museumsverein seit Monaten schon für ihre Aushilfstätigkeit. Zwar nicht üppig, aber immerhin.*

Boomi blickte nervös auf seine Uhr. Jackie war nun richtig unpünktlich. Genervt, weil er das hasste, zückte er sein Handy und rief sie an. Fehlanzeige. Was er hörte, war die Stimme ihrer Mailbox.

„Ja, Jackie, ich warte hier auf dich am Eingang der Hochstraße. Da sehe ich zwar endlich das berühmte *Märchenschloss*, aber keine Prinzessin, äh, will sagen, hast du unseren Termin etwa vergessen? Bitte melde dich."

Er stand sich weiterhin die Beine in den Bauch. Sie rief nicht zurück. Nach weiteren unendlich scheinenden zehn Minuten schritt er entschlossen zu seinem Wagen. Boomi fuhr an der Post vorbei, über die Kreuzung, den Gleisen, die einst dem Schluff gedient hatten, bis in den Mausegatt, um herauszufinden, was mit Jackie los war. Unweit ihrer Souterrainwohnung parkte er auf einer der dafür vorgesehenen grauen Markierungen. Er wollte eben sein Fahrzeug verlassen, als er was Unglaubliches beobachtete. Jackie kam aus dem Haus heraus, dicht gefolgt von einem Mann. Dieser trug einen beigefarbenen Hoodie über schlabbrige halb zerschlissene Jeans. Boomi konnte ihn wegen der Kapuze nicht richtig erkennen. Jackie blickte kurz die Straße hinunter, schien zu zögern. Der Mann schubste sie grob vor sich her.

Was geht denn da ab?

Wie hypnotisiert starrte Boomi auf die Szene, die vor ihm auf der Straße ablief. Er war knapp fünfzig Meter entfernt und wurde offenbar in seinem Wagen weder von Jackie noch von dem seltsamen Typen gesehen. Dann stieg Jackie in ein Fahrzeug, das auf der anderen Straßenseite geparkt war. Dabei handelte es sich um schwarzen Mitsubishi L 200 mit Ladefläche. Boomi kannte diesen Wagentyp, weil Gero van Leyen schon seit langem davon träumte, einen solchen zu besitzen.

Manchmal hat man das Unfassbare direkt vor Augen und kann nicht eingreifen, weil man denkt, das kann doch nicht von dieser Welt sein. Endlich dämmerte es Boomi, dass das Mädchen offenbar nicht freiwillig mitfuhr. Der Unbekannte hielt unter seiner Jackie, die er über seinen rechten Arm gelegt hatte, einen rohrähnlichen Gegenstand verborgen.

„Der entführt sie!", stieß Boomi erschrocken aus. *Das glaube ich jetzt nicht. Was macht der da?*

Dann waren beide im Mitsubishi verschwunden und der Fahrer gab wie verrückt Gas. Boomi erwachte aus seiner Total-Lähmung und drehte automatisch den Zündschlüssel.

Was für eine Situation. Was für eine Situation, hämmerte es in seinem Kopf. *So was habe ich ja noch nie erlebt.* Auf der einen Seite war er froh, dass er rechtzeitig gekommen war, auch wenn er nichts hatte verhindern können, auf der anderen Seite hatte er keinen blassen Schimmer, was er jetzt machen sollte. Verfolgen? Aber sicher! Nur was kam danach?

Endlich drückte auch er aufs Gas und fuhr dem Mitsubishi Richtung Kapellen hinterher; bzw. er versuchte es. Nach „Rosas Stübchen", wo er hin und wieder schon mal essen ging, weil die Frau des Hauses kochte wie keine zweite Hausfrau, bog er an der Ampelkreuzung rechts ab. Durch die Dreißigerzone folgte er dem sich an keine Verkehrsregeln haltenden Entführer. Boomi versuchte dran zu bleiben, was zunehmend schwieriger wurde, weil der andere Fahrer besser und vor allem entschlossener war als er selbst. Der Abstand zwischen beiden vergrößerte sich. Boomi hatte versucht, sich das Kennzeichen zu merken. KR-GM-133? Oder doch 135? Oder besser 138? Oder BM irgendwas? Während er auf das weit vor ihm rasende Fahrzeug starrte, um es ja nicht aus den Augen zu verlieren, wählte er mit einer Hand Kleinlützum an. Die Verfolgung führte jetzt auf der Landstraße Stadtauswärts an dem bekannten Knast *Bad Kapellen* vorbei. Die Knackis selbst hatten ihm diesen netten Namen verpasst, weil er für sie ein gemütlicher Knast war und keine wirkliche vom Hass geprägte Zwangsherberge.

Boomi dachte an Jackie, sein „Haremshonigmädchen".

Hä? Wie komme ich denn darauf?

Aber „Haremshonigmädchen“ hatte er wirklich gedacht. Kurz blickte er sich nach rechts und links um und sah auch zu den Rücksitzen hin. Hatte er etwa Angst, Judith könne seine Gedanken lesen oder heimlich im Wagen mit dabei sein? Boomi schüttelte im Geiste seine blöden Phantasien ab. *Was denke ich denn da für ein dummes Zeug?* Mit einem Mal war Kleinlützum am Telefon.

„Van den Boom? Sie?“

Es klang, als bestünde Ansteckungsgefahr.

„Ja, ich. Passen Sie auf! Ich verfolge den mutmaßlichen Mörder durch Kappelen. Er fährt Richtung A57. Er hat einen Mitsubishi L200 und sein Kennzeichen ist KR-GM-133 oder 138 oder 135. So ungefähr jedenfalls.“

„Haben Sie was getrunken, van den Boom? Sie klingen so gehetzt.“

„Nein, hören Sie, Herr Kommissar. Es ist alles wahr. Der Typ hat Jackie entführt...“

„Wer ist Jackie?“

„Die beste Freundin von Lilia.“

„Wer ist Lilia?“

Kleinlützum war so ruhig wie ein Turmspringer auf dem Zehn-Meter-Brett im Olympia-Training. Sein Puls war weit unter siebzig.

„Verdammt, Kleinlützum. Es ist ernst. Er hat Jackie... Scheiße, jetzt ist er weg. Das darf doch nicht wahr sein. Da habe ich mal kurz nicht aufgepasst. Schwups ist er weg, verschwunden...“

Er jammerte zum Herzerweichen. Kleinlützum fasste unbewegt nach.

„Wer?“

„Der Mörder. Der Entführer. Der...“
„Osterhase? Meinen Sie den?“

Boomi hielt an und war verzweifelt wie nie. Er hatte den anderen Wagen wirklich aus den Augen verloren. Anders gesagt: der Kerl hatte ihn dreist angehängt. Jackie war in Gefahr und Kleinlützum hielt ihn mal wieder für völlig überdreht.

„Herr van den Boom. Sind Sie noch dran? Ich höre Sie schwer atmen. Kommen Sie sofort zu uns ins Präsidium. Dort erzählen Sie mir von Lilia und Jackie und all den anderen, die Sie uns sonst noch verschwiegen haben.“

Er drückte das Gespräch weg. Boomi sank deprimiert über seinem Lenkrad zusammen. Was für eine Scheiße! Sie hatten alle Recht. Alles, die ihn kritisierten. Er war wirklich mit Abstand der unfähigste Detektiv aller Zeiten. Eine Blamage für die ganze Zunft.

Wenn er mal nicht redet, für wenige Minuten,
die eigene Stimme nicht mehr hört, denkt er gleich,
die Welt habe aufgehört zu existieren.

(Schaller über den Staatsanwalt)

In den Fängen des irren Mithrasjüngers

Jackie war speiübel. Das Mädchen saß kreidebleich und zu Tode erschrocken neben dem dunkel gekleideten Mann, den sie seit Jahren für tot gehalten hatte. Hilflos starrte sie durch die Frontscheibe hinaus auf die Straße. Markus fuhr wie eine gesengte Sau. Von Rücksicht im Straßenverkehr keine Spur. Ihr Magen drohte bereits zu rebellieren, aber auch das hätte den Fahrer nicht animiert anzuhalten oder sich in seiner Fahrweise zu mäßigen. Ein hastiger Blick in den Außenspiegel hatte genügt, um ihr zu zeigen, dass offenbar Boomi die Verfolgung auf sich genommen hatte. Das war gut, denn nun wusste das Mädchen, dass bald Rettung kommen würde. Jeden Moment, so hoffte Jackie, würden Polizeiwagen mit Blaulicht auftauchen und die rasante Fahrt stoppen. Aber dann geschah das Unglaubliche. Nach einem weiteren Blick in den Außenspiegel erstarrte sie.

„Kannst du noch so lange gucken und suchen", zischte Markus. „Den habe ich längst abgehängt. War das dieses verträumte Vluyner Landei? Dieser van den Boom?"

Jackie schwieg. Hoffentlich hatte sich Boomi das Kennzeichen des Mitsubishis merken können?"

„Kennzeichen nützt ihm nichts", sagte Markus spöttisch, als könne er Gedanken lesen.

„Bin alles andere als dumm. Niemand wird mich jemals finden können, Mädchen. Hat ja all die Jahre bestens geklappt, oder?"

Falls die Frage an sie gerichtet war, hatte sie keinen Bock, darauf einzugehen. Was war das nur für eine unheimliche Situation? Markus Martis galt als tot, gestorbenen bei einem Verkehrsunfall, den er selbst verschuldet hatte. Das lag Jahre zurück. Doch nun war er aus dem Totenreich zurückgekehrt. Wo hatte er bloß all die Jahre über gesteckt? Markus hatte sie in ihrer Wohnung überrumpelt und gezwungen mit ihm zu kommen. So überrascht wie sie war, hatte sie an Gegenwehr nicht einmal gedacht. Warum das alles? Was wollte er von ihr? Jackie klammerte sich verzweifelt an den Gedanken, dass Boomi ganz, ganz sicher die Polizei verständigen würde. Aber dann durchzuckte sie ein noch heftiger zweiter Gedanke. Wie sollten die Bullen sie denn finden? Das Kennzeichen war falsch und der Entführer angeblich schon lange tot. Boomi selbst wird ihn gar nicht erst erkannt haben, befürchtete sie. Wie denn auch? Wonach also sollte die Polizei fahnden? Jackie wollte losheulen, aber diesen Triumph gönnte sie Markus nicht. Wenn sie nur eine Ahnung davon hätte, weshalb er sie überhaupt gegen ihren Willen mitgenommen hatte. Was genau war sein Plan?

* * *

Kleinlützum und Schaller blickten beide kurz auf, als Boomi wie eine abgeschossene Kanonenkugel in ihr Büro hineingeschossen kam. Ohne Begrüßung plapperte er sofort drauflos und es klang in den Ohren der Beamten wie absurdes Sprechtheater mit dadaistischen Texten: ...sie müssen sofort... Jackie entführt..., der Mörder... vorm Haus gesehen...irgendwas mit BM.GM. 133, 135, 138... sitzen Sie doch nicht so rum... große Gefahr... wir können ihn jetzt endlich... kriegen, kriegen, kriegen."

„Wen? Wen können wir kriegen?"

Es war die volle Stimme des Staatsanwalts, der mit seinem Riecher für Sensationen und hochkarätigen Spekulationen mal wieder im richtigen Moment hereinplatzte.

Boomi stoppte seinen chaotischen Redeschwall und blickte überrascht zur Tür, wo Dr. Müller-Molderings wie aus dem Nichts aufgetaucht war.

„Diese uns bekannte Person", er zeigte mit der rechten Hand auf Boomi, „will eine Entführung beobachtet haben", berichtete Kleinlützum ruhig. Dabei goss er eine eiskalte Cola in sich rein, die er sich fünf Minuten zuvor am Automaten neben der Cafeteria gezogen hatte.

„Interessant", bemerkte der Staatsanwalt. „Wo soll das geschehen sein?"

„Im Mausegatt in Neukirchen", beeilte sich Boomi zu antworten.

„Mausegatt?" fragte der Doktor der Rechte irritiert.

„Kleinster Stollen in einem Bergwerk. In diesem Fall die nicht mehr existente Zeche Niederberg", klärte Boomi ihn auf.

„Ach so. Also, was ist geschehen? Wieso eine Entführung? Wer ist der Täter? Wer das Opfer? Van den Boom, Sie sind dran."

Jawoll, Herr General, ich mache Meldung, lag es Boomi auf den Lippen.

Wenn ihm nur zum Schmunzeln gewesen wäre!

„Es handelt sich um Jackie, die entführt wurde. Jackie ist die Freundin von Lilia, die seit langem verschwunden ist. Lilia hat für Judith gearbeitet, die Leiterin des Museums in Vluyn. Dann hat Lilia sich vor kurzem per SMS gemeldet. Sie lebt bei ihrem Typen in Bayern. Jackie hat mir das gesagt, wir wollten uns deswegen vorm *Märchenschloss* treffen, dort saß aber nur ein Bettler, wollte Geld von mir und erzählte mir vom kleinen Tod, der wegen des Kaninchens kommt. Dann bin ich ab in den Mausegatt gefahren, wo ich hilflos mit ansehen musste, wie Jackie entführt wurde. Der Wagen des Entführers ist ein großer Mitsubishi L 200, metallic-schwarz und er entfernte sich rasch in Richtung Krefeld. Nach Kapellen habe ich ihn dann verloren."

Es sah aus, als würde er gleich losheulen.

Der Staatsanwalt guckte wie bei einem dadaistischen Theaterstück mit absurden Texten aufgeführt vom Moerser Schlosstheater.

„Sehen Sie, Herr Dr. Müller-Molderings", meinte Kleinlützum lakonisch. „Genau das meine ich! Nichts als Wörter im Sandsturm."

Schaller griff beherzt ein.

„Lieber Herr Leo van den Boom. Lieber Herr Boomi. Was sollen wir mit Ihren poetischen Aussagen anfangen? *Märchenschloss, kleiner Tod, Bettler will Geld, Mitsubishi in schwarz, Lilia in Bayern, Judith vom Museum, Jackie nie gehört...?"*

„Und dann noch ein Kennzeichen, das vielgestaltig wie eine thessalonische Hexe ist", ergänzte Kleinlützum.

Thessalonische Hexe? Sind die jetzt alle meschugge? Hören die mir denn gar nicht zu?

Boomi war fassungslos. Er schwitzte im Schein des Neons an der Decke wie ein Erdferkel in der Sauna.

„Dass mit der Hexe verstehe ich nicht", gab der Doktor der Rechte unumwunden zu. Kleinlützum winkte ab.

„Aber Sie müssen doch augenblicklich handeln!", stammelte Boomi. „Ich verstehe nicht, wie Sie so untätig..."

„Auf Grund wessen sollten wir denn handeln, junger Mann", fragte jetzt auch der Staatsanwalt entgeistert. „Sie wollen etwas beobachtet haben, was wie eine Entführung aussah, haben aber faktisch rein gar nichts in Händen."

„Aber, aber es ist sehr wahrscheinlich unserer Täter", legte Boomi nach. „Er hat Jackie entführt, weil sie, sie..."

„Ja? Weil sie was? Raus damit!"

Dr. Müller-Molderings versuchte verzweifelt aus ihm herauszuholen, was Boomi erst ganz allmählich bewusst wurde.

Du meine Güte!

„Sie ist sein nächstes Opfer", stieß Boomi hervor. *Warum komme ich erst jetzt darauf?*

„Warum? Nächstes Opfer? Wie kommen Sie auf das schmale Brett?"

Haremshonigmädchen.

„Sie ist das Haremshonigmädchen", dachte Boomi laut.

„Was? Haremshonigmädchen?"

Die drei Beamten starrten ihn an wie einen entsprungenen Sträfling, den sie zufällig auf dem Moerser Freitagsmarkt auf dem Parkplatz vor Braun entdecken. Doch Boomi hatte endlich begriffen, warum der Verrückte ausgerechnet Jackie gekidnappt hatte.

„Jackie ist Opfer Nummer Fünf, oder genauer, sie wird es bald sein, wenn wir nicht rasch handeln. Jackie kommt nämlich aus dem Iran bzw. hat einen iranischen Vater und eine deutsche Mutter. *Perses, der Perser,* ist der fünfte Grad in den Mithrasmysterien. Er braucht sie für seine perversen Phantasien."

„Bullshit", brüllte Kleinlützum gereizt und selbst Schaller nickte zustimmend. Nur der Staatsanwalt schaute mehr oder weniger interessiert.

„Okay, okay", sagte er langsam und mit Ausdruck. „Dann lassen Sie uns mal etwas strukturierter miteinander kommunizieren, Herr Leo van den Boom, Sie supergroßer Detektiv. Ruhig bitte und alles genau der Reihe nach..."

* * *

Die Fahrt ging irgendwie kreuz und quer. Jackie hatte keine Ahnung, wohin sie Markus bringen würde. Zweimal hatte sie ihn danach gefragt, aber ihr Entführer hatte nur gegrinst. Den Rhein hatte sie gesehen und vermutete deshalb, dass sie sich irgendwo in Krefeld befand, allerdings weit entfernt von der Innenstadt. Jackie sah Felder, eine Neubausiedlung, die Markus allerdings rasch durchquerte. Da gab es jede Menge Einbahnstraßen. Dann eine Kirche. Mehrmals ging ihr durch den Kopf, einfach aus dem Wagen zu springen, wenn sie an einer Ampel standen. Aber sie argwöhnte, dass ihr Entführer auch dagegen Vorkehrungen getroffen hatte. Offenbar wollte Markus nichts dem Zufall überlassen. Zudem hielt er sich für unglaublich klug. Niemand, so hatte er betont, würde ihm jemals etwas tun können. Er sei stärker als alle. Als er das sagte, blickte er ihr ins Gesicht und Jackie fing zum ersten Mal an, sich vor ihm zu fürchten. Was sie sah, war nicht der Markus, den sie gekannt hatte. Der Mann neben ihr war ihr fremd. Je länger sie in seiner Gewalt blieb, desto unheimlicher wurde er ihr. Als sie von der geteerten Straße auf einen Feldweg abbogen und von diesem noch einmal auf einen anderen Weg, der eher für Landwirtschaftsfahrzeuge geeignet schien, sagte er mit monotoner Stimme.

„Du bleibst im Auto, wenn ich gleich ins Haus hinein gehe.

Wenn du fliehen willst, versuche es ruhig. Ich bringe dich später an einen Ort, wo du für immer in Sicherheit sein wirst.“

Sie schwieg, aber sie zitterte dabei am ganzen Körper. Wo blieb Boomi? Wo die Polizei? Hilfe von außen wäre jetzt mehr als gut. Aber da war nichts…

* * *

Boomi und der Staatsanwalt saßen sich im Besprechungszimmer gegenüber. Zwischen ihnen ein Tisch. Darauf standen ein Glas Wasser für Boomi mit wenig Kohlensäure und eine Tasse tiefschwarzen Kaffees für den Doktor der Rechte. Vor Boomi hatte man ein Mikrophon platziert, dessen Kabel zu einem silbermetallic farbigen Tonbandgeräts in der Mitte des Tisches führte. An der Zimmerdecke brannte nur eine Lampe. Boomi riss sich am Riemen und erzählte brav, was er gesehen hatte und welche Schlüsse er für sich daraus zog. Wenige Minuten, nachdem er begonnen hatte, waren auch Schaller und Kleinlützum dazu gestoßen. Die beiden Beamten setzten sich schweigend an das andere Ende des langen hellgrauen Tisches und hörten zu. Hin und wieder gab Kleinlützum seltsame Geräusche von sich. Mal klang es wie ein Röcheln, mal hustete er so elendig, als müsste er jeden Moment ersticken. Aber der Kommissar riss sich zusammen und sagte keinen einzigen Ton. Boomi äußerte: „Nach wie vor glaube ich, dass der Täter eine starke Beziehung zu seinen Opfern hat…", als ihn Schaller heftig nickend unterbrach.

„Klaro. Wir müssen deshalb unbedingt klären, wer *Zweitausend* ist. Hätte ich fast vergessen zu erwähnen."

Sowohl Boomi als auch Dr. Müller-Molderings blickten ihn überrascht an. Boomi konnte ihm seinen Tanzflirt mit Judith immer noch nicht so richtig verzeihen. Kleinlützum gab erneut einen unbeschreiblichen Ton von sich. Es klang wie das abrupt sterbende Trompetengeräusch eines afrikanischen Elefanten im Busch.

„Wie war das eben, Schaller? *Zweitausend?* Als Name?"

Kleinlützums kleiner Aushilfskommissar für besonders aussichtslose Fälle erhob sich brav wie ein Schüler in der zweiten Klasse. „Habe ich selbst so gelesen. Es gibt im Poesiealbum von Rosa Leonie Linde aus Vennikel einen sehr merkwürdigen Eintrag. Damals war Rosa oder Rosalie, wie ein Verehrer schreibt, neun Jahre alt. Im Poesiealbum steht: *Ach Rosalie, irgendwann bin ich hie und liebtest du mich nie ich fühlte mich wie Vieh. Dein Freund Zweitausend.*

„Zweitausend klingt abgefahren, fast kriminell", stimmte ihm der Staatsanwalt nachdenklich zu. „Aber dabei kann es sich auch um einen komischen Jungenstreich handeln, der nichts weiter zu bedeuten hat, oder?"

„Mag sein", pflichtete Schaller ihm bei und lächelte tiefsinnig.

„Rosalie ging in Asberg in die Grundschule, wo wir wieder bei den alten Römern angelangt wären."

„Mehr oder weniger", maulte Kleinlützum und hustete sich frei.

Um nicht wieder bullshit zu sagen, dachte Boomi. In seinem Kopf hatte es angefangen heftig zu rattern. Zweitausend? *Wer um Himmels willen nennt sich Zweitausend? Vor allem freiwillig? Und dann noch mit neun Jahren? Wer kommt auf so eine komische Idee?*

„Ich denke, so kommen wir nicht weiter", sagte der Staatsanwalt leicht resigniert.

„Wenn er sich wenigstens *Two thousend, Dos millones oder Deux Mille* wie ein Franzose genannt hätte. Das hätte Stil, meiner Ansicht nach. Aber so?"

Wie war das? Deux Mille wie ein Franzose. Deux Mille? Boomi war jetzt hellwach. Sein kombinatorisches Gehirn lief bereits Sekunden später auf Hochtouren. Megabits und Bytes trafen energetisch zusammen und gingen eine geistesblitzartige Liaison ein. Da war auf einmal Licht am Ende des Tunnels.

„Spielen wir das doch mal mit anderen Sprachen durch", begann er langsam.

„Was denn? Wie andere Sprachen? Sind wir hier in der VHS?"

Dr. Müller-Molderings blickte ihn leicht aggressiv an. „Bitte bleiben Sie seriös, van den Boom. Wir sind nicht bei Günter Jauch."

„Im Prinzip aber doch", blieb Boomi stur, der sich nun ganz in seinem Element fühlte. Rätsel, ich liebe euch!

„Lassen Sie uns versuchen durch Brückenbauen dem richtigen Ufer und somit auch der richtigen Antwort zu nähern. Also. *Zweitausend* ist *Deux Mille* en francais. Einverstanden, meine Herren?"

Er blickte sich auffordernd um. Die drei Beamten nickten nur müde.

„Bien sur, Monsieur", sagte der Staatsanwalt. Es klang ungeduldig.

„Wenden wir uns nun wieder Mithras zu..."

„Haben wir bei ihm bloß ein einziges *M* ", stieß Kleinlützum genervt aus. „Was soll das, van den Boom?"

„Nicht so voreilig. Passen Sie bitte genau auf. Mithras hat zwar nur ein *M*, aber *Doppel-M*, also *MM* bedeutet im Lateinischen *Zweitausend*."

„Ja, und?" meinte Kleinlützum trotzig.

Doch Boomi ließ sich von seiner abweisenden Art nicht beirren. Er wähnte sich auf der richtigen Fährte.

„*MM* für römisch *Zweitausend* meint jedenfalls der unbekannte Junge, der das Rosalie ins Poesiealbum geschrieben hat. Er hat das mit voller Absicht getan. Er weiß warum. Einmal war er schon damals in die Römer vernarrt gewesen, vielleicht sogar in den Soldatengott Mithras und zum anderen, weil er in Asberg auf ihrem einstigen Grund und Boden gewohnt hat. Dort, wo sich früher die römische Kommandantur befunden hat."

„Von wem reden Sie eigentlich?“, wollte Schaller jetzt aber endlich erfahren.

Boomi lächelte wissend, machte eine Kunstpause und sagte betont langsam: „Von Markus Martis, dem Bruder von Lilia, jener Markus, der Jackie, die entführt wurde, den krakeligen Umriss eines Mithrastempels in die jugendliche Brust gestochen hat.“

Kleinlützum und Schaller starrten Boomi an, als wäre er eben von BM Kuglheimer im Rathaus zum nächsten Papst vom Kreis Wesel ausgerufen worden.

„Wer zum Teufel ist Markus Martis?“

„Ein Toter“, beeilte sich der Staatsanwalt seine Beamten aufzuklären. „Und das bereits seit vier oder fünf Jahren.“

„Ach so. Ich verstehe natürlich“, spottete Kleinlützum. „Damit ist der Fall ja endlich aufgeklärt, nicht wahr?“

Neues Gericht: Lebkuchen mit Lachs
an einer Soße aus Schimmelkäse, lecker.
(aus Kleinlützums nicht-öffentlichem Tagebuch)

Eingefahren in die Hölle des Soldatengottes

Jackie lag angezogenen auf ihrem Bett und heulte hemmungslos. Sie war verzweifelt, weil ihr mehr und mehr dämmerte, dass sie an diesem verfluchten Ort keiner finden würde. Markus hatte sie aus dem Wagen heraus gezerrt. Zuvor hatte sie in Panik feststellen müssen, dass sie das Fahrzeug nicht ohne seine Hilfe wieder verlassen konnte. Daraufhin hatte sie sich geweigert auszusteigen. Das hatte ihr nichts genützt. Mitgefühl schien Markus nicht zu kennen. Er schob sie grob in ein Wohnhaus hinein, das offenbar sein eigenes war - weitab von irgendwelchen Nachbarn. Danach ging es nicht weniger unsanft durch einen langen Flur bis zu einem „Tor". Jedenfalls sah es antik aus und passte so gar nicht zum Rest des Hauses. Das war architektonisch gesehen eher langweilig. Markus stieß sie durch das seltsame Tor und zwang sie danach eine enge, steinerne Wendeltreppe hinunter, die in einem halbdunklen Gang endete. In ihm brannten Fackeln an den Wänden, wie man sie von bestimmten Filmen her kennt. Ihr Licht warf unheimliche Schatten an den aus mächtigen Steinen erbauten Wänden. Alles wirkte wenig vertrauenserweckend. Jackie versuchte sich so viel wie möglich zu merken, falls es ihr später gelingen sollte, von diesem unheimlichen Ort zu fliehen. Aber so richtig glaubte sie nicht daran. Mehrere Holztüren fielen ihr auf, gefertigt aus breiten dunklen Eichenbohlen. Eine dieser Türen trug das römische Zahlzeichen VI. Darunter erblickte sie einen Kopf mit einer Strahlenkrone und daneben eine gemalte Fackel. Die Tür gegenüber trug die Zahl VII. Darunter war eine Art Zipfelmütze zu sehen und daneben eine Lanze. Sie selbst wurde in eine Zelle mit der Zahl V gesteckt. Unter dem Zahlzeichen erkannte sie ein römisches Kurzschwert mit einer Sichel dicht an seiner Spitze. Daneben einen Halbmond.

Jackie hatte keine Ahnung, was diese Bilder zu bedeuten hatten, geschweige denn die Zahlen 5, 6 oder 7 an den Türen. Nur eines stand für sie fest: nichts Gutes.

Markus öffnete die schwere Eichentür und zwang sie dann in den schmalen Raum einzutreten. Die Zelle roch muffig, war winzig und schmucklos. Auch sie war aus schweren Steinquadern erbaut worden. Auf einem Tischchen brannte ein Öllämpchen. Daneben stand eine Art Feldbett, wie es früher die Soldaten im Krieg zur Zeit Napoleons besessen haben mussten. Ein besserer Vergleich fiel Jackie dazu nicht ein. Stroh und eine hässliche graue Decke bedeckten das grobe Holzgestell, das ihr offenbar zum Schlafen dienen sollte. Auf dem Tischchen gab es noch einen steinernen Krug gefüllt mit Wasser, etwas geschnittenes Brot in einem geflochtenen Korb und ein Gefäß, das nach näherer Untersuchung Honig enthielt. Ein Fenster besaß die Zelle nicht. Dafür zeigte sich Richtung Außenwand eine kleine Öffnung in der Decke. Diese bildete das untere Ende eines Schachtes und führte von dort wohl an die Oberfläche. Durch die Öffnung drang etwas Luft in den kleinen Raum. Das quadratische Loch in der Decke war etwa so groß, dass ein Modehündchen wie ein Chihuahua eventuell durchgepasst hätte, wäre der sich anschließende Schacht waagerecht verlaufen.

„Denk nicht mal an Flucht", sagte Markus emotionslos zu ihr. „Bleib locker, Süße. Dich erwartet wirklich Großes. Im Übrigen dauert es nicht mehr lang. Danach geht es sofort mit dir los. Mir fehlt nur noch eine einzige Person. Aber die wird bald freiwillig herkommen."

Danach verschloss er sorgfältig die schwere, aus Eichenstämmen gemachte Tür hinter ihr. Jackie fiel erschöpft und verzweifelt auf das Lager und begann hemmungslos drauflos zu heulen.

* * *

Während sich die drei Beamten lebhaft darüber stritten, ob es überhaupt Sinn machte, Boomi nach seiner Meinung zu befragen, ließ dieser sich davon nicht im Geringsten stören.

Das kannte er ja bereits. Im Grunde hielten sie ihn für verrückt.

Sein Denkapparat gab nach wie vor Vollgas. Der Mörder konnte niemand anderes als Markus Martis sein, auch wenn sein offenbarer Tod vor vier Jahren gegen diese These sprach. Jetzt machte auch die sybillinische Äußerung von Judith als Pythia von Vluyn und Neukirchen gewaltig Sinn: *Kein Name. Tot. Lange tot. Ist verborgen vor allen. Ist tot. Ist gut so. Bleibt verborgen. Bleibt tot für alle,* hatte sie auf seine Frage nach dem Namen des Serientäters geantwortet. Genau das traf auf Markus Martis zu. Er blieb, weil man ihn für tot hielt, es darüber sogar einen vom Arzt ausgestellten Totenschein gab, verborgen für alle. Was Besseres konnte einem Serienmörder gar nicht geschehen, um unerkannt zu bleiben. Aber es würde noch ein verdammt hartes Stück Arbeit werden, um die drei deutschen Beamten, die vom Steuerzahler dafür bezahlt wurden, dass sie korrekte Arbeit ablieferten, die einzig auf Fakten und Beweisen basierte, von dieser Tatsache, nämlich dem Nicht-Tod von MM zu überzeugen. Schaller und Kleinlützum hatten sich nun eindeutig so sehr in Rage geredet, dass ihnen vorläufig mit guten Argumenten nicht mehr beizukommen sein würde. Das war zwar traurig, aber Tatsache. Boomi würde sich etwas vollkommen anderes überlegen müssen, um sie endlich auf die Spur von MM zu setzen. Der Staatsanwalt klammerte sich indes an jeden noch so dürftigen Strohhalm, der an seinem Schreibtisch vorbeigeschwommen kam. Er musste den Täter unbedingt in seine Gewalt bringen – koste es, was es wolle. Mit einer herrischen Handbewegung stoppte er die lauten Unmutsbekundungen seiner zwei ermittelnden Kommissare. Danach wandte er sich an seinen Besucher.

„Ihr Argument, van den Boom, dass es kein anderer als Markus Martis sein kann, den wir suchen, läuft also darauf hinaus, dass ausgerechnet Frau Jaqueline Nowak gekidnappt wurde, weil sie als fünftes Opfer dem Täter gut ins Konzept passt? Richtig?“

Boomi nickte heftig.

„Weil sie halb Iranerin ist und weil sie dieses auffällige Krakeltattoo besitzt, den Grundriss eines Mithrastempels.“

„Kann doch alles bloßer Zufall sein“, maulte Kleinlützum.

„Dann verraten Sie uns mal, wie es nun weitergeht, van den Boom“, stieß der Staatsanwalt erschöpft aus. „Sollen wir den vermeintlichen Leichnam des Unfallopfers exhumieren lassen?“

„Das werden Sie ohnehin tun müssen, sobald es sich erweist, dass in dem Grab nicht Markus Martis liegen kann“, erklärte Boomi kategorisch und wischte sich mit einem Taschentuch den Schweiß von der Stirn.

Wie nur soll ich denen klar machen, was ich weiß? Etwa von Judiths Aussage als Pythia berichten? Unvorstellbar!

„Wir haben wie immer, van den Boom eingeschlossen, nichts Brauchbares in der Hand“, stöhnte Schaller. „Tolle Erkenntnis“

„Also Bullshit!“, krächzte Kleinlützum mit gerötetem Gesicht. Er hatte die Faxen schon lange mehr als dicke. *Warum nur schenkte Dr. Müller-Molderings diesem Idioten aus Vluynbusch so viel Aufmerksamkeit? Der gehörte doch längst in die Klapse.*

* * *

Der letzte Jünger des Gottes Mithras auf Erden stieg andächtig die alte steinerne Wendeltreppe bis zu seiner Wohnung empor und trat am deren Ende durch das heilige Tor. Dieses „Tor“ war sein persönlicher Eintritt hinunter in den altehrwürdigen Tempel des Mithras - einem Heiligtum, das bereits vor 1800 Jahre erbaut worden war. Einst hatten in ihm echte Mithrasjünger und deren Priester die streng geheime Einweihungszeremonie des mächtigen „Stiertöters“ vollzogen. Seit Jahrhunderten waren diese nicht mehr praktiziert worden. Der Mensch, der bald ein Gott sein würde, nachdem die drei letzten heiligen Stufen erfüllt worden waren, drückte im Flur auf einen verborgenen Schalter im Wandschrank.

Eeo e eeo ioo o eeo ioo oee eoe o oee eie iii eee ooe ii aea yyy ieo, tönte es in seinem Kopf. Es waren die heiligen Vokationen des Gottes. Mächtige Anrufungen und seit Jahrhunderten nicht mehr ausgesprochen.

Erster Ursprung meines Ursprungs. Erster Anfang meines Anfangs. Geist des Geistes in mir MMM, rezitierte er die magischen Anfangssätze eines ellenlangen Gebetes der Mithrasmysterien. Dieses würde er in der Nacht seiner Gottwerdung laut sprechen, damit selbst die Sterne des Firmaments erfuhren: es gibt einen neuen Menschen, in dem die Kraft des ewigen Mithras fliest...

Fast geräuschlos schob sich nach dem Drücken des verborgenen Knopfes eine zwei Meter hohe und ebenso breite mit Blümchenmuster tapezierte Wand vor das „Tor“. Sie verschloss dieses so passgenau, dass kein Uneingeweihter jemals hätte ahnen können, was sich dahinter Wertvolles versteckte.

Anschließend setzte sich Markus Martis auf eine Bank in seinem Garten. Er wartete. Er wartete darauf, dass endlich „Heliodromus“, sein sechstes Opfer, zu ihm fände. Ihn benötigte er noch. „Perses“ wartete bereits in Zelle V. Am allerwichtigsten war jedoch, dass „Pater“, Opfer Nr. 7, schon lange in seinem Verlies schmorte.

* * *

Dr. Müller-Molderings warf den Beamer an, der unter der Decke des Besprechungszimmers hing. Anschließend führte er ein paar Klicks auf seinem Laptop durch. Sofort erschien auf der Leinwand an der Wand das Foto jenes so grausam verbrannten Mannes, der seinen getunten Golf mit Karacho vier Jahre zuvor gegen einen Baum in Schwafheim gefahren hatte. Vermutlich unter erheblichen Alkoholeinfluss.

„Ach, Gott, was für ein ergötzlicher Anblick", entfuhr es Schaller und er hielt sich schützend die Hand vorm Mund, als müsse er jeden Moment anfangen zu kotzen.

„Ein total ruiniertes Brathähnchen im Wienerwald ist ja nichts dagegen. Aber der Tod, so mein jahrelanges Reden, ist ohnehin nichts für Feinschmecker."

Kleinlützum trommelte mit den Fingern seiner Rechten ungeduldig auf die Tischplatte.

„Ist das dort unser vermeintlicher Täter? Wenn der in diesem Aufzug seinen Opfern erscheint, muss er selbst gar nicht mehr viel tun. Die fallen alle sofort tot um."

„Meine Herren, ich darf doch um Seriosität bitten."

„Sehr gerne, Herr Staatsanwalt", erwiderte Kleinlützum frech.

„Aber nur wenn es die Voraussetzungen auch sind. Doch ich sehe hier nichts als..."

Er sagte seinen Satz nicht zu Ende, so als suchte er noch nach einem passenden Ausdruck.

„Bullshit?", fragte Schaller grinsend.

„Spinnereien", gab Kleinlützum zur Antwort. „Unbewiesenes dummes Zeug."

Boomi schwieg und starrte dabei fasziniert auf das Bild der verbrannten Person. Er hatte es sich auf seinem Computer schon so oft angesehen, und jedes Mal dabei ein merkwürdiges Kribbeln im Nacken verspürt. Für ihn war das ein untrügliches Zeichen, dass irgendetwas mit dem Toten nicht stimmte, aber was genau? Es wäre schön, wenn es ihm genau jetzt einfiele, in diesem Moment mit den Berufszweiflern...

Das Foto, durch den Beamer an die Wand geworfen, war erheblich größer, als er es bislang auf seinem Laptop daheim gesehen hatte. Aufmerksam studierte er deshalb jedes Detail des fast zur Unkenntlichkeit verbrannten Mannes.

„Markus Martis", begann der Staatsanwalt betont langsam, „hat nach seiner Schulzeit eine Ausbildung als Automechaniker bei Knauff gemacht. Dort", er machte eine Pause, „hat damals, als er noch Lehrling war, auch unser erstes Opfer gearbeitet."

„Sie sprechen von Heribert Lauff, dem Autoverkäufer, der gern in die rosa Szene von Moers abgetaucht ist", fragte Schaller.

„Genau den meine ich. Herrn Lauff vom Autohaus Knauff."

Kleinlützum schüttelte zweifelnd seinen Kopf.

„Und weiter?"

„Weitere Nachforschungen meinerseits in den letzten Tagen ergaben, dass der damalige Religionslehrer von Markus Martis an der Berufsschule Theo Schaffrath geheißen hat: unser zweites Opfer. Von hier an ist das für mich kein Zufall mehr."

Dr. Müller-Molderings blickte sich Beifall heischend nach allen Seiten um. Nur Boomi nickte zustimmend; Kleinlützum brummte sich irgendetwas Unverständliches in den nicht vorhandenen Bart. Schaller starrte zur Decke hinauf, wo ein besonders dicker Brummer mit seinen lauten erratischen Flugbahnen nervte.

„Schaffrath war derjenige, dem sie den Jesuiten-Rosenkranz aus dem Allerwertesten gezogen haben, nicht wahr?", fragte Kleinlützum.

Er klang äußerst übellaunig. Dr. Müller-Molderings bestätigte seine Erinnerung. „So ist es."

„Aber der Typ ist doch mausetot und das seit vier Jahren. Soll ich etwa an einen Zombie glauben, der Schaffrath, Lauff und diese kleine Linde abgemurkst hat?", empörte sich Kleinlützum. Dann zeigte er mit ausgestrecktem Arm auf das Bild der Leiche an der Wand. „Schauen Sie doch bitte alle hin! Seine Mutter hat ihn identifiziert, der untersuchende Arzt hat seinen Tod festgestellt, Wagen, Führerschein und Pass gehörten zweifelsfrei Markus Martis. Worüber reden wir hier eigentlich?"

Der Staatsanwalt schwieg und schaute beinahe Hilfe suchend zu Boomi. Kleinlützum legte noch einen drauf, als er das mitbekam.

„Monsieur van den Boom, können Sie mir kleinen Beamten, der ich ja erst seit knapp 35 Jahren im Job bin und deshalb nur wenig Erfahrung mitbringe, einen klitzekleinen Beweis dafür liefern, warum wir nicht glauben sollen, dass Markus Martis damals in seinem ausgebrannten Fahrzeug ums Leben gekommen ist? Das würde mir nicht nur Erhellung bringen, sondern mich auch noch auf Trapp."

Boomi hatte die ganze Zeit nichts anderes getan als sich das Bild Quadratzentimeter für Quadratzentimeter anzusehen. Als er sich schon fast eingestehen wollte, dass er nichts Verdächtiges finden würde, hatte es bei ihm endlich „Klick“ gemacht.

Gott was bin ich blind gewesen! Oh Gott! Das gibt's doch nicht!

Mit einem Mal war ihm alles klar, auch warum der „Römer“ vom Nelkensamstagsumzug braune Lederhandschuhe getragen hatte. Mit fast ausdruckslosem Gesicht, antwortete Boomi auf Kleinlützums nicht unberechtigte Frage, wobei er mit seiner rechten auf das Bild wies: „Das dort kann nicht Markus Martis sein, weil der Leiche etwas ganz Bestimmtes fehlt.“

„Die Bekleidung“, knurrte Kleinlützum. Boomi überhörte seine Unverschämtheit und fuhr fort.

„Wir erinnern uns an die Zeugin aus dem Moerser Schlosspark, die den Töter beobachtet hatte und der dessen anachronistische Handschuhe in Bezug auf sein Kostüm aufgefallen waren. Auch ich kann diese Handschuhe bestätigen. Der Täter hatte sich deshalb Handschuhe übergestreift, weil er etwas verbergen wollte. Der Vater von Markus hatte diesem vor Jahren unabsichtlich beim Holzhacken ein Fingerglied seiner linken Hand abgetrennt. Meine Herren! Schauen Sie sich bitte beide Hände des Verbrannten an. Sie werden feststellen, dass sie unversehrt sind, was den Verlust eines Fingers oder eines Teils davon betrifft.“

„Alles klar!“, nickte der Staatsanwalt bestätigend und strahlte wie ein keckes Pony bei Sonnenschein. Endlich konnte er handeln.

„Das reicht mir. Markus Martis wird zur Fahndung ausgeschrieben."

Und weiter an seine Beamten gerichtet, die nach wie vor stirnrunzelnd vor ihm hockten wie unzufriedene Jungs: „Sorgen Sie bitte für brauchbare Fotos, verhören Sie seine Mutter, ich ordne die sofortige Exhumierung des damals Beerdigten an..."

* * *

Nur noch wenige Tage und er würde endlich frei sein. Es fehlte nur noch der eine, der „Sonnenläufer" aus Vluynbusch. Frei, gerettet, rein gewaschen. Frei von den unsäglichen Besudelungen und Demütigungen seiner verdammten Kindheit. Frei von den elenden Beschränkungen eines sterblichen Lebens. Mithras, der Gott des Lichtes und der Sonne, würde in ihm auferstehen. Mithras und er selbst würden von da an eine feste Einheit bilden, die ihn Markus Martis unverwundbar und göttlich werden ließ.

Die Zeit war gekommen, das große Werk zu vollenden. Er hatte Jahre dafür gegeben, aber alles hatte sich am Ende so gefügt, dass er es tatsächlich hatte beginnen können.

Alles im Leben ist Zeichen für anderes. Das hatte er vor unzähligen Jahren in einem klugen Buch gelesen. Damals, als ihm sein Vater, der auf ewig im Hades schmoren soll, mit dem Beil die linke Hand so schwer verletzte, dass er glaubte, sterben zu müssen – damals hatte er, Markus, eine unbeschreibliche Erleuchtung erfahren. Nachdem ihn seine Mutter ins Krankenhaus Bethanien gebracht hatte, und er dort medizinisch behandelt worden war, war er Tage später wieder nach Hause zurückgekehrt. Niedergeschlagen war Markus in seinem Zimmerchen verschwunden. Er wollte niemanden sehen oder sprechen. Sein Leben war zu Ende – sein eigener Vater hatte dafür gesorgt. Schon immer hatte er ihn gedemütigt und verletzt, aber die Sache mit dem Beil hatte allen Misshandlungen die Krone aufgesetzt. Wie sollte es jetzt weiter gehen? Er war ihm doch immer noch schutzlos ausgeliefert...

Totunglücklich hatte Markus eine ganze Weile am Fenster seines Zimmers gestanden. Er sah die Sonne, die hell und leuchtend am Himmel stand und ohne zu wissen, wie er dazu kam, hatte er, als er in sie hineinblinzelte, seinen Kopf hin und her bewegt.

Plötzlich sah er den Sonnenpenis, der von dem großen Feuerball herunterging. Er sah diesen, weil er seinen Kopf hin und her bewegte. Das Unglaubliche aber war, dass der Sonnenpenis sich ebenfalls bewegte – durch ihn. Er, Markus, besaß allein die Kraft, die Sonne, an der ihr Penis hing, zu bewegen. Nur er allein. Kein anderer.

Das gab ihm Kraft. Das machte ihn stark. Das machte ihn stärker als alle anderen. Und immer wieder, wenn sein Vater ihn mal wieder in die Knie zwingen wollte, hatte er seine Gabe ausprobiert. Sie hatte ihn niemals verlassen.

Drei Jahre später hatte er auf dem Flohmarkt in Moers ein Buch entdeckt, in dem es um Gott Mithras ging. Er kaufte es für zwei deutsche Mark. Ohnehin hatte Markus alles Literarische, was er über die Römer in Händen kriegen konnte, solange er denken konnte, in sich hineingeschlungen – als wäre er am Verdursten. Die Römer gaben ihm Schutz und Halt. Die Römer hatten einst dort gelebt, wo er wohnte. Und Mithras war der Gott der Soldaten. Ihn beteten sie an.

Atemlos las er in dem bereits stark zerfledderten Buch über den Kult des großen Mithras: *Hole von den Strahlen der Sonne Atem, dreimal einziehend, so stark du kannst, und du wirst dich sehen aufgehoben und hinüberschreitend zur Höhe, so dass du glaubst mitten in der Luftregion zu sein. Denn du wirst von der Sonnenscheibe einen Penis wie eine herabhängende Röhre erblicken. Diese wirst du bewegen, wenn du es nur willst.*

Als er später noch entdeckte, wie leicht sich Martis durch Umstellung der Buchstaben und einer winzigen Ergänzung in *Mithras* verwandeln ließ, waren es der Zeichen genug.

Eines Tages werde ich mich reinwaschen von meinem alten, elenden Leben und ein vollkommen neues beginnen. Ich werde zu Mithras, dem Gott, der wahrlich aufersteht, wenn er in mir neu geboren wird.

Aber um dieses große Werk überhaupt in Angriff nehmen zu können, um wirklich rein zu werden und sich frei zu machen von allem, was ihm das eigene Leben vergiftet hatte, bedurfte es Geduld, Geduld, nochmals Geduld und eines verdammt guten Plans. Das Böse in seinem Leben musste endgültig ausgemerzt werden. Das Böse waren sein Lehrer Schaffrath - ein Schlächter par exellence - der schwule Lauff, der sich ihm immer wieder in unzüchtiger Weise brutal genähert hatte, Rosalie, das Miststück, und vor allem sein widerlicher Vater, für den er sich am Ende eine ganz besondere Bestrafung ausdenken würde. Denn nur mit Blut, das vergossen wurde, konnte Gott Mithras für sein neues Leben gewonnen werden. Nur mit Menschenblut. Was ihn abtrieb, war abgrundtiefer Hass. Hass auf die

Menschen, die ihn gedemütigt hatten. Hass ist eine wunderbare Triebfeder, wenn alles in einem nach Rache schreit. Aber es dauerte Jahre bis er sein ehrgeiziges Unternehmen – seine Reinwaschung – überhaupt in Angriff nehmen konnte...

Wer später stirbt, wartet länger drauf.

(Aus Schallers ehrgeizigem Weisheitsschatz)

Auf eigene Faust und ein gewaltiges Rätsel für den Kommissar

Boomi war dahoam in seiner „Single-Kate“ und dachte intensiv über Jackies Schicksal nach. *Hoffentlich ging es ihr gut. Hoffentlich ging es ihr gut.* Das Kennzeichen des Mitsubishis hatte polizeilich nichts gebracht, außer der Erkenntnis, dass es falsch war. Offenbar hatte es sich der Täter täuschend echt gebastelt. *Oh Gott, vielleicht ist sie schon tot? Und ich konnte nichts für sie tun.*

Niedergeschlagen zog sich Boomi auf seine Wohnzimmercouch zurück und versank in Trübsal. *Wäre ich doch nur etwas früher zu ihr gefahren. Das hätte alles geändert, oder?*

Wie er es auch drehte und wendete, er kam zu keinem akzeptablen Ergebnis, das ihm seine Schuldgefühle ein wenig gelindert hätte. Wut über die eigene Ohnmacht brach in ihm auf. *Wo steckt dieses Schwein? Wo hat er seinen perversen Tempel errichtet? Wo in Krefeld kann er im Verborgen seinen abnormen Neigungen nachgehen? Und wie konnte er sich bloß vier Jahre lang vor allem versteckt halten? Sich quasi tot stellen?*

Immer wieder ging ihm Jackie durch den Sinn und wie hilflos er war, ihr vermutetes Leid in diesem Augenblick beenden zu können. Was stellte dieser Markus wohl mit ihr an? Sie als Person in seinem perversen Ritualspiel hatte er ja bereits ziemlich früh erwählt. Vermutlich ohne sich dessen bewusst zu sein. Hatte ihr nämlich den Grundriss eines Mithrastempels in die Haut gestochen. Woher besaß er eigentlich die Vorlage dazu? Hatte er sie einem Buch entnommen? Oder stammte sie aus dem Internet? Oder war sie reine Phantasie? Boomi lag lang ausgestreckt auf seinem bequemen Sofa und dachte intensiv nach, was das Zeug hielt.

Mithrastempel. Mithrastempel. Wo gibt es eigentlich welche am Niederrhein?

Er sprang auf und eilte zu seinem Computer. Die Antwort auf die eingegebene Frage kam rasch: Neuss, Köln, Xanten, Elfrath, ja, in Moers oder Asciburgium dagegen nicht, dafür aber in Gelduba oder Gellep-Stratum, bekannter und einst Römer verseuchter Ortsteil von Krefeld. Als es die Stadt noch nicht gab. Eifrig suchte er weiter und stieß schließlich auf die Rekonstruktion dieses Mithrasheiligtums auf Krefelder Boden. Es war keineswegs unterirdisch errichtet worden, sondern glich eher einem Haus mit Spitzdach. Ein einfaches Holzhaus, wie die Archäologen vom Landesamt vermuteten. Boomi zeichnete den Grundriss des ehemaligen Mithrasheiligtums nach und erstarrte. Mit etwas guten Willen erkannte er darin das Krakeltattoo auf Jackies Brust. Sogleich erinnerte er sich, wie angenehm es gewesen war, als seine Fingerkuppen darüber streicheln durften. Aber schnell schüttelte er jede erotische Erinnerung ab. Das Mädchen, die liebe Jackie, war in großer Gefahr. Sie befand sich in der Hand eines Scheusals. Boomi hoffte, dass sie noch lebte. Doch was bedeutete dieser Grundriss nun, der im Prinzip demjenigen des Mithras -

tempels von Gelduba entsprach? Warum ausgerechnet dieser Grundriss? Boomi klammerte sich an jeden Strohhalm, nach dem er greifen konnte. Was durfte er aus der Tatsache, dass Markus ausgerechnet diesen auf Jackies Brust platziert hatte, ableiten? Dass Markus Martis dieses Mithrasheiligtum oder zumindest das, was davon an Grundmauern noch übrig sein mochte, zumindest gekannt hat? War es denn wahrscheinlich, dass er sich genau dorthin verzogen hatte, nachdem er wen auch immer in seinem Fahrzeug ermordet hatte? Dass sein Versteck beim oder in der Nähe des ehemaligen Mithrasheiligtums von Gelduba lag? Ausgeschlossen war das nicht. Immerhin war er mit Jackie in genau diese Richtung geflohen. Und nicht in Richtung Xanten. Das durfte Boomi erst einmal so annehmen. Ob es logisch war, blieb eine andere Frage. Ein, zwei weitere Klicks und er fand den heutigen Straßennamen, wo einstmals das Heiligtum des Gottes Mithras in Gelduba gelegen hatte: Dicht beim ehemaligen Römerkastell hieß eine heutige Stelle „Am Castell". Boomi checkte die digitale Karte genauer. Die Latumer Straße vereinigte sich mit der Gelleper Straße fast am Ufer des Rheins, ungefähr dort, wo vor fast zweitausend Jahren der ehemalige Hafen der damaligen Weltmacht Rom gelegen hatte. Der Castellweg im Süden bildete mit Gelleper und Latumer Straße ein Dreieck. Dazwischen hatte sich das befestigte Römerlager befunden. Außerhalb der Umfriedung war das hölzerne Mithräum entdeckt worden. Ob sich genau dort Markus Martis niedergelassen hatte? Boomi fackelte nicht lange, sondern setzte sich in seinen Volvo und fuhr los. Sein Ziel Gellep, genauer Gellep-Stratum.

Rosalie, die kleine engelgleiche Rosa Leonie, war seine erste und einzige Liebe in der Grundschule gewesen. Oh wie sehr hatte er das Mädchen angeschmachtet. Oh wie sehr hatte er auf Erwiderung seiner Liebe gehofft. Sie war besser als alle anderen Mädchen gewesen, so rein, so wunderbar, so kostbar. Mit ihr hätte er die hellsten Sterne vom Firmament holen können...

Aber Rosalie hatte ihn brutal zurückgewiesen. Schlimmer noch! Sie hatte ihn am Ende sogar frech verleumdet. Was für ein Schock war das für ihn damals gewesen. Ein Schock von dem er sich erst vor kurzem wieder erholt hatte. Seine geliebte Rosalie beschuldigte ihn, etwas getan zu haben, wozu er niemals fähig gewesen wäre. Denn da hatte es Peter Hochkamer gegeben, den flotten Peter mit einer Frisur wie Elvis. Peter das blonde Alphamännchen der ganzen Klasse. Niemand von den Jungen besaß seinen Status. Die Mädchen waren verrückt nach ihm. Jede konnte er haben, jede, bis auf Rosalie, hatte Markus geglaubt. Und Peter hatte Rosalie, seinem Engel mit dem lieblichen Lächeln, im Unterricht versaute Briefchen geschrieben. Darin stand, dass sie ihn küssen sollte: auf den Mund, auf die Brust, auf den Bauch, auf Gott weiß wohin.

Aber die Lehrerin, Frau Florenz, wachsam wie eine Eule, hatte Peters versaute Briefchen abgefangen. Als die strenge Lehrerin Rosalie nach dem Absender fragte, hatte diese, ohne rot zu werden, geantwortet: „Markus ist es gewesen. Ich lüge nicht. Markus will, dass ich ihn anfasse und überallhin küsse."

Damals war das für ihn wie ein Messerstich ins Herz gewesen. Wie Verrat. Wie eine Sünde! Eine Todsünde. Seine geliebte Rosalie beschuldigte ihn solcher Versautheiten. Vor lauter Elend hatte er es nicht einmal mehr abstreiten können, und Frau Florenz hatte daraus ihre falschen Schlüsse gezogen.

Das musste er erst einmal verdauen. Rosalie war kein Engel, sondern das genaue Gegenteil. Oh wie blind war er nur gewesen. Von da an konnte und wollte er keinem Weib mehr vertrauen. Bis auf seine Mutter. Die hatte es schwer genug im Leben. Aber Rosalie würde dafür bezahlen. Die Zeit würde kommen…

Gott Mithras spielte sie ihm eines Tages gekonnt in die Hände. Er schleppte sie zu seinem Altar, der unter seinem Haus stand. Rosalie litt entsetzlich Qualen, bevor sie ihr elendes Leben aushauchte. Sie wurde geopfert für seine (Markus) Erhöhung. Mithras formte ihn allmählich zu einem Gott und er nahm still Rache an allen, die ihn im Leben gedemütigt und erniedrigt hatten.

* * *

Warum sperrst du mich ein? Was habe ich dir getan?
Weißt du, Mädchen, du gehörst einfach mit zur Familie.
Bitte lass mich gehen. Ich verspreche nichts von dem hier der Polizei zu sagen. Bitte, lass mich frei, Markus.
Das geht nicht, Mädchen. Du bist Lilias beste Freundin. Ich kann dich nicht am Leben lassen.
Du bist wahnsinnig, Markus. Du brauchst Hilfe. Ich habe dir nichts getan. Lass mich gehen. Bitte.

Du solltest glücklich darüber sein, dass du hier bist. Du bist Perses, eine meiner Stufen in die Ewigkeit. Du hilfst mir, ein Gott zu werden.
Höre dich bloß mal reden, Markus. Du klingst völlig durchgeknallt. Das ist doch alles nicht wahr, oder? Markus wach auf. Bitte.
Sei tapfer, Mädchen. Du wirst geopfert, damit ich aufsteigen kann. Freue dich darüber, kleine Perses.

* * *

Boomi bretterte mit Vollgas über die A57 von Moers-Hülsdonk bis zur Ausfahrt Krefeld Zentrum. Von dort ging es zuerst Richtung Meerbusch, später dann immer geradeaus nach Gellep. Mit quietschenden Reifen bog Boomi in die ruhig daliegende Legionstraße ein – und wurde abrupt in seinem Drang gestoppt. Das Gebiet rund um die katholische Backsteinkirche des heiligen Andreas war vor allem ein Gewirr von Sackgassen. Hier kam er nicht weiter. Er fluchte laut. Was jetzt? Tacitusweg, Pliniusweg, Legionstrasse, nicht einmal die Bewohner, die er vom Wagen aus fragte, wussten, wo hier jemals ein hölzerner Mithrastempel gestanden haben sollte, geschweige denn wie man dorthin kommen sollte. Einen römischen Matronenstein gäbe es vor der Kirche, aber ansonsten sei hier nichts von den Römern mehr vorhanden – bis auf die Straßennamen. Nun gut, ein Paar Scherben hätten sie beim Hausbau schon entdeckt, aber kein Gold, keine Schätze, kein Heiligtum. Beim Rewe-Markt gäbe es allerdings eine Gebietskarte, vielleicht könne er dort herausfinden, wo sein Ziel läge?

„Was ist denn ein Mithrastempel, junger Mann? So was kennen wir hier nicht." Er schwieg dazu.

Boomi parkte vor der Kirche und warf danach kurz einen Blick auf den Stein der drei Matronen im Vorgarten des Gotteshauses. Der Stein zeigte eigentlich die drei Bethen, wie man sie auch am Wormser Dom vorfindet. Aufgewühlt eilte er die Legionstraße entlang, kam an gemähten Wiesen mit Baumbestand vorbei, überquerte eine Umgehungsstraße und eilte danach weiter an einigen Häusern, die allesamt hässlich aussahen und nach dem letzten Krieg errichtet worden sein mussten. Wo zum Teufel sollte er hier den Mörder finden? Er gelangte an einen Bahnübergang – nur für Fußgänger – dahinter erblickte er einen großen Wendehammer. Weiter links davon, so schätzte er, die Gleise längs, bis man zur Gelleper kam, irgendwo dort in dem spitzen Dreieck zwischen Straße und Gleisen müsste einstmals das Mithrasheiligtum gestanden haben. Doch als er dort ankam, waren alles, was er erblickte Felder und Brachland. Wo zum Henker, hatte sich Markus Martis hier sein einsames, perverses, mörderisches Reich errichtet?

In diesem Augenblick ging eine SMS auf sein Handy ein. Boomi schaute nach, weil sie vermutlich von Judith kam oder vom Präsidium in Duisburg. Doch falsch gedacht. Diese SMS kam von ihm. Was für eine Frechheit. Boomi lief es kalt den Rücken herunter. Was er las, stellte ein Rätsel dar. Markus Martis spielte mit ihm. Boomi überlegte kurz. Dann hatte er das kleine Spiel für sich entschieden. Jetzt wusste er, wo der mörderische Mithrasjünger auf ihn wartete. Gar nicht weit von ihm entfernt. Boomi lächelte säuerlich. Wenn du denkst, ich tappe blindlings in deine Falle, bist du auf dem Holzweg. Er entschied sich für einen Abstecher an einen Ort, wo ihn der Mörder nicht vermuten würde. Jedenfalls nahm Boomi das an.

* * *

Theo Schaffrath war ein Schwein, wie es im Buche stand. Das war jedenfalls immer die feste Überzeugung von Markus Martis gewesen. Schaffrath, promovierter Theologe und Deutschlehrer, dazu noch Jesuit, war zwei Jahre lang sein Lehrer für Deutsch und Relli in der Berufsschule in Moers gewesen. Schaffrath hatte ihm damals das Leben zur Hölle gemacht, denn Schaffrath hatte ein nicht unerhebliches Persönlichkeitsproblem: er wusste alles und alles besser als andere. Für jeden Schüler, der sich für ein bestimmtes Thema interessierte, das Todesurteil.

Markus hatte ein zwanzigseitiges Referat über den römischen Mithraskult gehalten und dessen Beziehung zum Christentum. Dabei hatte Markus offenbar den Fehler gemacht, seine Sympathien für Mithras allzu deutlich herauszustellen. Am Ende seines Referats hatte Markus erklärt, dass Mithras auch der „Gott der Verträge“ sei. Dass man einen Vertrag durch beiderseitiges Händeschütteln besiegelt, stamme aus dem Mithraskult. Schaffrath hatte ihm ebenfalls die Hand gereicht, nachdem alle Mitschüler bereits den Klassenraum verlassen hatten und mit schneidender Stimme gesagt: „Es ist richtig, was Sie übers Händeschütteln bei Vertragsangelegenheiten erzählt haben. Ich gebe Ihnen auch meine Hand, aber nur um damit zu besiegeln, dass ich Sie fertig machen werde, Martis. Sie haben das edle Christentum verunglimpft, mag sein, dass es viel von seinen eigenen Festen, Vorstellungen und Ritualen dem Mithraismus entlehnt hat. Aber das heutzutage als Waffe gegen das Christentum zu verwenden, weckt meine tiefste Abscheu, Martis. Sie kriege ich klein, darauf meine Hand."

Markus hatte wie zu Stein erstarrt dagestanden. Schaffrath haute ihm sowohl in Deutsch als auch in Relli eine schlechte Note nach der anderen rein. Am Ende gab es auf dem Zeugnis eine vier minus minus für Religion und eine fünf plus, wie er dreist bemerkte, für seine „mangelhafte Muttersprache".

Aber der Gott, der es gewohnt war, einem Felsen siegreich zu entsteigen, hatte Markus dabei geholfen, das Lehrerschwein ein für alle Mal auszumerzen. Schaffrath hatte geschrien vor Angst, als er nackt auf dem Altar lag und Markus ihn mit einem heißen Eisen gezwungen hatte, seinem gekreuzigten Gott für immer abzuschwören. Er würde ansonsten nicht am Leben bleiben, hatte Markus ihm Mut gemacht.

Daran hatte sich der ehemalige Lehrer wie an einen Strohhalm im Ozean geklammert und seinen Gott laut verleugnet.

„Ich habe es mir eben anders überlegt, Herr Schaffrath. „Haben Sie das nicht auch zu mir gesagt, als es um die Zeugnisnote vier oder fünf ging? Wie spricht der Herr? Auge um Auge..."

Schaffrath hatte gelitten und gebüßt. So wie der hinterfotzige Heribert Lauff. Der Schwule, der sich gern an kleinen Jungs verging. Und der dabei so brutal wie keiner sonst sein konnte...

* * *

Boomi bewegte sich in Richtung des sogenannten Castells. Das war der äußerste Punkt des ehemaligen Römerlagers gewesen und eine sanfte Erhebung in einer ansonsten doch flachen Landschaft. Erneut überquerte er die Gleise einer kleinen Betriebsbahn. Hier oben auf einer dreieckigen Anhöhe, Gras bewachsen und einsam, standen zwei morsche Bänke, Meter hohe Hecken und einige alte Obstbäume. Tief abfallend lag weiter unten jener alte Rheinarm, den die Römer bereits vor fast zweitausend Jahren für ihre betriebsame Hafenanlage genutzt hatten. Heute wurde er als Hafen für Sportboote genutzt.

Eine Art runder Metalltisch mit wissenschaftlichen Erklärungen und einer kleinen Reliefdarstellung war hier vor einigen Jahren als Erinnerung an das römische Gelduba errichtet worden. Boomi entdeckte im Gebüsch einen weiteren Matronenstein, der ebenfalls als Kopie wie jener bei der Kirche des heiligen Andreas hier oben als Gedenkstein aufgestellt worden war. Wie ein vorgeschobener Aussichtsposten wirkte diese ansonsten ungepflegte Stelle auf ihn. Boomi konnte sich gut vorstellen, wie einstmals römische Soldaten mit Helm und rotem Umhang das Laden und Entladen ihrer Galeeren weiter unten kontrolliert hatten. Diese Schiffe kamen vielleicht schwerbeladen von Xanten (Castra Vetera) oder von Köln (Colonia Agrippina) hierher.

Boomi ließ sich vorsichtig auf eine der zwei eher morschen Bänke nieder, um darüber nachzudenken, wie es jetzt weiterging. Markus hatte ihm eine kleine, allerdings leicht zu enträtselnde SMS geschrieben, um ihn anzulocken. Es war höchste Zeit, die beiden Kommissare darüber in Kenntnis zu setzen, wo er sich in diesem Moment aufhielt.

Boomi kramte sein Handy hervor und wollte eben eine entsprechende Nachricht an Schaller schicken, als ihm ein heftiger Schlag auf den Kopf das Bewusstsein raubte.

* * *

Markus Martis hatte nie etwas gegen Homosexuelle gehabt. In dieser Frage war er tolerant. Sollte doch jeder so glücklich werden wie es seinen Neigungen und Vorlieben entsprach. Ohnehin gab es in seiner eigenen Familie einen Onkel, der schwul war. Onkel Klaus war so sanft wie seine Mutter und interessierte sich vornehmlich für klassische Musik und alte Kirchenkunst. Darüber sprach er am liebsten. Im Glauben, dass alle Schwule solche Lämmchen seien wie Onkel Klaus, hatte sich Markus auf den homosexuellen Heribert Lauff eingelassen. Markus war davon ausgegangen, dass ihn dieser mit

ließ, weil er ja selbst hetero w

Markus befand sich ganz frisch

unbedingt Automechaniker w

gerne geschraubt und sich für Motoren interessiert hatte. Heribert Lauff, der ungekrönte Star-Verkäufer des Autohauses Knauff, hatte sich wenige Tage, nachdem er in den Betrieb gekommen war, bereits mit ihm angefreundet. Markus war stolz darauf, denn Heribert gab sich anderen

Angestellten des Hauses gegenüber eher unnahbar, ja fast schon abweisend.

Nach etwa einer Woche begann Heribert ihn unangenehm zu necken: „Bist wohl noch Jungfrau, was? Hast ihn noch bei keiner reinstecken können? Weißt gar nicht, wie das ist? Vielleicht kann ich dir ja helfen, mein Süßer?"

So ging das in einer Tour. Erst empfand Markus das alles noch als einigermaßen witzig, aber Heribert wurde drängender, fordernder. Es kam dazu, dass er ihn anfasste, streichelte, ihn aufforderte, er solle es ihm mal in der Toilette besorgen. Markus lehnte ab. Er versuchte Heribert klar zu machen, dass er so einer eben nicht sei. Dass er nichts von ihm wolle. Dass er ihn bitte, ihn damit in Ruhe zu lassen. Auf die Idee, sich an seinen Chef zu wenden, kam er nicht, weil er annahm, dass ihm keiner Glauben schenken würde. Dann eines Abends fiel Heribert über ihn her, würgte ihn, dass er fast bewusstlos wurde, schleppte ihn in die Herrentoilette. Dort versuchte er, sich an ihm zu vergehen, was misslang, weil Markus sich dagegen wehrte. Heribert wurde wütend wie ein bissiger Hund und warnte Markus davor, ihn bei der Geschäftsleitung anzuschwärzen. Unerfahren und hilflos wie er war, erzählte Markus niemanden davon. Aber mit der Zeit wuchs in ihm ein unbändiger Hass auf Heribert Knauff. Dem würde er es noch zeigen, schwor er sich. Er begann bereits ein „Schwarzes Buch" zu führen. Darin wurden alle aufgeführt, denen er es noch kräftig heimzahlen würde. Eines Tages.

Als es soweit war, Jahre später, war Heribert fällig. Durch Schaffrath war ihm die Geschichte von Sisera bekannt.

Einen Pflock, geformt wie ein Spargel, schlug er ihm im ehemaligen Amtszimmer von Kuglheimer durch den ergrauten Schädel. Aber vorher hatte Heribert Qualen auszuhalten, wie sie vermutlich noch keiner am eigenen Leibe erfahren hatte. Markus erfuhr auch etwas am eigenen Leibe: nämlich das lustvolle Gefühl, wie viel Vergnügen ihm das Foltern anderer bereitete.

* * *

Peter Schneider war im Präsidium der Typ für schwierige Fälle. Schneider war es gewesen, der beim spektakulären „Mordfall Franzosensäbel" ein Jahr zuvor entdeckt hatte, dass sich in einem winzigen Fach an einem alten Offizierssäbel aus der Zeit Napoleons ein noch winzigeres Stück Pergament befunden hatte. Jetzt hatte Schneider etwas ganz anderes herausgefunden, was ihm irgendwie „spanisch" vorkam. Der Staatsanwalt hatte angeordnet, Boomis Handy zu überwachen. Die Auswertung relevanter Daten oblag Schneider. Der Mann kam rasend schnell dahinter, dass bei Boomi ausnahmslos langweilige Daten aufliefen, ja, man durfte sogar von wirklich unnützem Zeugs reden. Meistens kam nämlich gar nichts rein, weil Boomi ungefähr so viele Freunde hatte, die ihm schrieben oder anriefen, wie ein einsamer Eisbär auf einer abgebrochenen Scholle im Nordmeer. Aber dann geschah das Unerwartete. Boomi erhielt überraschend eine SMS. Und was für eine! Whow!

„Schaut euch das mal bitte an", rief Schneider aus und stürmte dabei ins Büro von Kleinlützum und Schaller. Selbstverständlich war auch der Staatsanwalt mal wieder zugegen.

„Was gibt's denn Aufregendes?", wunderte sich Schaller.

Schneider hielt den drei Männern ein großes Blatt weißes Papier vor die Nase. „Das kam eben bei diesem Boomi rein. Was haltet ihr davon?"

Verblüfft lasen der Staatsanwalt und die beiden Kommissare, welch ungewöhnliche SMS „ihr" langweiliger Waldschrat aus Vluynbusch erhalten hatte.

PERSES, HELIODROMUS und PATER von ihnen 7 weisen STRATUM zu mir.

„Verdammte Fresse", platzte es aus Kleinlützum heraus. „Das kann doch nur, das ist doch nur... ich glaub's nicht."

„Doch! Von unserem Täter persönlich", stellte Dr. Müller-Molderings sachlich fest.

„Markus Martis schreibt Boomi eine SMS", staunte Schaller.

„Und verrät ihm, wo er ihn finden kann", ergänzte Schneider.

Der Staatsanwalt versuchte augenblicklich van den Boom anzurufen, aber es lief nur dessen Mailbox.

„Wir müssen diesen Code knacken, Leute", sagte er ernst. „Wenn van den Boom dazu in der Lage ist, sollten wir es dreimal sein, nicht wahr?"

Kleinlützum und Schaller schwiegen betroffen. Schneider erzählte, dass er vorsichtshalber schon mal im Internet nachgesehen hätte: „Stratum ist lateinisch und bedeutet *Straße*."

„Richtig. Ist aber auch der Name eines Krefelder Stadtteils", klärte Dr. Müller-Molderings ihn auf. „Gellep-Stratum."

Schneider zuckte ratlos mit den Achseln. „Mag sein. Ich

komme nur selten aus Duisburg raus. Habe halt n'en blöden Job."

Dr. Müller-Molderings bedachte ihn mit einem strafenden Blick.

„Also ran, meine Herren, wir müssen so rasch wie möglich klären, was hiermit gemeint ist. Ansonsten: Was ergibt die Handyortung, Schneider?"

Doch der winkte energisch ab. „Sein Handy ist ausgeschaltet. Keine Chance ihn aufzuspüren. Die eingegangene SMS kann von irgendwo her kommen. Mehr weiß ich momentan nicht. Ich arbeitete noch daran."

„Heliodromus, Perses, Pater", sagte Kleinlützum grübelnd.

„Sind keine griechischen Schnapssorten oder neue Harzer-Käsenamen", frotzelte Schaller. „So heißen die letzten Einweihungsgrade 5, 6. und 7 dieses Mithrasgottes. Das habe ich mir gemerkt."

„Und was sollen *7 davon* bedeuten? Ich sehe nur drei", knurrte Kleinlützum, der Rätsel generell hasste - so wie andere vielleicht Spiele wie *Rummikup* oder *Siedler.*

Na, das kann ja heiter werden, dachte der Staatsanwalt erschrocken. Aber er hatte nur diese besten Leute.

Was für eine großartige Liebe, schreibt die Zeitung.
Sie heuerte einen Killer für den Ehemann an,
denn eine Scheidung bräche ihm das Herz.

Das geheime und blutige Mahl für einen Gott

Als Boomi wieder zu sich kam, dämmerte es ihm erst allmählich, wo er sich befand. Anfangs hatte er noch Schleier vor den Augen. Sein Schädel dröhnte, als ob ihn eine Dampframme erwischt hätte. Da brannten helle Fackeln an den Wänden. Es war eine Art Kellergewölbe, in dem er steckte. Er selbst saß auf einem wuchtigen Stuhl vor einem großen und breiten Tisch. Ihm war speiübel, er hätte kotzen können. Boomi versuchte sich zusammen zu reißen. Vor ihm stand ein Metallteller, daneben ein Becher aus Ton, ein Körbchen, in dem sich etwas Brot befand. Boomi schaute an sich runter und stellte irritiert fest, dass man ihm seine Kleider weggenommen hatte. Seine Füße waren nackt. Er selbst trug ein hellgelbes Gewand, grob gewebt und geschnitten wie eine römische Tunika. Doch das Schlimmste: er war am Tisch in Höhe seines Bauches angekettet.

Dann hörte er jemanden heftig stöhnen. Boomi zuckte zusammen, weil er bislang angenommen hatte, allein in diesem Raum zu sein. Der Schleier vor seinen Augen lichtete sich etwas. Ihm gegenüber saß eine Gestalt an dem Tisch. Es war ein Mädchen und es trug wie er eine hellgelbe Tunika.

Boomi lief ein Schauer über den Rücken, als er das Mädchen erkannte. Es war Jackie, die ihn anblickte, als wäre sie nicht richtig bei sich.

Offenbar hat man ihr Drogen gegeben, dachte Boomi entsetzt. „Jackie", rief er halblaut. „Jackie, hörst du mich? Ich bin's. Boomi. Sag was, bitte."

Wieder hörte er ihr leises Stöhnen. Vermutlich litt sie Schmerzen. Er zerrte wild an seiner Kette. Aber es war aussichtslos.

„Hier kommt keiner von euch mehr lebend raus", hörte er eine feste Stimme hinter sich. Dann legte ihm jemand beide Hände auf die Schultern. Boomi konnte nicht erkennen, wer das war, aber er vermutete, dass es sich um Markus handelte. Er hatte ihn am Castell niedergeschlagen und anschließend hierher gebracht. Wie hatte er das nur angestellt? Aber dann fielen Boomi die Ermordeten im Rathaus, in der Kirche und im Schlosspark ein. Alle drei Personen waren vermutlich erst getötet und später an die anderen Orte verbracht worden. Wenn er sich also fragte, wie er das mit ihm selbst angestellt hatte, so war doch klar: Markus Martis musste inzwischen so was wie Weltmeister im Transport, vor allem im geheimen Transport von Körpern sein.

„Schön dich bei mir zu haben, *Heliodromus. Perses* kennst du ja bereits und *Pater* wartet noch in seiner Zelle. Es sind alle eingetroffen, um mich zu erhöhen. Dann können wir ja anfangen. Womit beginnt eine heilige Mithrasfeier, Heliodromus?"

Er schwieg eisern. Diesem Irren würde er nicht antworten.

„Schade. Dann eben nicht. Habe mir von dir mehr erwartet. Mit einem Festmahl, Heliodromus. Mit einem Festmahl. Erst Wasser und Wein und danach fließt das… Blut."

* * *

„Ich hasse Spielchen. Ich hasse Mörder, die meinen Sie könnten mir ihre perversen Ideen aufpfropfen. Ich will normale Todschläger, Vergewaltiger, Geiselnehmer mit Todesfolge und so weiter haben, aber keinen durchgeknallten Mithraspiepheini, der denkt mir beschissene Aufgaben geben zu müssen. Verdammt noch mal und zugenäht", brüllte Kleinlützum, kaum dass der Staatsanwalt sich für wenige Minuten aus dem Staub gemacht hatte.

„Wo ist der Typ eigentlich hin, dieser Neunmalkluge?", fragte Kleinlützum aufgebracht.

„Kurz für mal Königstiger", antwortete Schaller.

„Was?"

„Pipi machen."

Während Kleinlützum die Arbeit verweigerte, hatte sich Schaller im Internet kundig gemacht. *Es geht doch wohl eindeutig um das ehemalige Römerkastell in Gellep-Stratum,* vermutete der „Aushilfskommissar". *Was gab es denn dort für Straßennamen?*

Laut sagte Schaller: „Legionstraße, Tacitusweg, Pliniusweg, Latumerstraße, Gelleper Straße, Castellweg. Irgendwo dort wohnt unser Täter. Mit sieben sind ja wohl Buchstaben gemeint. Also, Chef, welche sieben Buchstaben könnten das sein, wenn man die genannten Straßennamen darauf bezieht?"

Kleinlützum guckte mal wieder so frustriert aus der Wäsche, als hätte man ihm die Pension erneut um etliche Euros geschmälert.

„Perses, Heliodromus und Pater, davon sieben Buchstaben?“

„So ist es, Meister.“

„Ich habe keinen Bock.“

„Wer hat das schon? Deshalb sind wir doch Beamte.“

Kleinlützum ächzte, stöhnte, fluchte und versuchte dann, sich zusammen zu reißen. Als könnte er sowohl die sechs Straßennamen als auch die drei Begriffe hypnotisieren, starrte er sie eine Weile frustriert an. Auf einmal fiel ein Fünkchen Einfall in sein pensionsbedürftiges Gehirn.

„Kein *G* bei den drei Graden dieses Mithras.“

„Stimmt“, überprüfte Schaller mit einem Blick.

„Fällt die Gelleper schon mal weg.“

„Jau! Strich!“

„Wenn ich willkürlich sieben Buchstaben aus den drei Begriffen rausnehme, habe ich beispielsweise T.E.L.U.R.A.M“, meinte Kleinlützum grimmig.

„So heißt keine der genannten Straßen.“

„Auch nicht R.A.M.U.L.T.E“, glänzte Schaller mit einer anderen Wortschöpfung.

„Oder besser noch L.U.R.A.T.E.M. oder T.R.A.L.U.M.E.“

Das Telefon klingelte. Kleinlützum nahm ab. Es war Dr. Müller-Molderings. Ungeduldig wie eh, wollte er wissen, wie sie vorankämen.

„Steckse nich drin, Herr Doktor. Aber wir haben’s gleich.“

* * *

Boomi rührte nichts von dem wenigen Ess- und Trinkbaren an, was vor ihm auf dem Tisch stand. Er befürchtete Gift darin. Jackie war wirklich nicht ansprechbar. Sie hockte starr wie eine Puppe mit ausdruckslosem Blick auf ihrem Stuhl. Was hatte der Irre ihr nur eingeflößt? Dann verließ Markus den Raum und kam wenig später mit einer verhüllten dritten Person herein. Auch sie schwieg und ließ sich tapsig zu ihrem Platz am Tisch führen. Dort wurde sie ebenfalls angekettet. Boomi hatte keinen Schimmer, um wen es sich dabei handelte. Ob Mann oder Frau, er konnte es nicht erkennen. Markus setzte sich lächelnd auf den vierten Stuhl, der sich am oberen Tischende befand. Dahinter stand der Altar, ein mächtiger steinerner Klotz vor einem eindrucksvollen Mithrasrelief mit der bekannten Stiertötung an der Wand knapp zwei Meter dahinter. Gegenüber von Markus hockte die vermummte Person und gegenüber von Boomi saß Jackie – eben mehr tot als lebendig. Boomi kam zum ersten Mal in den Sinn, dass das hier sein Ende werden könnte – und zwar noch an diesem Tag. Wer sollte ihn hier jemals aufspüren? Bestimmt nicht Leute vom Schlage eines Kleinlützums oder eines Schallers. Er war auf sich allein gestellt. Boomi betete inständig um eine günstige Gelegenheit zur Flucht. *Sobald er mich loskettet?*

„Nachdem nun *Perses, Heliodromus* und auch *Pater* zu mir gestoßen sind, werde ich euch meine einmalige Geschichte erzählen", begann Markus mit theatralischen Gesten. Dabei erhob er sich langsam und fing an vor dem Altar auf und ab zu schreiten. Der selbst ernannte Mithrasjünger trug einen weiten dunkelblauen seidenen Mantel, der ihm bis zu den Knöcheln reichte und mit gestickten goldenen Sternen, Monden und Sonnen übersät war. Um seinen Kopf wand sich ein Lorbeerkranz. Seinen unfreiwilligen Gästen bot der lebende Größenwahn an, sich doch herzlich am Essen und den Getränken zu laben. Das sei nun mal Bestandteil der heiligen Mithrasfeier.

Was für ein Blödsinn bei halb betäubten oder vermummten Personen, durchfuhr es Boomi. *Außer Wasser und Brot ist doch eh nichts vorhanden.*

„Gott Mithras hat mich mein Leben lang begleitet, nachdem ich ihn in der Jugend für mich entdeckt habe", legte Markus los. Es klang, als würde eine unendliche Geschichte kommen, und so war es auch. Aber es wäre falsch gewesen, sie voreilig als langweilig zu titulieren…

„Doppelgänger sind etwas faszinierendes", sagte Markus betont langsam. Boomi horchte auf.

Worauf will er hinaus?

„Ich bin davon überzeugt, dass jeder Mensch einen Doppelgänger besitzt. Irgendwo auf der Welt. Meistens lernen wir diesen nicht kennen. So war es zum Glück nicht bei mir. Eines Tages entdeckte ich meinen Doppelgänger in Moers. Ich saß im *Scoozi,* dem Italiener am Alten Markt, und beobachtete einen Mann im *Extrablatt* gegenüber, der zwar etwas älter war als ich, mir aber wie aus dem Gesicht geschnitten. Ich beobachtete ihn genau und lange. Er aber sah mich nicht, weil ich mich davor hütete, mich ihm zu zeigen. Der Unbekannte hatte etwa meine Figur, schien gleich groß zu sein und wenn ich in sein Gesicht schaute, durchfuhr es mich wie ein Stromschlag. Konnte es das wirklich geben, dass man einem anderen dermaßen zum Verwechseln ähnlich sah? Dass man seinem Zwilling begegnete, obwohl man genau wusste, es gab keinen Zwilling? Man selbst war zeitlebens der einzige Sohn seiner Mutter. Bereits damals, als ich meinem Doppelgänger begegnete, reifte ihn mir der Gedanke, diesen Mann noch viel länger zu beobachten. Ihn auszuforschen. Tagelang. Wochenlang. Wo kam er her? Was machte er beruflich? Wie hieß er? Lebte er allein? Hatte er Kinder? Gab es Freunde in seinem Leben? War er vielleicht anders als ich ein reicher Mann? Ich nahm mir vor, alles über ihn heraus zu bringen, ohne dass er von mir jemals erfahren würde. Und meine Neugier wurde belohnt, denn er war mir im Prinzip nicht unähnlich. Er lebte allein, hatte keine Freunde, hatte weder Kinder noch jemals ein Frau gehabt, jedenfalls keine, der er gegenüber Verpflichtungen gehabt hätte und er war... reich. Nicht unermesslich reich, aber reich genug, dass in mir ein Plan reifte, der seinesgleichen sucht. Ich würde sehr bald seinen Platz einnehmen; Markus Martis aber würde für immer sterben. Das fast schon Unheimliche allerdings war, Heliodromus jetzt aufgepasst, wie dieser Mann hieß, nämlich *Rabe*."

Er kicherte laut und es klang wie bei einem Verrückten.

„Er hieß wirklich *Rabe*, Heliodromus. Ich weiß, dass du meine Aufregung verstehen kannst, als ich davon zum ersten Mal hörte. *Rabe!* Besser konnte es gar nicht losgehen, weißt du... Was für ein Fingerzeig meines Gottes!"

Weil *Rabe* oder *Corax* der erste Einweihungsgrad im Mithraskult ist, du Irrer, dachte Boomi. Jetzt wurde deutlich, warum man nie eine erste Leiche gefunden hatte. Alles hatte mit Nymphus, dem zweiten Grad angefangen. Nymphus war Heribert Lauff gewesen, den hatte er im alten Rathaus abgelegt. *Corax* gab es folglich nicht. Denn *Corax* befand sich bereits seit Jahren als Markus Martis auf dem städtischen Friedhof an der Klever Straße. Für den durchgeknallten Markus war das so was wie ein göttliches Zeichen gewesen: sein erster Mord hieß *Rabe*. Folglich durfte er mit seiner Mordserie loslegen. Mithras hatte es persönlich abgesegnet.

* * *

Nachdem sie jeder einen rabenschwarzen, ultrastarken Kaffee in ihre beiden Herzkammern hinein geschüttet hatten, und der Staatsanwalt mit rollenden Augen und trommelnden Fingern auf der Schreibtischplatte vor ihnen stand, hatten sie endlich den verborgenen Namen der Straße entschlüsselt. Kleinlützum blickte Dr. Müller-Molderings ganz ernst an und sagte in einer Weise, als würde jemand bei Jauch mal wieder locker vom Hocker die Eine-Million-Euro-Frage beantworten, wobei er seinen noch vorhandenen Telefonjoker nur brauchte, um sich nach dem Wetter „dahoam" zu erkundigen und wie es denn so ginge: „Nachdem wir alles gründlich gecheckt haben, lässt sich aus den sieben herausgefilterten Buchstaben T E L U R A M nur ein einziger brauchbarer Straßenname herauslesen, der passt, nämlich… Latumer. Die Latumer Straße ist unser Ziel."

Der Staatsanwalt war beeindruckt. „Nehmen Sie so viele Leute mit, wie Sie brauchen. Bewaffnen Sie sich bis zum Hals. Denken Sie daran. Der Typ ist gefährlich. Holen Sie diesen Boomi oder was noch von ihm übrig ist, daraus. Aber vor allem; Männer. Bringen Sie mir endlich dieses Ungeheuer. Ich will es mit eigenen Augen sehen. Ich will es riechen. Ich will es anfassen. Ich will ihm ins Gesicht schleudern, dass die deutsche Justiz für Mörder seines Schlages nur eine einzige Bestrafung vorsieht. Lebenslänglich mit anschließender Sicherungsverwahrung."

„Falls der Richter da mitspielt", zweifelte Schaller. „Denn wenn der auch ein Mithrasanhänger ist, dann Gnade uns Papst Franziskus. Der Stiertöter ist back. Oh Schreck!"

* * *

„Rabe war ein Wolgadeutscher. Auch meine Vorfahren stammten aus dem Osten. Kaum war er im Westen angekommen, kam Rabe auf die für mich glückliche Idee, Lotto zu spielen. Was soll ich sagen? Dem Naiven ist das Schweinhaben immer dann hold, wenn er sich gerade nichts wünscht oder begehrt. Er wollte nur mal ausprobieren, wie das so ist, Lotto zu spielen. Und, Rabe gewann. Von einem Teil seines Geldes kaufte er sich diesen alten Hof und baute ihn für seine Zwecke um. Den Rest verwahrte er, typisch für den Einwanderer aus dem Osten, eben nicht auf der Bank, sondern lieber bei sich im Haus. Wo ich es am Ende auch an mich nehmen konnte. Als Rabe eines Tages dabei war, seinen Keller neu auszuschachten, weil er die Decke als zu niedrig empfand, und dabei auch eine Wand wegstemmte, stieß er auf ein uraltes Heiligtum aus römischer Zeit. Das des Gottes Mithras. Ein Tempel von dem die hiesigen Archäologen nichts wissen. Sagenhaft!

Der Blödmann wusste aber nichts damit anzufangen und mauerte das Loch in der Wand wieder zu. Später habe ich es entdeckt, neu geöffnet und weiter gegraben. Im Laufe der letzten Jahre habe ich daraus diesen herrlichen Tempel geformt. Was vorhanden war, habe ich gepflegt, was verloren gewesen war, habe ich erneuert. Mein Mithrastempel ist echt und er ist ein weiteres Zeichen für mich: ich bin angekommen, wo ich von Anfang an hingehöre. Jetzt mussten nur noch die einzelnen Grade erworben werden. *Rabe* oder *Corax* starb in den Flammen, die die Welt reinigen. Als ich sein altes Leben einnahm, baute ich den Tempel meines Gottes wieder neu auf. Das hat gedauert, aber es hat sich gelohnt. Heute Nacht werde ich mein Ziel nach so langer Zeit endlich erreichen. Mein Hass wird gesättigt sein und mein Leben neu beginnen."

Er machte eine kurze Pause. Boomi versuchte seine Kette zu lockern, aber keine Chance. An Flucht war gar nicht zu denken. Er saß in einer tödlichen Falle. Dieser Irre hatte alles perfekt geplant. Er hatte die alten Mithras - mysterien für seine Zwecke - Rache! - pervertiert. Die Personen, die ihn im Leben gequält hatten, wie auch immer, waren von ihm vernichtet worden. Jetzt blieben nur noch drei übrig. Wer aber sollte *Pater* sein? Sein eigener Vater, dem Markus nur zu gern diese Funktion zugeteilt hätte, lebte nicht mehr. Markus hob wieder beide Arme in die Höhe und redete wie ein wahnsinniger Priester seines falsch verstandenen Gottes.

„Drei wichtige Grade gibt es für mich noch zu erklimmen. Ihr drei – *Perses, Heliodromus* und *Pater* – werdet mir dabei dienen, indem ich euer Blut vergieße. Euer Blut wird vergossen, damit ich leben kann. So will es Mithras und mir soll es recht sein. Wenn ihr später nacheinander auf meinem Altar liegt, werde ich in eurem Blut baden. So will es das Ritual. So habe ich es mit den anderen auch gemacht."

Markus eilte zu der dritten Person, deren Gestalt bislang verhüllt gewesen war. Als er ihr den Schleier mit einem Ruck wegzog, stieß Boomi einen kurzen Schrei der Überraschung aus: „Nein!"

Pater, die siebte und damit höchste Stufe der Mithraseinweihung, war niemand anderes als Lilia selbst, die Schwester von Markus. Blut seines Vaters, dessen er nicht mehr habhaft werden konnte. Anstelle von ihm sollte sie für seine Sünden büßen.

* * *

Sie hatten das Zielgebiet erreicht. Es war dunkel, es war leicht regnerisch. Es war niemand auf der Straße zu sehen oder zu hören. Es war ideal, so wie es war. Sie konnten angreifen, ohne sich um andere kümmern zu müssen. Nur wo genau lag das Herz ihrer Operation? Kleinlützum hob den rechten Arm und die Einheit hinter ihm blieb schweigend stehen. Nicht weit von ihnen floss der Rhein. Hier irgendwo mussten die römischen Legionäre einstmals ihr Lager gehabt haben. Kleinlützum kam sich vor wie ein Kohortenanführer im Auftrage Cäsars. Nur wo würden sie das eigentliche Herz finden? Wo genau sollten sie zuschlagen? Schaller fragte noch mal rasch bei Schneider nach, ob er in der Zwischenzeit etwas hatte orten können? Fehlanzeige. Woher kam die SMS? Von welchem Handy? Fehlanzeige. Kleinlützum blickte sich suchend um und benutzte dabei das Nachtsichtgerät. Es gab einige Häuser verstreut in der Nähe - ehemalige Höfe, die längst ihre Milchkühe abgeschafft hatten. Hühner gab es hier vielleicht noch oder Gänse. Wenn sie nach einem Tempel suchen sollten, so war da weit und breit keiner in Sicht. Vor ihnen lag nur ein einsamer Hof. Er stand weit abseits von den anderen Gebäuden in dieser Gegend. Kleinlützum erkannte im Mondlicht grüne Fensterläden. Aber konnten sie diesen Hof so einfach stürmen? Wenn es der falsche war, gab es mächtig Ärger. Vermutlich wurde sogar der Täter gewarnt. Was also tun? Wütend stampfte Kleinlützum mit dem rechten Fuß auf.

Im Schotter blitzte plötzlich ein kleiner Gegenstand auf. Das Mondlicht war so satt wie eine Ladung Flutlicht. Leider ein Punkt, der gegen sie sprach. Alles war gut auszumachen. Kleinlützum bückte sich, um nachzusehen, was auf dem Boden neben seinem Schuh lag. Als er es hochhob, erkannte er staunend, dass es sich dabei um einen Knopf handelte. Einen ungewöhnlichen Knopf. Er besaß so seltsame Symbole. Sterne, seltsame Zeichen. Kleinlützum stutzte einmal, er stutzte zweimal, dann hatte er den richtigen Einfall.

„Hier sind wir richtig", zischte er zu Schaller. „Wir nehmen uns genau den Hof dort drüben vor. Aber Vorsicht! Der Typ ist vermutlich bewaffnet."

„Wir sind es auch", vernahm er die Stimme eines erfahrenen Mannes aus der Einheit hinter ihm. „Und im Gegensatz zu ihm sind wir viele."

„Dann los!" sagte Kleinlützum und zum ersten Mal, seit er diese unsäglichen Morde bearbeiten musste, schlich sich ein kleines Glücksgefühl in sein Herz hinein. So ein Gefühl hatte er schon einmal in seinem Leben gehabt. Bei seinem allersten Mordfall vor einer halben Ewigkeit, den er damals ganz allein und bravurös gelöst hatte.

* * *

Lilia hier? Alles fügte sich nun zusammen. Markus hatte seine Schwester entführt, weil sie den Vater ersetzen sollte. Die SMS an Jackie war sein Werk gewesen, um etwas für Ruhe zu sorgen. Lilia amüsierte sich nicht in Bayern mit ihrem Typen, sondern sollte Opfer Nummer 7 sein. Die Vollendung. Und Jackie sollte vermutlich auch deshalb getötet werden, weil sie die beste Freundin seiner Schwester war. Was für ein Wahnsinn! Rettung schien es für sie drei nicht zu geben...

Markus, der irre Jünger eines längst vergessenen Gottes, wollte endlich zur Tat schreiten. Schließich ging es um seine eigene Göttlichkeit. Fast andächtig schritt er in seinem weiten Wallegewand zu Jackie und kettete sie vom Tisch los. Ohne Widerstand ließ sich das Mädchen zum Altar führen. Dort legte sie Markus auf den Stein und zog danach ihre Tunika aus. Jackie war nackt, aber sie wehrte sich nicht. Dann beugte er sich zu ihr herunter und küsste sie genau dort auf die Brust, wo er ihr vor Jahren das bescheuerte Krakeltattoo gestochen hatte. Boomi schaute entsetzt zu, wie Markus danach zu einem Messer griff, das wohl die ganze Zeit schon neben dem Altar am Boden gelegen hatte. Hilfesuchend blickte Boomi zu Lilia. Aber Lilia war genauso wenig ansprechbar wie Jackie. Beide Mädchen standen vermutlich unter bestimmten Drogen. Sie wirkten apathisch und ließen alles ohne Gegenwehr über sich ergehen.

Trotz der schrecklichen Situation empfand Boomi Jackies nackten Anblick als wunderschön. Tränen liefen ihm übers Gesicht.

„Nein, Markus, tue es bitte nicht, lass sie leben, ich flehe dich an."

Aber Markus schien ihn nicht zu hören. Der grausame Mord an dem wehrlosen Mädchen war wohl nicht mehr aufzuhalten. Immer und immer wieder zerrte Boomi verzweifelt an seiner Kette. Sie ließ sich nicht brechen. Markus würde das Mädchen schächten wie es Juden und Moslems mit Tieren machten, so dass ihr Blut langsam aus ihrem Körper herauslief. Er würde es in einem Gefäß aufsammeln und anschließend seinen Körper mit Blut übergießen. Danach würde er, Boomi, an die Reihe kommen, zuletzt als Höhepunkt des Rituals seine Schwester Lilia. Nur so glaubte Markus, sich mit seinem Gott vereinigen zu können. Der pure Wahnsinn. Was konnte er Boomi dagegen noch tun? Erneut flossen Tränen über seine Wangen.

Wie auf ein geheimes Kommando hin drangen Stimmen aus einem versteckten Lautsprecher: *eeo e eeo ioo o eeo ioo oee eoe o oee eie iii eee ooe ii aea yyy ieo...*

Markus hob sein Messer hoch in die Luft und ließ es dann auf den Körper von Jackie heruntersausen.

„Nein!", schrie Boomi entsetzt. Aber Markus hatte noch nicht zugestochen. Es war nur eine Probe gewesen.

eeo e eeo ioo o eeo ioo oee eoe o oee eie iii eee ooe ii eeii.

Es war schaurig anzuhören und zerrte an den Nerven.

Boomi zerrte wie wild an seiner Kette. Nutzlos. Ein Wunder wäre jetzt gut, dachte er der Verzweiflung nahe. *Ein richtiges Wunder!* Dass nämlich Kleinlützum und Schaller ihre Arbeit mal saugut machen würden. Einfach superklassesaugut. Als gäbe es für sie beide abschließend als Belohnung ein riesengroßes Bundesverdienstkreuz am besonders langen bunten Bande...

In diesem Moment flog die Eisen beschlagene Tür zum Tempel krachend auf. Schaller und Kleinlützum stürmten mit gezogener Waffe herein, gefolgt von einer schwer bewaffneten Einheit in Tarnanzügen und Sturmhaube. Markus stand mit irrem Blick wie ein antiker Maya-Priester mit hoch erhobenen Armen vor seinem Altar. Sein goldener Dolch blitzte im Licht der Fackeln gefährlich und faszinierend zugleich auf. Unter ihm lag die nackte Jackie halb bewusstlos auf dem kalten hohen Stein und wimmerte still vor sich hin. Markus sah aus wie ein wahnsinniger Priester aus einem Indiana-Jones-Film.

„Ich bin unsterblich. In mir ist Mithras. Mir kann keiner, mir kann keiner", schleuderte er den beiden Beamten siegesgewiss entgegen. Schaller schaute so bestürzt drein, als platzte er zum ersten Mal in eine nicht genehmigte Piepshow hinein.

„Doch ich kann dir. Ganz bestimmt kann ich dir", knurrte Kleinlützum übellaunig und schoss danach dem falschen Mithrasjünger treffsicher durch das Gewand in den rechten Oberschenkel. Markus sank schreiend und blutend zu Boden. Die Beamten stürmten heran und legten dem auf den Fliesen liegenden und jämmerlich schreienden Halbgott Handschellen an. Der falsche Spuk war zu Ende. Boomi sank mit seinem Kopf dankbar vornüber auf die Tischplatte.

Vorbei! Kleinlützum, du Held! Du riesengroßer Kriminalfalllöser!

Kleines Nachspiel

Viele Wochen später, nachdem die ersten zarten Krusten über geschlagene Wunden gewachsen waren, wobei lebenslange Narben nicht auszuschließen waren, besuchte Boomi sein absolutes Lieblingslokal in Krefeld: das *Klarsicht*. An seiner Seite betrat Jackie, wie gewohnt im kurzen Schwarzen, das mit vielen Fenstern bestückte Restaurant, wo ihn Frank, Chef des Hauses, herzlich mit einem Handschlag begrüßte.

Boomi schielte zu den erhöhten Plätzen und Tischen im Bereich der Theke, wo er am liebsten saß, weil er nur hier die Beine baumeln lassen konnte. Der erhöhte ovale Tisch in der Mitte mit seiner ebenfalls erhöhten Bank wie in einem SUV war zum Glück noch frei.

„Wie immer dort, Boomi?", fragte Frank seinen Gast und deutete auf die Bank.

„Klar doch, wo sonst", antwortete Boomi und strahlte wie ein beschenkter Junge an seinem Geburtstag. Jackie schob ihren Po artig neben seinen auf die Bank. Boomi schaute sich zufrieden um.

„Wie gefällt's dir hier? Ist doch schön, oder?"

„Du durftest aussuchen, Boomi, also bin ich mitgegangen. Ist eher was für ältere Semester", meinte das Mädchen.

„Nun ja, mit Disco ist hier nicht viel", gestand Boomi ein und guckte ein wenig betröppelt.

„Aber die Küche ist voll super, vor allem mein Lieblingssalat mit kross gebratenen Hähnchenfilet und dem umwerfenden Dressing. Habe ich so lecker woanders noch nie gegessen."

In diesem Moment ging bei Boomi eine SMS ein. Es war Judith, die anfragte, ob er nicht bald in ihrem Büro vorbei schauen könnte. Boomi blickte lange und ziemlich nachdenklich auf die Kurznachricht.

„Was Wichtiges?", fragte Jackie neugierig und bestellte einen Cocktail.

„Überhaupt nicht", kam es blitzschnell aus seinem Mund. Was für ein sensationeller Fortschritt, hätte wohl Gero van Leyen kommentiert.

Wäre mir Selbiges vor wenigen Monaten so locker über die Lippen gekommen? dachte Boomi erschrocken. *Wohl eher nicht.*

In der Zwischenzeit war einfach viel zu viel passiert. Er, aber auch Lilia und Jackie, waren im allerletzten Moment gerettet worden. Das war sehr knapp gewesen. Grausam knapp. Kleinlützum, Schaller und ihre vorzügliche Kavallerie hatten noch rechtzeitig die Kellerräume, in denen sich der römische Mithrastempel befand, entdeckt. Gefahr war in Verzug. Während der antike Tempel jetzt ein Fall für das rheinische Landesamt für Bodendenkmäler war - war Markus Martis ein Fall für den Richter und die Psychiatrie geworden. Nach und nach kam heraus, wie er sein neues Leben organisiert hatte. Sein Doppelgänger hatte sehr zurück gezogen gelebt und einen großen Teil seines Lottogewinns bei sich im Haus verwahrt. Ohne dieses Geld hätte Markus Martis nur schwerlich all die Jahre überleben können - ohne aufzufallen. Besucher hatte er nicht, weil ihn niemand kannte. Nur deshalb hatte Markus seine Rolle so leicht übernehmen können. Mit dem vorhandenen Geld hatte er sich einrichten und seine Rachepläne wirkungsvoll schmieden können. Dass Boomi mit seinen Vermutungen über Mithraskult und Auswahl der Opfer immer richtig gelegen hatte, hatten am Ende auch Kleinlützum und Schaller zerknirscht zugeben müssen. Das war für Boomi ein kleiner innerer Reichparteitag gewesen. Sogar Dr. Müller-Molderings hatte ihn lobend in seinem Abschlussbericht erwähnt und Boomi einen „ausgezeichneten Detektiv aus Neukirchen-Vluyn" genannt. So was schmeichelte einfach ungemein. Markus Martis saß derweil in Untersuchungshaft und wartete auf seinen Prozess. Sein Verteidiger hatte angekündigt auf unzurechnungsfähig plädieren zu wollen. Doch dagegen hatte die Staatsanwaltschaft erhebliche Einwände. Es blieb spannend abzuwarten, wie der Prozess gegen den mörderischen Mithrasjünger letztlich seinen Verlauf nehmen würde. Grenzenloser Hass, Rache und totale Verblendung vermischt mit Größenwahn waren die Motive gewesen, nach denen Lilias Bruder gehandelt haben mochte. Jedenfalls stellte sich Boomi das so vor. Lilia selbst bedurfte ebenfalls langwieriger therapeutischer Behandlung. Das furchtbar Erlebte hatte sie viel schlimmer mitgenommen als Jackie. Boomi hoffte, dass die Zeit ihr dabei helfen könnte...

Jackie schmiegte sich an ihn und säuselte.

„Ach, Boomilein, es tut gut mit dir hier zu sitzen und ein wenig abzuhängen. Auch wenn der Grufti-Faktor schon ziemlich hoch ist. Aber später tun wir zwei es auch, nicht wahr? Und richtig wild!"

„Hä? Waaas?" Boomi stieß vor Schreck sein Glas Bier um. Die gelbe Brühe lief fast über den ganzen Tisch.

„Ich verschütte gleich vor Aufregung alles."
Jackie fasste seine beiden Hände, drückte sie sanft und hauchte: „Ich stehe dir ja bei, keine Sorge."

Boomi starrte sie entgeistert an. Was ging da vor? Redete sie wirklich vom…?

Jackie schien zu dämmern, woran der ältere Herr neben ihr dachte.

„Tanzen will ich mit dir, Boomi. Abzappeln. Ins pm. Nicht sofort. Später, wenn hier die Lichter ausgehen."

Boomi dachte an die SMS und an Judith. Neben ihm hockte die stets quirlige Jackie, das *Honigharemsmädchen*, das er beinahe nicht mehr lebend wieder gesehen hätte. Wie aber ging es jetzt in Liebesdingen weiter? Judith war eine Sache, eine alte und unbefriedigende. Jackie eine neue und eine ganz, ganz andere.

Wie würde zu seinem Dilemma der Ratschlag seines Freundes Gero sein: *Mensch, Boomi, beide zusammen machen den Braten fett, beide, mein Lieber. Bleib also besser dran! Have tea for three.*

Nachwort

Das Thema des Krimis ist ungewöhnlich: ein neuzeitlicher Serientäter mordet im Sinne der sieben Einweihungsstufen einer antiken Mysterienreligion. Und das am Niederrhein? Ja kann es denn so was hier geben, bzw. überhaupt gegeben haben? Wir scheinen längst vergessen zu haben, wie eminent wichtig der Mithraskult einst für die römischen Legionäre bis zum dritten nachchristlichen Jahrhundert gewesen ist. Wie bedeutend der Mithraskult überhaupt war, zeigt der provokante Ausspruch des französischen Schriftstellers Ernest Renan: „Hätte ein tödliches Missgeschick den Siegeszug des Christentums aufgehalten, dann hätte die Welt dem Mithras gehört."

Das klingt ungeheuerlich, ist aber nicht gänzlich von der Hand zu weisen.

Mithras bedeutet „Vertrag" und auch die Geste, dem Vertragspartner die Hand nach erfolgreichen Abschluss zu reichen, stammt aus dem Mithraskult. Mithras selbst ist der „Wachende", der jedes Unrecht auf der Welt sieht und für seine Anhänger zum „unbesiegbaren Sonnengott" wird. Die Religion des „Stiertöters" ist ursprünglich im Iran entstanden und soll durch Seeräuber ins römische Reich gelangt sein. Durch die Tötung des Stieres, dessen Blut vergossen wird, wird das Leben seiner Anhänger in Ewigkeit andauern. Sie werden auferstehen. Das hohe Fest des Mithras ist übrigens der 25. Dezember.

Auf einer Bronzeplatte aus Ostia, dem Hafen Roms, wird ein gewisser Septimus Pompeius Maximus als „Pater Patrum", also als „Papst" und „Priester des unbesiegten Sonnengottes Mithras" bezeichnet. Die kultischen Parallelen zum Christentum sind unübersehbar. Die Kirche Roms feiert seit dem Jahr 354 bis heute am 25. Dezember dieses Einweihungs-Weihnachts-Fest des Mithras als Fest der Geburt des unbesiegten Sonnengottes Mithras, dem sie den Namen Jesus gab. Der römische Mithras wurde nicht lange nach der entscheidenden Schlacht Konstantins an der Milvischen Brücke am 27. Oktober 312 unter dem Namen „Jesus" in die konstantinische Staatskirche eingeführt, deren Oberhaupt Kaiser Konstantin als „Pontifex Maximus" selber war. Auch so lässt sich eine heidnische Religion erfolgreich verdrängen!

Auch am Niederrhein gab es Mithraen, also jene Tempel, in denen die Mithrasten ihre „Gottesdienste" mit Abendmahl (Wein und Brot) abhielten. Sehr viele römischen Soldaten waren Anhänger des Gottes Mithras gewesen. Nachdem der ursprüngliche Mithraskult als schärfster Konkurrent des Christentums durch Kaiser Konstantin verboten worden war, wurden sehr viele Kirchen auf ehemaligen Mithraen errichtet, so auch der Petersdom in Rom. Der wahnsinnig gewordene Serientäter meines Romans greift die Vorstellungen der antiken Religion von „Erlösung" und „Ewiges Leben" auf: er mordet im Sinne der sieben Einweihungsstufen, wobei er allerdings die antike Mysterienreligion des Mithras für sich selbst grausam pervertiert. Das Blut des Stieres wird zu Menschenblut...

Viele Leser meines ersten Bandes „Der Säbel des Franzosen“ haben mir in der Zwischenzeit mitgeteilt, dass ihnen die skurrile Darstellung solcher Hauptpersonen wie Boomi oder Schaller und Kleinlützum gefallen hat. Natürlich entspricht ihr Verhalten weder einer gesunden Detektivarbeit (Boomi) oder einer tatsächlichen Polizeiarbeit in Duisburg. Darum geht es mir auch nicht. Der neue Krimi „Die Mithrasmorde von Moers“ wirft erneut viel satirisches Licht, mitunter auch Freches, auf die aus meiner Sicht wunderschöne Region des Niederrheins mit ihren schrägen Typen, ihren zahlreichen historischen Bezügen, ihren Städten und Dörfern und ihren manchmal recht eigensinnigen Traditionen. In diesem Sinne werde ich gerne weiterschreiben.

Zuletzt sage ich der Heimatforscherin Annerose Fusenig aus Moers Dank, die mir wichtiges Material über das römische Asciburgium zur Verfügung stellte und mir erlaubte, ihre gründliche Recherche über einen realen Mord im alten Römerlager von Moers, zu verwenden.

Franjo Terhart

Jens Bergmann

Busreisen machen glücklich

Die irdische Art, himmlisch zu reisen

Wenn einer eine Reise tut, dann kann er bekanntlich was erzählen. Jens Bergmann hat das reisen zu seinem Beruf bemacht und hat entsprechend viel zu erzählen. Als Kapitän eines komfortablen Reisebusses steuert er seit Jahren die schönsten Ziele in Europa an und hat dabei festgestellt: Busfahren macht glücklich. Notorische Individualreisende mögen dies erst einmal bezweifeln. Wer aber die Aufzeichnungen des Berufskraftfahrers liest, muss zugeben: zumindest die Lektüre dieser Aufzeichnungen macht Spaß. Wenn nämlich Bergmann aus dem Nähkästchen plaudert, menschliche und allzu menschliche Situationen rekapituliert und die verschiedenen Charaktere seiner Kundschaft mit viel Witz aber ohne jede Häme skizziert, ist man versucht, die Glück verheißende Reisevariation tatsächlich selbst einmal auszuprobieren.
Denn für die Fahrgäste scheint eine Rundum-Versorgung garantiert, weil sich ein Universal-Spezialist um das kleinste Detail kümmert – Busfahrer, Reiseleiter, Urlaubsmanager, Animateur, Koch, Weinkenner, Schnäppchenführer, Psychologe, Seelsorger, Bordtechniker, Wetterfrosch, Prophet und Partnerschaftsberater in Personalunion.
All diese Talente rückt Jens Bergmann am Beispiel einer Reise nach Sizilien humorvoll ins Licht. Treffsichere Illustrationen von Cornelius Rinne und Farbfotos der besuchten Sehenswürdigkeiten machen das Buch zu einem Reiseführer ganz besonderer Art.

ISBN 978-3-944299-01-3
168 Seiten, 13,5 cm x 20 cm, Paperback
mit Illustrationen von Cornelius Rinne
und Fotos von Jens Bergmann
13,90 Euro

Helmar Lang

Bürger Protest – aber mit System!

Praktisch. Theoretisch. Politisch.

Der Autor, selbst Umweltprotestler seit Jahren, will mit diesem Buch zu Bürgerprotest ermutigen, anschaulich machen, wie er sich behaupten kann und ihn gegen Angriffe verteidigen. Er hält Protest aus Erfahrung für politisch notwendig, soweit er sich, am einzelnen Beispiel, gesellschaftlichen Fehlentwicklungen widersetzt: Im Idealfall macht Protest die „Kehrseite der Medaille" von Projekten sichtbar, die deren Betreiber gerne im Dunkeln lassen.

Das Buch zeigt in Teil I am Beispiel eines großen Protestes gegen Olympische Spiele, wie mit Aussicht auf Erfolg protestiert werden kann, indem es den Leser ins „Innenleben" von Bürgerinitiativen blicken lässt. Diese werden im Anschluss an Erkenntnisse des Soziologen Niklas Luhmann als soziale Systeme begriffen, die aus menschlicher Kommunikation bestehen – und nicht aus Einzelpersonen und deren Bewusstseinszuständen. Dies führt in Teil II zu detaillierten Ratschlägen für die Protestpraxis: für die interne und externe Kommunikation, für die Abwehr von Angriffen und für das politisch-demokratische Selbstverständnis von Bürgerprotesten.

ISBN 978-3-944299-00-6

168 Seiten, 12,5 cm x 19 cm

Paperback

14,90 Euro

Pierre Sommet

Madame Baguette und Monsieur Filou

Amüsante und spannende Wortgeschichten aus Frankreich

Madame Baguette? Die gibt es nicht! Oder doch? In diesem Buch können Sie sie selbst fragen. Sie wird Ihnen gerne ihre Geschichte erzählen.
In diesem Buch begibt er sich auf die Spur scheinbar deutscher Wörter wie kaputt, Kinkerlitzchen, mutterseelenallein, Nikotin, Praline, Pumpernickel, Schattenmorelle, Tennis oder todschick und deckt ihre französische Herkunft und manchmal die dahinter stehenden schönen Legenden auf. Entstanden ist ein Potpourri von 125 amüsanten, spannenden, dramatischen sowie informativen Wortgeschichten, illustriert von Cornelius Rinne.
Der „Wortdetektiv" Pierre Sommet verfolgt auf seiner Reise durch die französische Geschichte die Wege schillernder Persönlichkeiten. Er schildert die Amour fou zwischen Victor Hugo und Juliette Drouet, das abenteuerliche Leben des Seefahrers Bougainville, den Wagemut der Brüder Montgolfier und das skandalöse Leben des genialen Dichters Arthur Rimbaud.
„Madame Baguette und Monsieur Filou" ist nicht nur eine ungewöhnliche „Sprachreise" durch die französische Kultur- und Sozialgeschichte, sondern auch eine Hommage an couragierte Frauen wie die Attentäterin Charlotte Corday, die Chansonniere Edith Piaf, die Modeikone Coco Chanel, die kompromisslose Rebellin, „die rote Jungfrau" Louise Michel.

ISBN 978-3-00-032239-6
256 Seiten, 15,5 cm x 22 cm
Paperback
mit Illustrationen
von Cornelius Rinne
14,90 Euro